SAID
Der lange Arm der Mullahs

SAID

Der lange Arm der Mullahs

Notizen aus meinem Exil

VERLAG C. H. BECK MÜNCHEN

SAID, Postfach 43 10 18
D-80740 München

ISBN 3406 39070 6

Dritte, unveränderte Auflage, 2001

www.beck.de
Satz: Fotosatz Janß, Pfungstadt
Druck und Bindung: Kösel, Kempten
Gedruckt auf säurefreiem, alterungsbeständigem Papier
(hergestellt aus chlorfrei gebleichtem Zellstoff)
Printed in Germany

Für Victor Pfaff
in Dankbarkeit,
auch im Namen vieler anderer.

Vorbemerkung

Seit beinahe dreißig Jahren lebe ich nun im deutschen Exil; ausgeschlossen vom politisch-kulturellen Leben im Iran.
In dieser Zeit habe ich nur ein einziges Mal mein Land besucht – für die Dauer von sieben Wochen.
Erst nach dem Sturz des Schahs, nach 14 Jahren Exil, durfte ich, voller Hoffnung und mit Tausenden anderer Exilierter, wieder iranischen Boden betreten.
Um zu erfahren, daß es auch unter den neuen Machthabern keinen Platz für mich und keine Möglichkeit für einen Neuanfang in meiner Heimat gibt.
Ich kehrte zurück in mein Exil, um eine Erfahrung reicher.
Eine bittere Erfahrung:
Viele meiner Freunde wurden hingerichtet, auf der Flucht erschossen oder zu Tode gefoltert.
Andere konnten fliehen –
schätzungsweise 5 000 000 haben seit der Machtergreifung Chomeinis das Land verlassen; und warten im Exil.
Das Exil verschließt viele Türen und läßt nur ein Fenster offen: auf Teheran, diese häßlichste Hauptstadt der Welt.
Und der Exilierte –
durch die Jahre des Exils ein Niemand geworden,
harrt an diesem Fenster aus –
zwischen Hoffnung und Trauer.
Ohnmächtig und bar jedes politischen Einflusses, aber voller Liebe und Trauer.
Ein schwerer Stand für jeden, der noch denkt und fühlt, aber nicht mehr handeln kann.
Er ist zum Zuschauen verurteilt.
Er schaut durch jenes Fenster ins Grauen –
und wird Chronist des Schreckens, wider Willen.
Und da er von Beruf Schriftsteller ist, schreibt er auf, was er sieht, hört und riecht:
Nachrichten, Gerüchte, Briefe, Telephongespräche ...
Er notiert unsystematisch, impulsiv, in großen Zeitabstän-

den; ist er doch, wie jeder andere Exilierte auch, gespalten, hin- und hergerissen zwischen zwei Welten.
Er ist dort, in Teheran, wenn ein Freund nach schweren Folterungen hingerichtet wird;
er ist hier, wenn ein neues Buch von Grass in Teheran erscheint.
Er reagiert auf den permanenten Schrecken zuweilen mit einem Gedicht; mit einem Brief an den ermordeten Freund – und noch im Abschiedsbrief wird eine alte politische Rechnung beglichen; mit einer fiktiven Beichte des Ayatollah Chomeini, geschrieben noch zu dessen Lebzeiten – um den Tod des Diktators herbeizubeschwören?
Er sammelt und schreibt gegen seine eigene Machtlosigkeit und gegen das Vergessen, das nun auch in den Kreisen der Exilierten grassiert.
Aber er will nicht nur die blutige Herrschaft der Mullahs entlarven, indem er sie durch scheinbar belanglose Details charakterisiert.
Er will auch hier, in seinem Gastland, in seiner Gastsprache, etwas bewegen, zurechtrücken, seine Heimat in ein anderes Licht rücken.
Er kämpft gegen das Klischee, der Iran sei ins 14. Jahrhundert zurückgefallen und bestehe nur aus Mördern und Opfern.
So weist er – meist kommentarlos, aber stolz – auf die Fülle der Bücher deutscher Autoren hin, die gerade in Teheran in hohen Auflagen erscheinen. Fast so, als ob er durch diese unspektakulären Fakten die deutsche Literatur bitte, sie möge – im Gegenzug – sein Land nicht vergessen, nicht im Stich lassen.
Es geht ihm auch darum, den deutschen Leser mit den widersprüchlichen Gedanken und Gefühlen eines Menschen im Exil vertraut zu machen, der hierzulande oft nur *Asylant* genannt wird; und das meist nur im Plural, als amorphe Masse.
Er will mit dieser dokumentarisch-literarischen Brücke zwischen dem Iran und Deutschland auch seine eigene Hiflosigkeit kundtun; ist sie doch die Voraussetzung für einen aufrichtigen Dialog.

SAID im Juni 1994

„Man bestimmte mir gnadenhalber den minderen Part des Chronisten
ich notiere – wer weiß für wen – die Ereignisse der Belagerung."

Zbigniew Herbert

Herbst 1978

Wenige Wochen vor der Islamischen Revolution im Iran, das Schah-Regime wankte bereits in seinen Grundfesten, reiste Mohammed Qasi nach Paris. Qasi ist einer der besten literarischen Übersetzer des Iran, er hat unter anderem Werke von Saint-Exupéry und André Gide ins Persische übertragen. Seine iranischen Ärzte hatten festgestellt, daß er an Kehlkopfkrebs litt.

Qasi fuhr nach Paris, um sich von europäischen Ärzten behandeln zu lassen – wie jeder rechtschaffene Iraner hatte er kein Vertrauen in die Heilkunst der einheimischen Mediziner. In Paris verwies man ihn an einen Spezialisten für Kehlkopfkrankheiten.

Der Arzt untersuchte ihn gründlich und sagte dann geradeheraus: „Sie haben Kehlkopfkrebs. Wir werden eine Totaloperation vornehmen müssen, danach werden Sie nicht mehr sprechen können. Gehen Sie nach Hause, und überlegen Sie es sich gut. Nächste Woche können Sie mir dann Ihre Entscheidung mitteilen."

Qasi antwortete sofort: „Herr Doktor, ich brauche nicht zu überlegen. Dort, wohin ich zurückkehre, kann man den Mund sowieso nicht aufmachen. Operieren Sie mir den Kehlkopf heraus!"

3. November 1978

An den Schah von Persien

Zeitungen berichten von
Verbrüderungsszenen zwischen
Soldaten und Demonstranten
in Teheran.

Majestät,
Sie sind allein;
ich verstehe.

Majestät,
die Folterer foltern nicht mehr,
sie haben Angst;
ich verstehe.

Majestät,
die Soldaten schießen nicht mehr,
sie sind einsam;
ich verstehe.

Majestät,
das Volk arbeitet nicht mehr,
es hat Hunger;
ich verstehe.

Majestät,
Sie müssen gehen;
Sie verstehen?

12. Januar 1979

The message of
Ayatollah Khomeini
the leader of
the Muslim people of Iran
to the
Christians of the world

In the Name of God, Most Gracious, Most Merciful

Muharram 22, 1399
December 23, 1978

The blessings and greetings of Almighty God to the Blessed Jesus, the son of Mary, the spirit of God, and the glorious messenger who gave life to the dead, and awakend those who were asleep.

The blessings and greetings of Almighty God to his glorious mother, the Virgin Mary, the truthful and heavenly woman, who, by divine spirit, submitted such a great son to those who are thirsty for the heavenly blessings.

Greetings to the clergy, priests and monks, who invite the souls of the unruly to calmness by the teachings of Jesus Christ. Greetings to the freedom-loving Christians, those who benefit from the divine teachings of Jesus, the spirit of God.

I, in the name of the oppressed people of Iran, request you the Christian nations to pray during your holy days for our nation which is encumbered by a tyrant king, and to pray to the Almighty God for their deliverance. I request you the great nation to warn the leaders of some of the Christian countries who are supporting the tyrant shah with their Satanic power and crushing a nation under repression and tyranny, and make them aware of the teachings of Blessed Jesus. I request the Christian clergy to advise the leaders of some of the powerful countries, and to condemn their support for the one who has turned away from the divine teachings.

The Holy Quran has mentioned Blessed Christ with greatness and holy Mary with purity. It is the obligation of the Christians to fulfill their duty to the Muslim nation.

In peace,
Rouhollah Mussavi Khomeini

(Anzeige aus THE NEW YORK TIMES)

1. Februar 1979

Chomeini kam nach 17 Jahren Exil als Triumphator in den Iran zurück. Auf diesem Flug – später *Flug der Revolution* genannt – begleiteten ihn seine engen Mitarbeiter und einige internationale Journalisten.
Nach der Landung, als Chomeini das Flugzeug verlassen wollte, fragte ihn ein französischer Journalist vor laufender Kamera und im Angesicht von Millionen, die Chomeini begeistert willkommen hießen, was er in diesem Moment fühle.
Sadegh Ghotbzadeh, der später Außenminister wurde und noch später auf ausdrücklichen Befehl von Chomeini hingerichtet wurde, dolmetschte die Frage des französischen Journalisten.
Chomeini antwortete: „Nichts!“
Ghotbzadeh, dem die Antwort peinlich war, wiederholte die Frage.
Chomeini wiederholte barsch: „Nichts!“

Frühling 1979

Wir sind alle in Teheran, wir Exilierten.
Und beäugen ängstlich die Auswirkungen der Islamischen Revolution.
M. erzählt mir, er sei gestern mit einem Freund verabredet gewesen, in einer jener Bars, die unter dem Schah der Inbegriff der amerikanischen Kultur waren.
M. sitzt vor einer Tasse Kaffee und wartet.
Ein junges Mädchen erscheint und bestellt frech:
„Einen Whisky-Soda!“

Der Kellner taxiert ihre Beine und antwortet:
„Warte, bis der Schah zurück ist, dann bringe ich Dir Deinen Whisky!“

März 1979

Während Chomeinis Revolutionsgardisten in Teheran Jagd auf ihre Gegner machen, lese ich eine Erklärung des SAVAK – des Geheimdienstes des Schahs – noch einmal:
„Da die Handlungsweise von Herrn Chomeini als Angriff gegen die Interessen der Nation, gegen die Sicherheit, die Unabhängigkeit und die territoriale Integrität unseres Landes zu erkennen ist, wurde der obengenannte am 4. November 1964 des Landes verwiesen.“
Die Machthaber wechseln; der Terror bleibt.

April 1979

Nach der Islamischen Revolution sind viele Exilierte heimgekehrt. Ich treffe in Teheran vor dem Gebäude des Innenministeriums B. Er ist vor einigen Wochen aus New York eingetroffen. Dort führte er nach einem abgeschlossenen Medizinstudium eine florierende Praxis, die er nun aufgegeben hat, um wieder in Teheran zu leben. B. war Hauptmann der iranischen Armee unter dem Schah und Mitglied der Kommunistischen Partei. Als der Geheimdienst ihn in den fünfziger Jahren verhaften wollte, floh er und studierte in Amerika.
B. erzählt mir folgendes:
„Ich habe nachgerechnet. Ich müßte heute General sein. Da ich damals vor dem Geheimdienst geflüchtet bin und jetzt die Revolution gesiegt hat, will ich nun meine Generalssterne und das Gehalt der letzten 25 Jahre abholen.“
B. ist berühmt für seinen Humor.
Einige Wochen später treffe ich ihn bei gemeinsamen Freunden, wo er seine Geschichte genüßlich weitererzählt:
„Ich war also im Innenministerium, fragte mich durch, bis ich zu einem Verantwortlichen gelangte, einem 22jährigen

Fanatiker. Er hörte sich meine Geschichte an, machte sich Notizen, versprach, meine Akte bis zur kommenden Woche zu lesen, und bestellte mich erneut für nächste Woche.
Als ich an dem besagten Tag erschien, empfing er mich kühl. Er öffnete meine Akte und sagte:
‚So, so, Sie wollen also Ihre Generalssterne und das Gehalt der letzten 25 Jahre abholen?‘
‚Ja!‘ erwiderte ich, ‚da ich vor einem Regime geflüchtet bin, das nun gestürzt ist, gelten meine Exiljahre als Dienstjahre – nach einem Gesetz, das soeben verabschiedet worden ist.‘
Der junge Mann blätterte weiter in meiner Akte und sprach: ‚Das, was Sie begangen haben, ist Fahnenflucht. Darauf steht eigentlich die Todesstrafe. Aber in Ihrem Falle sind wir bereit, mildernde Umstände gelten zu lassen und ...‘
‚Danke!‘ sagte ich, ‚ich verzichte auf meine Sterne‘, und verließ fluchtartig das Ministerium.“
Wir lachten alle herzlich über seine Geschichte.
Zwei Jahre später mußte er wieder fliehen und landete in Paris.
Dort wartete er zwei Jahre, bis er wieder nach Amerika einreisen konnte, wo er nun lebt.

28. April 1979

Heute in den Morgenstunden wurde Frau Dr. Parsa im Hof des Ewin-Gefängnisses hingerichtet.
Die offizielle Anklage seitens des Revolutionstribunals: „Veruntreuung öffentlicher Gelder und Verbreitung der Prostitution.“
Frau Dr. Parsa war unter dem Schah Kulturministerin.

Mai 1979

In Teheran wird eine Allee nach Jalal Al-Ahmad genannt

Name: Jalal Al-Ahmad.
Geboren 1923 als Sohn eines hohen islamischen Geistlichen.
Besuch der Koranschule; als er lesen und schreiben konnte, schickte ihn der Vater als Lehrling in den Basar, dort Arbeit als Buchhalter.
Heimliche Studien an der Abendschule, Al-Ahmad holt die Hochschulreife nach; anschließend Studium der iranischen Literatur an der Universität Teheran. Als der Vater davon erfährt, verstößt er den Sohn aus der Familie; Al-Ahmad verdient seinen Lebensunterhalt als Lehrer.
Von 1944 bis 1948 Mitglied der Kommunistischen Partei (Tudeh), hernach Sympathisant der Trotzkisten, Kontakte zur IV. Internationale.
Dann eine Phase der politischen Abstinenz: Al-Ahmad bereist das Land, durchfährt und durchwandert es bis in die letzten Winkel. Er verfaßt Schriften über verschiedene Dialekte des Persischen, schreibt Reiseberichte, die Furore machen. Aus seinen politischen und persönlichen Erfahrungen, aus der Hochsprache und den gesprochenen Dialekten entwickelt Al-Ahmad einen Stil, der begeistert. Bald gilt er als der erste Iraner seit dem 14. Jahrhundert, der einen wahrhaft eigenen Ton gefunden hat.
Nach einigen Übersetzungen verfaßt er 1962 das Pamphlet *Die Verwestlichung*, in dem er vollständig mit Kultur und Werten des Westens abrechnet. Das Buch wird verboten. Hunderte von Lesern werden inhaftiert, auch der Autor selbst muß für einige Zeit ins Gefängnis.
Kurz vor seinem Tod im Jahre 1969 unternimmt Al-Ahmad eine Reise nach Mekka, als Teilnehmer an einer vom Staat organisierten Pilgerfahrt. Danach beschreibt er die Ekstase der Gläubigen – aber auch seine Trauer, in diesen Chor der Ergriffenheit nicht einstimmen zu können, da er an nichts mehr glaube.
Dieser Reisebericht gilt zu Recht als ein Meilenstein der ira-

nischen Prosa: Da betrachtet einer, der nicht mehr glaubt, die Pilgerfahrt der Gläubigen und beschreibt das in einer Sprache, die Zeugnis von all den Welten ablegt, die er durchwandert hat: die strenggläubige des Vaterhauses, die bürgerlich-religiöse des Basars, die kartesianisch ausgerichtete der Universität, die ideologisch-messianische der Kommunisten, die rhetorisch-brillante der Trotzkisten und schließlich die Welt des Ursprungs, die der persischen Dialekte.
Wäre einer wie Al-Ahmad, mit seiner sprachlichen Urgewalt, sozusagen gewappnet mit der Artillerie der Gosse, nicht der ideale intellektuelle Gegenspieler eines Chomeini gewesen?

12. Mai 1979

Auf Befehl und unter der Führung von Sadegh Chalchali, dem berüchtigten Scharfrichter des Revolutionstribunals, stürmte eine Gruppe von Fanatikern das Mausoleum des Vaters des letzten Schahs und zerstörte es. Chalchali erklärte den Reportern:
„An dieser Stelle wird ein öffentliches Pissoir errichtet."

Juni 1979

Brief eines Emigranten

Ich krieche mühsam hierher,
setze mich geräuschvoll hin,
strecke meine Gefühle von mir,
nehme viel Platz ein –
und werde nicht benötigt.

Sommer 1979

In dieser Sackgasse

Sie beschnuppern deinen Mund,
damit sie sicher sind,
daß du nicht von der Liebe sprichst.
Sie beschnuppern dein Herz;
seltsame Zeiten, Geliebte.
Und die Liebe –
sie peitschen sie aus
neben dem Schlagbaum.
Die Liebe
müssen wir in der Hinterstube verstecken.

Und das Feuer –
in diesen geschlungenen Gassen der Kälte –
sie schüren es wieder
mit unseren Liedern und Gedichten.
Laß das gefährliche Nachgrübeln;
seltsame Zeiten, Geliebte.
Wer nachts an die Tür klopft,
kommt nur,
um das Licht zu töten.
Das Licht
müssen wir in der Hinterstube verstecken.

Hier die Schlächter,
die unsere Kreuzungen beherrschen,
mit Holzblock und blutigem Beil;
seltsame Zeiten, Geliebte.
Das Lächeln über den Lippen
und das Lied auf dem Mund,
sie metzeln es nieder.
Die Sehnsüchte
müssen wir in der Hinterstube verstecken.

Ziervögel, gespießt
auf das Feuer von Lilien und Jasmin;
seltsame Zeiten, Geliebte.

Der siegestrunkene Satan
taumelt zu unserem Leichenschmaus.
Den Gott
müssen wir in der Hinterstube verstecken.

Mit diesem Gedicht reagiert Ahmad Schamlu auf die ersten Massaker *im Namen Gottes.* Das Gedicht ist im Iran nie erschienen; dennoch kennt es jeder – selbst und gerade die Zensurbehörde, die oft mit dem Hinweis darauf andere Veröffentlichungen von Schamlu verhindert hat.

August 1979

Am Tag 13 der Revolution
wird ein Gefangener entschädigt für seine Jahre,
wird ein Esel geschlagen für seine Faulheit,
wird ein General geschmückt für seine Taten,
wird ein Mörder gehängt für seine Morde,
wird ein Hausfrau betrogen um die Milch,
wird ein Bettler entfernt wegen seines Aussehens,
wird ein Fremder bespuckt wegen seiner Aussprache,
wird ein Minister bejubelt wegen seiner Festrede,
wird ein Liebespaar verbannt wegen der Liebe,
wird ein Spatz abgeschossen wegen Ruhestörung,
wird ein Mann aus dem Bus geworfen,
weil er keine Fahrkarte hat.

Herbst 1979

Das Musikhistorische Institut in Schiraz wurde im wahrsten Sinne des Wortes wie die Bastille gestürmt, geplündert und zerstört. Das Philharmonische Orchester in Teheran wurde unmittelbar nach der Revolution aufgelöst.
Hatte doch Ayatollah Chomeini selbst gesagt:
„Auch die Musik betäubt den Geist, weil sie wie die Droge Genuß und Ekstase verschafft.“

Herbst 1979

> Wenn wir Galgen auf den öffentlichen
> Plätzen errichtet hätten, wären
> alle diese Schwierigkeiten nicht
> vorgekommen.
>
> *Ayatollah Chomeini*

Ja,
wenn wir Galgen hätten,
sagte der Herrscher,
hätten wir
nicht so viele Schwierigkeiten.
Ja,
wenn wir
Galgen hätten,
sagte der Rebell.

Frühjahr 1980

Nach der Islamischen Revolution im Frühjahr 1979 sind viele Iraner zurückgekehrt.
B. war gerade dabei, seine Diplomarbeit zu schreiben. Also blieb er noch, bis seine Arbeit abgeschlossen war. Dann flog er, weil er wenig Geld hatte, mit der sowjetischen Fluggesellschaft Aeroflot nach Teheran.
B. landet also in Moskau und muß die Nacht mit anderen Passagieren in einem Hotel der Aeroflot verbringen.
Am Tag darauf überfällt der Irak den Iran, und die Aeroflot stellt vorläufig alle Flüge ein.
B. muß drei Wochen in jenem Hotel bleiben, ohne es verlassen zu dürfen, da er ja kein Visum hat.
Er protestiert jeden Tag, vergebens.
Schließlich wird er nach Leningrad geflogen und von dort nach Baku.
Von Baku wird er mit einem sowjetischen Handelsschiff nach dem iranischen Hafen Ansali am Kaspischen Meer verfrachtet.

In Ansali angekommen, wird er erst einmal verhaftet.
Beim Verhör taucht immer wieder die Frage auf:
„Wo waren Sie in diesen drei Wochen, und was haben Sie getan?"
Inzwischen fragt die Polizei in Teheran nach seinen Akten. Da er nie politisch aktiv war, gibt es dort keine Unterlagen, was die Polizei noch mißtrauischer macht; denn damit ist er ein perfekt getarnter Agent.
Nach weiteren drei Wochen wird er unter Auflagen entlassen.

Als B. mir diese Geschichte erzählt, erregt er sich wiederholt: „Nie mehr!
Nie mehr werde ich dorthin fahren."

2. April 1980

Ayatollah Mottahari wird von einer Bombe zerfetzt.
Mottahari war ein Schüler Chomeinis und der einzige Intellektuelle unter den Mullahs.
Ein Jahr nach der Revolution hat er in einem Büchlein Hafis – den großen Klassiker – offen angegriffen. Danach wurden alte Hafis-Ausgaben konfisziert.
Hafis war zwar nicht wirklich verboten, aber nur noch schwer erhältlich.
Ein Jahr darauf erschien ein zweibändiges Werk mit dem Titel *Zur Verteidigung von Hafis*. Vierzehn der besten Literaturkenner des Iran zogen für Hafis ins Feld, und jeder attackierte in seinem Beitrag die Broschüre von Ayatollah Mottahari – offen und vernichtend.
Das Buch wurde ein großer Erfolg und brach den Bann gegen den Dichter.
Hafis hat gesiegt gegen die Mullahs,
mit der Schönheit seiner Verse.
Und nicht zum erstenmal: Denn als Hafis starb, verboten die Mullahs, daß er in Schiraz bestattet wurde. Er mußte außerhalb seiner Stadt begraben werden.
Heute ist dieser Ort eine wahre Pilgerstätte.
Immer noch ziehen die Pilger vor Hafis die Schuhe aus und verneigen sich vor seinem Grab.

28. Juli 1980

Als der Tyrann starb,
wurde die Trauer ausgerufen.
Und es kamen viele
zum Begräbnis:
Der Dichter pries seine Sanftmut.
Der Priester lobte seine Güte.
Der Richter sprach von seiner Milde.
Der General rühmte seine Klugheit.
Der Denker unterstrich seine Notwendigkeit.
Der Büttel würdigte seine Geduld.
Nur der Henker war verhindert.
Er mußte auch an diesem Tag
sein Brot verdienen.

Herbst 1980

H. kommt aus Teheran zurück und erzählt mir folgende Geschichte: „Ich hatte einen Koffer voll mit Musikkassetten, die ich in Teheran halblegal gekauft hatte. An der iranisch-türkischen Grenze öffnete ein Revolutionsgardist diesen Koffer. Er lächelte vielsagend und beschlagnahmte ihn.
Auf meine Frage, was nun mit den Kassetten geschehen würde, antwortete er mit demselben Lächeln:
‚Die zertrümmern wir mit den Gewehrkolben!'
Ich kehrte machtlos zum Bus zurück.
Meine Freundin ermutigte mich, mindestens die Kassette mit den Gedichten und mit der Stimme von Ahmad Schamlu – dem größten iranischen Lyriker – zu retten.
Ich kehrte also zum Gardisten zurück und bat ihn, mir nur eine Kassette aus diesem Koffer zu *schenken.*
Er fragte trocken: ‚Welche?'
Ich antwortete: ‚Die mit der Stimme von Ahmad Schamlu!'
Er fragte: ‚Des Dichters Schamlu?'
Sein Gesicht erhellte sich, und er reichte mir die Kassette mit einem Lächeln, das dem großen Lyriker galt."

Winter 1980

P. ist gestorben.
Freunde erzählen mir folgende Geschichte:
„Da P. keine Verwandten im Exil hatte, gingen wir zum Leichenhaus. Der Leichenwäscher war Pakistani.
Er schaute uns an, unsere Bärte und unsere Parkas,
und sagte dann auf deutsch:
‚Ihr seid Kommunisten, man sieht Euch das an.
Also war der Verstorbene auch ein Kommunist.
Ich bin Muslim –
ich wasche keine Kommunisten.'
Und dann verließ er den Raum.
Wir mußten unseren Freund selbst waschen."

Winter 1980

Ich besuche eine alte Dame in München.
Sie sagt: „Ich war ein kleines Mädchen, als Reza Schah – der Vater des letzten Schah – uns zwang, den Schleier abzulegen. Nun bin ich über siebzig, und Chomeini zwingt uns, den Schleier wieder anzulegen."

Mai 1981

H. ruft aus dem Iran an.
Er will fliehen.
Ich versuche, ihn umzustimmen.
Er vergißt jegliche Vorsichtsmaßnahmen und schreit ins Telephon: „Du hast keine Ahnung, was hier los ist. Mein Bruder hat sich in den Wäldern versteckt. Ich traue mich kaum aus dem Haus. Ich muß hier weg, sonst ersticke ich!"
Er bittet mich um die Vermittlung der Flucht.
Ich sage ihm, jemand werde ihn in den nächsten Tagen anrufen.
Er bedankt sich und legt auf.
Einige Wochen später flieht er, irrsinnigerweise über den Irak, obwohl der Krieg zwischen den beiden Ländern tobt; der Fluchthelfer hat so entschieden.

H. bleibt drei Monate im Irak, in einer kleinen Stadt nahe der Grenze, unter Hausarrest.
Er ist bei einer Familie untergebracht, die Persisch spricht.
Er darf das Haus nicht verlassen, keine Zeitung, kein Radio, keine Bücher.
Der irakische Geheimdienst nimmt ihm sein ganzes Geld ab – zur Aufbewahrung.
Einmal in der Woche kommt ein Unteroffizier des Geheimdienstes, auch er spricht Persisch.
Nach jedem Verhör zahlt der Unteroffizier einen Teil der beschlagnahmten Summe an die Familie, für Kost und Logis.
Dreimal muß H. mit diesem Unteroffizier zum Verhör in die nächste Stadt, jedes Mal mit dem Taxi; der Unteroffizier zahlt auch das Taxi von der beschlagnahmten Summe.
Schließlich wird H. in Bagdad einem Offizier des Geheimdienstes vorgeführt, der für den Iran zuständig ist und ebenfalls Persisch spricht. Er teilt H. mit, die Untersuchungen hätten ergeben, daß H. kein Spion sei und das Land verlassen könne.
Dann wendet sich der Offizier an den Unteroffizier mit der Frage: „Hat der iranische Gast unsere zauberhafte Hauptstadt kennengelernt?"
Als der Unteroffizier die Frage verneint, ruft der Offizier: „Die Gastfreundschaft gebietet, daß du dem Gast die Sehenswürdigkeiten unserer Hauptstadt zeigst!"
Der Unteroffizier stimmt willig zu.
H. würde gerne auf diese Sehenswürdigkeiten verzichten, aber die Gebote der Gastfreundschaft sind stärker.
Der Unteroffizier bestellt ein Taxi.
Dann besuchen die beiden den ganzen Tag über diverse Bars, wo der Unteroffizier es sich gutgehen läßt –
aus H.'s Kasse.

20. Juni 1981

Heute ist Said Sultanpur zusammen mit acht anderen hingerichtet worden. Er wurde bei seiner Hochzeit verhaftet und jetzt wegen Devisenschmuggels exekutiert.

Er war Dichter, Dramatiker, Schauspieler und Regisseur.
Hier eine Geschichte von Said Sultanpur, der auch schon zu Zeiten des Schahs wiederholt im Gefängnis saß.
Diese Geschichte erzählte er unmittelbar nach dem Sturz des Schahs bei einer Dichterlesung in Teheran:
„1976 übersetzte ich ein Stück von Maxim Gorki, *Die Parasiten,* fand einen Intendanten, der bereit war, das Stück unter meiner Regie in seinem Theater aufzuführen, und fand auch die Schauspieler, die ich brauchte.
Dann trug ich das Manuskript zur Zensurbehörde des SAVAK.
Auf dem Manuskript standen vorschriftsmäßig der Name des Autors Maxim Gorki, mein Name als Übersetzer, der Name des Theaterintendanten und die Namen der Schauspieler.
Ich bat also offiziell um die Genehmigung, das Stück aufführen zu dürfen. Man nahm mir das Manuskript ab, schrieb meine Adresse auf und teilte mir mit, ich werde von der Behörde hören.
Nach einigen Wochen erhielt ich einen Brief vom SAVAK, in dem man mich aufforderte, an einem bestimmten Tag vorstellig zu werden. Weiter unten stand deutlich und von Hand unterstrichen:
‚Der Autor des Stücks ist unbedingt mitzubringen.'
Der SAVAK wollte 1976 Maxim Gorki sehen."

Sultanpur hat all das mit- und überlebt.
Dann wurde er vom Regime Chomeinis hingerichtet,
während wir noch darüber witzelten, ob er in seiner Hochzeitsnacht nichts Besseres zu tun gehabt hätte,
als Devisenschmuggel zu betreiben.

Herbst 1981

Puran wurde hingerichtet.
Sie war eine schöne Frau, großgewachsen, charakterfest, intelligent und wortgewandt.
Als sie hingerichtet wurde, war sie vielleicht 29 Jahre alt.
Wir waren gute Freunde, hatten aber nie ein erotisches Verhältnis.

Ich glaube, ihr Tod hätte mich viel härter getroffen, wenn ich je mit ihr geschlafen hätte.
Dann hätte er endlich den Weg auch zu meinem Bett gefunden.

Nach dem Sturz des Schahs im Frühjahr 1979 kehrte sie, wie wir alle, in den Iran zurück.
Wir trafen uns zuletzt in Teheran, und sie nahm mich für eine Nacht bei sich auf, da ich keine Bleibe hatte.
Danach habe ich sie nie wieder gesehen.
Sie hatte einen linken Kurden geheiratet.
Dann wurde sie schwanger; zu jener Zeit war er schon im Untergrund.
Das Regime wartete die Entbindung ab. Und vier Tage danach, als sie mit dem Kind zu ihrer Mutter zog, wurde sie verhaftet – an demselben Tag wie ihr Mann.
Beide wurden gefoltert.
Er gab auf, erschien im Fernsehen und gab Reueerklärungen ab.
Sie nicht.
Dann wurde sie hingerichtet.
Ich stelle sie mir vor, wie sie in ihrer ganzen Schönheit und erhobenen Hauptes zu jener Mauer im Gefängnis Ewin geschritten ist, an der alle hingerichtet wurden.
Einen Tag nach der Hinrichtung rief die Gefängnisleitung ihre Mutter an und teilte ihr wörtlich mit:
„Sie können Ihre Tochter abholen."
Die Mutter freute sich, daß ihre Tochter endlich – nach acht Monaten im Gefängnis – freikommen werde.
Im Gefängnis übergab man ihr die Leiche ihrer Tochter.

September 1981

Eine ältere Dame aus dem Iran besucht mich und erzählt mir diese Geschichte: „Seit neuestem ist die Waschmaschine zum Luxusartikel erklärt worden und kann nur beim Staat gekauft werden.

Nachdem ich einen Antrag auf eine Waschmaschine gestellt hatte, wurde ich in die nächste Moschee gerufen.
Der junge Mullah dort forderte mich auf, ihm meine Hände zu zeigen.
Ich tat es.
Daraufhin sagte er:
‚Sie haben gesunde Hände,
Sie brauchen keine Waschmaschine!'
Mein Antrag wurde abgelehnt."

2. Oktober 1981

Im Namen Gottes
Der Generalstaatsanwalt des Revolutionstribunals an alle Revolutionstribunale der Städte und Provinzen

Die Führung der Revolutionsgarden hat wiederholt darauf hingewiesen, daß viele unserer Brüder Revolutionsgardisten, die in den Straßenkämpfen mit den Feinden der Revolution oder im Krieg gegen die irakischen Aggressoren verletzt und in Krankenhäuser gebracht werden, dringend Bluttransfusionen benötigen und oft an Blutmangel sterben. Um dieses Problem zu lösen, befiehlt sie streng vertraulich, daß den zu Tode Verurteilten vor der Urteilsvollstreckung von vertrauenswürdigen Ärzten Blut abgenommen und sofort dem nächsten Krankenhaus oder der nächsten Blutbank übergeben wird, damit es zur Behandlung der verletzten Revolutionsgardisten verwendet werden kann.
Diese Anordnung wurde Imam Chomeini, dem Gründer und Führer der Islamischen Republik, vorgelegt.
Der Imam erklärte sie für konform mit den islamischen Gesetzen.

Der Generalstaatsanwalt des Revolutionstribunals
Mussawi Tabrisi

Winter 1981

Die Zeit der schrecklichsten Hinrichtungswelle im Iran.
Fast täglich werden Leute getötet, darunter viele Freunde von mir.
Da ruft eines Nachts M. bei mir an.
Er erklärt mir, daß I. gerade aus dem Iran gekommen und bei ihm zu Besuch sei. I. würde mich gerne sehen.
Auch ich würde ihn gerne sehen.
Wir hatten uns nie getroffen, aber sehr oft voneinander gehört.
I. war ein alter Mitkämpfer gegen den Schah und saß einige Jahre im Gefängnis, ehe er durch die Revolution befreit wurde.
Nun war er in München, und wir sollten uns endlich kennenlernen.
Am Telephon zögerte ich, doch schließlich sagte ich zu seinem Gastgeber:
„Weißt du, ich will ihn nicht sehen. Wie ich ihn kenne, ist er auch heute politisch aktiv. Sollte er jetzt erwischt werden, wird er sicherlich hingerichtet. Wenn ich ihn nicht gesehen habe, ist der Schmerz vielleicht erträglicher."
Wir verabschiedeten uns, und ich legte auf.
Eine halbe Stunde später steht I. vor meiner Tür, mit offenen Armen:
„Komm, laß uns ein Bier trinken auf meine Hinrichtung!"

29. Februar 1982

Die Teheraner Tageszeitung *Keyhan* berichtet:
„Der Referent für Öffentlichkeitsarbeit der Generalstaatsanwaltschaft der Islamischen Revolution gab gestern bekannt: Das Gericht der Islamischen Revolution in Amol (Nordiran) hat sieben Personen wegen bewaffneten Widerstandes gegen die Islamische Republik, Organisierung widergesetzlicher Gruppierungen in den Wäldern, bewaffneten Angriffs auf die Stadt Amol und ihre strategisch wichtigen Punkte, Eröffnung des Feuers auf die wehrlose Zivilbevölkerung, Korrup-

tion auf Erden und Kampf gegen Gott und seinen Propheten zum Tode verurteilt.
Das Urteil wurde in Anwesenheit des engagierten revolutionären Volkes von Amol im Fußballstadion vollstreckt.
Vor der Hinrichtung wurden den Verurteilten die Augenbinden abgenommen; im Angesicht der anwesenden Menschenmassen wurden die Verurteilten bleich und starrten in die Menge.
Dann wurden die Augen der Verurteilten wieder verbunden.
Der Kommandant des Exekutionskommandos erklärte, er werde bis drei zählen und dann werde das Volk selbst ‚Feuer!' rufen.
Er zählte bis drei, das Volk rief einstimmig und begeistert: ‚Feuer!', und das Urteil wurde vollzogen."

Drei von ihnen waren meine Freunde.
Ich glaube, sie waren schon tot, als sie die Masse der Schaulustigen im Stadion erblickten.
Z. traf ich noch im April 1979 in Teheran, in einem Restaurant, zufällig. Wir aßen zusammen und witzelten, daß das Fleisch nicht frisch sei und wir vielleicht davon Durchfall bekommen würden.
Ich sagte, an Durchfall sei noch niemand gestorben.
Z. antwortete: „Aber die Kombination von Durchfall und Chomeini ist tödlich."

1. März 1982

Resolution Nr. 1001

Im Namen des Volkes
verurteilen wir
die anderen,
weil sie
nicht mit uns
gegen die ganz anderen
kämpfen wollen –
für das Volk.

September 1982

Der Andrang auf Visa für die Bundesrepublik ist so groß, daß die deutsche Botschaft in Teheran zu ihrer eigenen Entlastung und zur Erleichterung für die Antragsteller den Fragebogen für Visaanträge in der größten Teheraner Tageszeitung abdrucken läßt.
Dieser Fragebogen – als Zeitungsausschnitt – wird in Teheran auf dem Schwarzmarkt zu horrenden Preisen gehandelt.

17. September 1982

Gestern in den frühen Morgenstunden ist in Teheran das Todesurteil gegen den früheren iranischen Außenminister Sadegh Ghotbzadeh vollstreckt worden. Er wurde erschossen. Der 47jährige war des Hochverrats gegen Ayatollah Chomeini beschuldigt worden.
Damit ist eine der schillerndsten Figuren der Islamischen Revolution und der iranischen Politik schlechthin eliminiert worden.
Ghotbzadeh war ein Abenteurer –
zu jeder Revolution gesellt sich auch ein Abenteurer.
Ghotbzadeh stammte aus dem Süden Teherans und behielt den dortigen Slang und die dazugehörenden Gebärden bis zum Schluß bei.
Er war ein Haudegen, der lieber seine Fäuste einsetzte als Argumente. So Anfang der sechziger Jahre in New York, wo er sich bei einer pompösen Neujahrsfeier der iranischen Botschaft einschlich und den iranischen Botschafter, Ardeschir Zahdedi, einen der verhaßtesten und verruchtesten Paladine des Schahs, krankenhausreif schlug.
Ghotbzadeh wurde verhaftet; gegen eine hohe Kaution, die Freunde sammelten, kam er frei.
Über Nacht floh er nach Kanada; dort wurde er erneut verhaftet.
Er blieb sieben Monate in einem kleinen kanadischen Grenzort im Gefängnis, während die Gerichte über seine Auslieferung nach Teheran verhandelten.

Er entkam der Auslieferung, weil die syrische Regierung – die die Aktivitäten der iranischen Opposition gegen den Schah unterstützte – ihm die syrische Staatsangehörigkeit verlieh; Ghotbzadeh hatte bis zu seiner Rückkehr in den Iran – im selben Flugzeug mit Ayatollah Chomeini – nur einen syrischen Paß.
Als 1964 Chomeini in die Türkei verbannt wurde, eilte Ghotbzadeh herbei, um Chomeini seine bedingungslose Treue zu erklären.
Fortan genoß er Chomeinis uneingeschränktes Vertrauen.
Chomeini überließ ihm fünf Prozent der Religionssteuer für Propagandazwecke der Islamischen Revolution –
eine Summe, die nicht unterschätzt werden darf.
Als Ghotbzadeh nach dem Sieg der Islamischen Revolution den Rundfunk übernahm, ging er entschlossen und gehässig gegen Linke und Liberale vor.
Seine Intimfeinde aus dem religiösen Lager hinterbrachten Chomeini, Ghotbzadeh veruntreue die ihm zur Verfügung stehenden Mittel, und verwiesen auf seine Seidenhemden und maßgeschneiderten Anzüge. Chomeini soll darauf mit dem Hinweis auf Ghotbzadehs Vornamen *Sadegh* (Sadegh bedeutet: der Aufrichtige) alle Vorwürfe zurückgewiesen haben.
Dann wurde Ghotbzadeh des Amtes enthoben, verhaftet und schließlich des Hochverrats angeklagt.
Im Prozeß soll er sich offensiv und radikal verhalten haben.
Er bat nicht um Gnade und bekannte sich zur Anklage, daß er putschen und die Macht übernehmen wollte.
Seine Hinrichtung soll lange gedauert haben;
die Revolutionsgardisten sollen von seinen Füßen aufwärts auf ihn gezielt und geschossen haben.

Oktober 1982

Frage: „Was ist auf der Straße gefährlicher in der Hand: eine Kalaschnikoff oder ein Musikinstrument?“
Antwort: „Ein Musikinstrument.
Denn mit einer Kalaschnikoff in der Hand kann man zunächst einmal behaupten, man gehöre zu der revolutionären

Organisation XY. Da es von solchen Organisationen immer noch wimmelt, könnte man erst einmal Zeit gewinnen.
Bei einem Musikinstrument wäre die Sache schon schwieriger."

Winter 1982

Unmittelbar nach der Islamischen Revolution werden die medizinische Autopsie und Anatomie verboten, „weil der Islam die Würde des menschlichen Körpers achtet".
Dann folgt die *Islamische Kulturrevolution,* in deren Folge alle Universitäten des Landes geschlossen werden.
Ende 1982 sind die Universitäten wieder offen, aber die Anatomie ist noch verboten.
Also importiert die Islamische Republik Leichen aus Indien.
Doch auf lange Sicht ist dieser Importartikel zu teuer,
vor allem wegen der Transportkosten.
Also erläßt Chomeini ein weiteres Edikt,
das die Anatomie wieder zuläßt.
Dieses Edikt aber schreibt vor,
man solle die Leichen der Juden, Christen und Zarathustrianer vorziehen und erst dann die Leichen der Muslims nehmen.

Frühjahr 1983

In Berlin lernte ich S. kennen. Er war sehr ruhig und machte einen verstörten Eindruck. Freunde erzählen mir seine Geschichte:
Nach der Islamischen Revolution 1979 kehrte S. wie alle anderen in den Iran zurück. Er bekam eine Dozentenstelle an einer Universität im Norden des Landes. Viele Dozenten dieser Universität waren im Ausland gewesen. Man kannte sich teilweise schon oder lernte sich schnell kennen und bildete einen Freundeskreis. Im Frühjahr 1980 protestierten die Studenten gegen irgend etwas. Revolutionsgardisten besetzten das Uni-Gelände und prügelten auf die Studenten ein.
18 Professoren und Dozenten – darunter auch S. – schickten daraufhin eine Protestnote an den Gouverneur.

Am Tag darauf wurden alle verhaftet und in eine Gemeinschaftszelle geworfen. Dann kam ein dürrer Mullah in die Zelle und zeigte auf den, der am lautesten gegen die Verhaftung protestiert hatte. Der wurde abgeholt und sofort im Hof des Gefängnisses hingerichtet.
Die Leiche trugen die Revolutionsgardisten wieder in die Zelle zurück. Der dürre Mullah sagte dann, alle seien zum Tode verurteilt, er warte nur auf die Bestätigung aus Teheran.
24 Stunden warteten diese 17 Personen auf diese Bestätigung, die zum Glück nie ankam.
Die 17 Personen blieben jedoch vier Monate in Haft.
Nach der Freilassung verließen sie fluchtartig das Land.

Frühjahr 1983

Um 8 Uhr in der Früh klingelt mein Telephon.
Ich nehme verschlafen den Hörer ab.
Eine weiche Frauenstimme fragt mich auf persisch:
„Willst Du mich heiraten?"
„Wie bitte?"
„Willst Du mich heiraten?" wiederholt die Stimme noch weicher.
Ich werde ärgerlich:
„Wer spricht denn bitte?"
Endlich nennt sie ihren Namen.
Es ist M., eine Freundin aus Teheran.
Sie will raus aus Chomeinis Iran, koste es, was es wolle.
Also fragt sie mich, ob ich sie nicht formell heiraten würde, damit sie ausreisen kann.
Denn Ehefrauen dürfen, ja sollen sogar ihren Männern folgen, wohin auch immer.
Ich erkläre ihr, daß ich keinen iranischen Paß habe, sondern nur einen Reisepaß für Flüchtlinge, ausgestellt von der Bundesrepublik. Ein Dokument, das die iranischen Autoritäten gar nicht anerkennen.
Die Stimme erkaltet am Telephon, sie flüstert einige Worte der Entschuldigung und legt auf.

30. August 1983

Für Kemal Altun (13. 4. 1960–30. 8. 1983), der nach einem Jahr Einzelhaft in Moabit während seiner Verhandlung im Verwaltungsgericht in Berlin aus dem Fenster gesprungen ist.

Kemal,
Du wolltest
zur Sonne,
aber die Fenster hier
verstehen kein Türkisch.

Und Deine Mutter,
was sagte sie
dem Botschafter des Todes,
der nur Deutsch sprach
mit barer Münze auf der Zunge
und schlechtem Gewissen in der Hand?

September 1983

Ich lerne Ch. kennen. Er erzählt mir seine Geschichte:
„Vor etwa 15 Jahren hat mir das Schah-Regime die Staatsangehörigkeit aberkannt. Die unmittelbar zuständige Person für diesen Akt war Dr. P., ein Schulfreund und Genosse.
In unserer Jugend waren wir gemeinsam Aktivisten der Kommunistischen Partei und saßen auch gemeinsam einige Zeit im Gefängnis. Nach der Gefängniszeit kamen wir beide nach Deutschland, um zu studieren.
P. beendete sein Studium der Politologie in Düsseldorf und reiste dann in den Iran zurück.
Nach einigen Jahren wurde er ein hohes Tier im Außenministerium. Dann kam er eines Tages dienstlich nach Deutschland und besuchte mich.
Wir diskutierten natürlich auch über unsere politischen Standpunkte. Er verteidigte den Schah und seine Reformen, die er *Revolution* nannte, er lud mich zur Zusammenarbeit mit dem Regime ein und garantierte mir einen guten Posten im Außenministerium. Ich warf ihn kurzerhand aus meiner

Wohnung, eine schwere Verletzung der Gepflogenheiten der iranischen Gastfreundschaft; aber gerade das wollte ich ihm demonstrieren.
Er verschwand in der Nacht, rief mich dann von einer Pension aus an und sagte: ‚Du hörst noch von mir, du Verräter!'
Einige Wochen später wurde ich von der Ausländerbehörde vorgeladen. Der Beamte teilte mir mit, daß mir die iranische Botschaft die Staatsangehörigkeit aberkannt habe und er verpflichtet sei, mir den Paß abzunehmen. Nun wußte ich, daß mein alter Freund seine Drohung wahrgemacht hatte.
Da ich mit einer Deutschen verheiratet war, bekam ich ohne große Schwierigkeiten einen deutschen Paß.
Aber ich vergaß P. nicht.
Als die Islamische Revolution kam, fuhr ich in den Iran und suchte P. Das war nun meine Stunde.
Er saß in einem Gefängnis und wartete auf seinen Prozeß.
Ich setzte alles in Bewegung, um ihn noch einmal zu sehen.
Ich wollte ihm noch einmal ins Gesicht schauen.
Schließlich bekam ich eine Besuchserlaubnis.
Das Gericht tagte in einem Schulgebäude. Als ich um Einlaß bat, war das Schulzimmer, das als Gerichtssaal diente, schon überfüllt.
Ich wartete also im Korridor.
Das Urteil lautete: *Hinrichtung!*
Mein Ex-Genosse wurde durch eine andere Tür direkt in den Hof geführt, wo er sofort erschossen wurde.
Während ich noch im Korridor wartete und nur die Schüsse hörte.
Ich habe ihn leider nicht mehr gesehen.
Ich hätte gern noch einmal sein Gesicht kurz vor dem Tod gesehen und hätte ihn gerne gefragt, wer nun der Verräter sei."

Herbst 1983

Ich bin bei S. zu Besuch. Sein Bruder aus Österreich ist auch da.
S. entschuldigt sich und geht ins Bad, um seine Haare zu waschen.

Der Bruder und ich hören in der Küche Nachrichten.
Plötzlich läuft der Bruder aus der Küche, hämmert an die Tür des Badezimmers und brüllt:
„Komm raus, Chomeini ist tot!
Chomeini ist tot!“
S. rennt aus dem Badezimmer mit Schaumresten auf seinem Haar und fragt aufgeregt:
„Was, ist das wahr, ist Chomeini wirklich gestorben?“
Wir lachen ihn aus und erzählen ihm, daß alles nur ein Scherz war.
Worauf er lediglich bemerkt:
„Und ich habe mir schon überlegt, wo ich das Geld für einen Flug nach Teheran leihen soll.“

Herbst 1983

Ich ging zu Fuß zu meinem Postfach. Wie gewöhnlich suchte ich ruhigere Straßen aus. Diesmal lief ich über einen Baustellenweg, der unbewohnt war und mich an die zahlreichen Ruinen erinnerte, die es in Teheran gab.
Auf halber Strecke kam zur Linken ein Tor, das in eine Werkstatt führte. Nachdem ich schon etwa 100 Meter an diesem Tor vorübergegangen war, rief jemand hinter mir:
„Hallo!“
Ich blieb stehen und schaute zurück.
Vor dem Tor stand ein kleiner, aber stämmiger Mann in einem blauen Arbeitsoverall; aus der Entfernung sah der Mann wie ein Bauarbeiter aus. Bauarbeiter sind nicht unbedingt ausländerfreundlich, überlegte ich.
Der Mann rief wieder: „Komm hier!“
„Warum?“ fragte ich vorsichtig.
„Komm hier, keine Angst!“ schrie der Fremde und machte eine einladende Geste. Sein Akzent und seine freundliche Handbewegung machten mich mutiger. Ich lief ihm entgegen.
Als ich ihn erreichte, sagte er:
„Ich dachte, mein Korsar geht hier vorbei“, und deutete auf meinen Bart.

Und noch bevor ich – immer noch verängstigt – etwas sagen konnte, fragte er:
„Jude?"
„Nein!"
„Woher?", fragte er mit seinem starken Akzent.
„Iran!" sagte ich und hoffte, daß die Antwort nicht falsch war.
„Agha farsi harf misanid?" sprudelte es aus ihm heraus.
Was soviel bedeutet wie: „Spricht der Herr Persisch?"
„Natürlich!" sagte ich auf persisch und fragte in meiner Muttersprache, ob er Persisch könne. Seine Augen glänzten, und er strahlte. Dann fing er an, Nizami zu deklamieren; laut und theatralisch, mit einwandfreier Aussprache. (Nizami ist ein bedeutender Lyriker, seine Gedichte sind schön, versponnen und sehr streng nach alter Metrik gebaut. Alles in allem ein Dichter, der nur von Intellektuellen verehrt wird und nicht gerade von Bauarbeitern.)
Aber mein Bauarbeiter stand vor mir und deklamierte Nizami.
Mal entfernte er sich einige Schritte von mir, dann kam er wieder mit geöffneten Armen auf mich zu und umarmte mich – zerdrückte mich beinahe an seiner breiten Brust. Schließlich nahm er den Hut ab, verwirrte sein dichtes Haar und umarmte mich erneut – immer noch deklamierend.
Ich fragte ihn, nun ohne Angst, aber mit Herzklopfen, ob er Iraner sei, ob er wirklich Persisch spreche.
Plötzlich hielt der Mann inne, brach in Schluchzen aus, umarmte mich fester, streichelte mit seinen kräftigen Händen liebevoll mein Gesicht – er war doch kein Bauarbeiter, sondern Mechaniker, denn die Hände waren ölbeschmiert – und begann in einer Sprache zu sprechen, die sicherlich kein Persisch war. Ich strengte mich an; es handelte sich weder um Persisch noch um Arabisch oder Türkisch, sondern um eine Mischung aus allen dreien.
Der Mann weinte heftig, die Tränenbahn glänzte weiß in seinem verschmierten Gesicht. Und er wollte wieder mit Nizami beginnen, doch die Tränen waren stärker. Er schluchzte laut und hielt meine Hand fest, als hätte er Angst, ich würde weglaufen.

Als ich merkte, daß er mein Persisch nicht verstehen konnte, fragte ich auf deutsch, woher er komme.
Nun begann er wieder in dieser seltsamen Mischung der drei Sprachen mit mir zu sprechen. Ich verstand immer noch nicht, und er merkte es. Da sagte er auf deutsch: „Komm!"
Und er schleppte mich in seine Werkstatt, holte einen verstaubten Sessel und befahl mir, mich hinzusetzen.
Da keine andere Sitzgelegenheit im Raum war, erklärte ich ihm auf deutsch, wenn er stehen müsse, würde ich auch stehen bleiben.
Aber es half nicht, ich mußte mich hinsetzen.
Er öffnete eine Bierflasche – um 11 Uhr vormittags –, ich lehnte ab und erklärte ihm, daß ich tagsüber nie Alkohol trinke.
Das verstand er nicht. Er bot mir eine Zigarette an.
Ich nahm sie und freute mich, ihm nicht wieder einen Korb geben zu müssen. Er gab mir Feuer und lachte laut und kindlich. Und wieder fing er an, Nizami zu deklamieren.
Nizami interessierte mich in dem Moment gar nicht, um so mehr aber dieser Mann, der nun wieder in heftiges Schluchzen verfallen war.
Er hob mich vom Sessel, zerdrückte mich fast in seinen Armen, stellte mich wieder ab und wischte mit seinen ölbeschmierten Händen imaginären Staub aus meinem Gesicht.
Schließlich beruhigte er sich ein wenig. Und ich fragte wieder auf deutsch, woher er komme und wieso er Nizami auf persisch deklamieren könne. Also begann er wieder mit seinem Feuerwerk aus drei Sprachen, diesmal langsamer, in der Hoffnung, ich könnte ihn verstehen. Und ich verstand immerhin so viel:
Er stammte aus Aserbaidschan in der Sowjetunion, verbrachte aber seine Schulzeit in Duschanbe in der tadschikischen Republik. Dort spricht man bis heute Persisch. Also mußte er in der Schule Persisch pauken, vor allem aber Nizami, der aus diesem Gebiet stammt und dort wie ein Heiliger verehrt wird.
Dann kam der Zweite Weltkrieg. Er wurde als Soldat gefangengenommen und irgendwo in Bayern als Landarbeiter eingesetzt; und dort ist er geblieben.

Als er dies erzählte, erlosch das Feuer seiner Sprache. Er wirkte eher gebrochen und lallte etwas Unverständliches mit Tränen in den Augen.
„Hast du eine Frau?“ fragte ich ihn auf deutsch.
Nun begann er Deutsch zu sprechen, fast so, als ob er sich bereits ergeben hätte:
„Kaputt!“
Also tot, meinte er.
„Hast du Kinder?“
„Ja, aber weg!“
„Wohin?“
„Hier in München!“ wobei er einen großen Halbkreis um sich beschrieb.
„Besuchen sie dich?“
„Nein!“ Er machte eine verächtliche Geste:
„Nur wenn sie brauchen Geld.“
„Warst du mal wieder in Aserbaidschan?“
„Nein, nie mehr!“ Und er schüttelte den Kopf so entschieden, als ob das unmöglich wäre.
Plötzlich trat ein junger Deutscher in die Werkstatt.
„Mein Chef!“ sagte der Aserbaidschaner wieder kindlich froh.
Der Mann wehrte freundlich ab:
„Nein, kein Chef! Wir sind Kollegen. Wo kommst du her?“
„Iran.“
„Ach, ich war oft im Iran.“
Der Aserbaidschaner sagte zu ihm, auf mich zeigend:
„Er war weg, sehr weg, ich rufe, rufe, er kommt zurück, ja, ja, mein Freund“, und schlug mir zärtlich auf die Schulter und sagt zu seinem *Chef*:
„Du reden mit ihm über Iran, Chomeini!“ Dann drehte er sich zu mir:
„Ich nix Zeitung, nix Fernsehen, nix Radio!“
Und er drückte mir eine neue Zigarette in den Mund, die er auch anzündete; wieder diese kindliche Fröhlichkeit.
Der Deutsche erzählte mir viel über seine Reisen in den Iran und sagte, auf den Aserbaidschaner zeigend:
„Er ist ein guter Kollege, wir sind Freunde. Komm wieder hierher! Er freut sich sehr, wenn er mit dir in seiner Sprache

spricht, auch wenn du ihn nicht verstehst. Er hat sonst nie Gelegenheit dazu.“

Die beiden machen sich an ihre Arbeit, und ich wußte, ich mußte jetzt gehen.

„Wie heißt du?“ fragte ich meinen Aserbaidschaner.

Wieder triumphierte er in seiner Sprache:

„Anwari! Wie der Dichter Anwari!“

In der Tat gibt es einen berühmten Klassiker mit diesem Namen.

Mein Aserbaidschaner deklamierte wieder Nizami, den er offensichtlich lieber mochte als seinen Namensgenossen.

Dann holte er aus seiner zerdrückten Schachtel drei Zigaretten heraus, steckte mir eine in den Mund, die anderen in die Tasche und sagte fröhlich und guter Dinge:

„Ghodahafes Agha, Ghodahafes!“ („Wiedersehen mein Herr, wiedersehen!“)

Anwari begleitete mich bis zum Tor.

Ich habe ihn nie wieder gesehen, wir hatten kein Wiedersehen verabredet.

Frühjahr 1984

Die Beichte des Ayatollah Chomeini

Herr,
ich höre Deinen Ruf.
Siehe, ich lasse alles liegen und eile zu Dir. Ich nehme nur das mit, was ich wirklich besitze: meinen Glauben. Was ich zurücklasse, ist Deine Republik –
die Islamische Republik.

Herr,
ich bin froh und dankbar, daß mein kurzer Aufenthalt auf dieser noch von Sünden übersäten Erde beendet ist und daß ich nun endlich durch Deine Gnade zu meinem ewigen Heim gelange, glücklich und unbeschwert.
Meine einzige Sorge gilt Deiner Republik, die ich in Deinem Namen, mit Deiner Hilfe und für Dich errichtet habe;
nimm Deine schützende Hand nicht von ihr.

Diese Islamische Republik, Herr, ist das Ergebnis meines bescheidenen Lebens. Wenn auch mein Leben voll von Sünden gewesen ist, wenn auch mein Leben gezeichnet ist – wie das Leben des Menschensohnes überhaupt – von der Unfähigkeit, Dir zu dienen, so habe ich doch diese Tat, die Ausrufung Deiner Herrschaft auf der Erde, vorzuweisen.

Herr,
dies ist Deine Republik, die erste Islamische Republik seit mehr als tausend Jahren; seit der Islam in seiner Blütezeit durch seine ewigen Feinde gespalten wurde. Und seither haben Deine ergebensten Söhne immer wieder versucht, Deine Herrschaft auf der Erde herzustellen, und sie sind immer wieder gescheitert.

Herr,
ich danke Dir, daß Du mir, dem geringsten unter Deinen Eiferern, die Ehre erwiesen hast, Deine Republik auszurufen – und dies in einer sehr schlimmen Zeit.
Denn es stand sehr schlecht um Deine Sache in diesem Lande. Jener kleine, aufgeblasene Mann, der dank der Revolution zu dem großen Teufel nach Amerika geflüchtet ist und den inzwischen Deine gerechte Strafe ereilen konnte, hatte fast alle verblendet – durch sein Geld, seine Armee, seine Macht, seine großmäuligen Reden und die Sympathiekundgebungen seiner Freunde im Westen und Osten.

Vergib mir, o Herr, selbst viele Geistliche, die in Deinem Namen die Sache des Islams vertraten, ließen sich verblenden. Nur ein kleiner Haufen mit unerschütterlichem Glauben an Deine Herrlichkeit und fester Überzeugung von der baldigen Niederlage Deiner Feinde konnte allen Versuchungen widerstehen.

Herr,
ich danke Dir, daß Du mir geholfen hast, diesem kleinen Haufen treu zu bleiben. Während die Politiker sich taktisch auf die Vorschläge des kleinen aufgeblasenen Mannes einließen und versuchten, im Rahmen *seiner* Demokratie *das Beste*

zu erwirken, lehnte ich in all' den Jahren, in denen ich ihn haßte und er mich bekämpfte, jeden Kontakt mit ihm ab und verlangte direkt und unmißverständlich seinen Sturz. Und ließ mich auch von dieser Haltung nicht abbringen – weder durch seine politischen Manöver noch durch taktische Vorschläge meiner Gefolgsleute. Und diese einfache und klare Haltung gegenüber dem Feind war ein Grund, daß mich die Masse unterstützt hat. Denn das Volk hat einen geraden Sinn, und ich spreche seine Sprache.

Herr,
mich haben die Ärmsten getragen, die Entrechteten,
die Nichtbeachteten, die Geschwächten, die Vergessenen.
Vergessen von allen politischen Führern.
Ich bin vom Volke getragen worden, O Herr, um Deine Republik aufzubauen.
Ich gab diesem Volk seine Identität zurück, die es in Jahrhunderten der Unterdrückung durch östliche und westliche Marionetten verloren hatte. Marionetten, die weder die Sprache des Volkes benutzten noch seine Gefühle verstanden. Und auch das Volk verstand ihre Sprache und ihre Gefühle nicht – die guten nicht und die bösen nicht.
Ich aber, O Herr, besann mich auf den Ursprung des Volkes, auf seine geheimen Wünsche, seine einfachen Instinkte, die zugeschüttet waren in all den Jahren und die erst durch die Revolution wie durch einen Vulkanausbruch an die Oberfläche gekommen sind. Durch die Entfesselung dieser Instinkte richten sie manchmal mehr Schaden an, als sie Nützliches erreichen. Vergib ihnen, O Herr, sie sind wie Kinder, denen man jahrelang Süßigkeiten zeigte, aber vorenthielt; nun toben sie sich aus.

Doch sie nähren sich dabei aus einer unergründlichen Quelle der Kraft, die ich brauche, um Deine Feinde zu bekämpfen. Immer waren sie zur Stelle, wenn es darum ging, Deine Feinde zu vernichten; sie, die durch ihren Hunger nach Leichen den Weg unserer Revolution ebneten, nicht all' diese Würdenträger der Republik, die konservativ und intrigant auf ihre Stunde warten.

Und Deine Feinde, O Herr, sind zahlreich.
Es sind die Anhänger des kleinen aufgeblasenen Mannes, den wir in die Flucht geschlagen haben; die nun ohne ihren Führer ziellos um sich schlagen und täglich schwächer und bedeutungsloser werden.

Es sind die Kommunisten, die Gottlosen, die wir erst kürzlich entlarvt und zerschlagen haben. Siehe, O Herr, selbst ihr Anführer erklärte, angesichts der großen Errungenschaften der Islamischen Revolution habe der Kommunismus allen Glanz und alle Anziehungskraft für die Massen verloren. Ich danke Dir, Herr, daß Du uns so mächtig werden ließest, daß selbst Deine verruchtesten Feinde die Ausweglosigkeit ihrer Lage erkannt und sich ergeben haben.
Deine Feinde sind des weiteren die Juden, die anderen Gottlosen, die Weintrinker, die Musikanten, die Schauspieler, die Genußsüchtigen, die Spieler, die Verdorbenen, die falschen Freiheitsapostel, die heuchlerischen Menschenrechtler und schließlich die verkappten Agenten des großen Teufels Amerika, die mit immer besseren Masken und immer neuen Ausreden ihr Unwesen gegen Deine Republik treiben.

Herr,
Dein Feind ist jeder, der sich geltend machen und seine Natur durchsetzen will. Und jeder, der das Recht an die Stelle der Pflicht und den Wohlstand an die Stelle der Tugend setzen will.

Herr,
Deine Feinde habe ich gnadenlos verfolgt. Denn die Schonung der Verschwörer ist Verrat am Volk. Hast Du nicht selbst die Rache der falschen Versöhnung vorgezogen?

Herr,
ich habe nach Deinem Gesetz gehandelt:
Das Buch und das Schwert.
Das Buch, das ist die islamische Tugend, die die Kraft Deiner Republik darstellt.
Und das Schwert, das ist der Kampf gegen Deine Feinde.

Und dieser Kampf ist der Ausfluß jener Tugend, er ist nichts anderes als die schnelle, strenge und unbeugsame Gerechtigkeit. Doch kaum hatte ich mit der Vernichtung Deiner Feinde begonnen, da kamen Pharisäer und Heuchler und mahnten zur Milde. Verzeih, O Herr, ich spreche nicht von Menschenrechtlern, Juden und anderen Anhängern des großen Teufels Amerika. Auch hierzulande unter meinen ergebensten Anhängern erhoben sich Stimmen zur Versöhnung mit Deinen Feinden. Vergib Ihnen, O Herr, sie sind durch die jahrhundertelange Herrschaft der Gottlosigkeit und der Ausschweifungen verweichlicht.
Wie einsam wäre ich in jenen Stunden inmitten von Zauderern, wenn nicht die große Masse der barfüßigen Gläubigen wäre, die wie immer in der Stunde der Entscheidung ihre schwachen Führer an Glauben und Eifer überflügeln.
Und doch, O Herr, habe ich Deine schlimmsten Feinde vorerst vernichtet.
Ich habe in aller Härte gehandelt, und trotzdem herrscht hier die Gerechtigkeit. Und wer in Deiner Republik zittert, ist schuldig, denn nie zittert die Unschuld vor der göttlichen Wachsamkeit.

Herr,
nachdem das Land von Deinen ärgsten Feinden befreit war, ging ich daran, Deine Republik aufzubauen – streng nach den Gesetzen Deines Buches, des Korans, und Deines letzten und vollkommenen Propheten Mohammed.

Herr,
ich habe versucht, die Frauen in Deiner Republik zu ihrer alten Würde zurückzuführen, die sie in den Jahren der Ausschweifung verloren hatten. Sie sind wieder in Schleier gehüllt, so daß niemand außer ihren Ehemännern ihr Haar und ihren Körper sehen kann.
Ich habe die Frauen entfernen lassen aus all den Berufen, die sie ihrer islamischen Würde berauben.
Ich habe versucht, ihnen zu der reinsten Aufgabe zu verhelfen, die der Islam für sie vorsieht:
der Aufgabe, Mutter zu sein.

Hast Du nicht selbst gesagt: „Das Paradies liegt unter den Füßen der Mütter"?

Herr,
in Deiner Republik wird auf die Moral der Frauen besonders geachtet. Wird ein Paar beim Ehebruch ertappt, so wird die Frau gesteinigt, wie es in Deinem Buche steht, während der Mann mit einigen Peitschenhieben ermahnt wird. Denn von der Frau erwartet der Islam mehr Keuschheit und Tugend.

Herr,
heute gibt es in Deiner Republik keine Huren mehr. Ich habe sie alle bereuen und umerziehen lassen zu verläßlichen Dienerinnen des Islam. Und damit die Prostitution nie mehr aufkommt, führen wir die Vielehe wieder ein. Sie macht den Mann zufriedener und läßt ihn seltener anderen Frauen nachstellen; auch wird durch die Vielehe die Zahl der alleinstehenden Frauen immer kleiner. Und so wird die Prostitution in ihren beiden Hauptwurzeln getroffen, und schließlich verschwindet sie für immer.

Herr,
noch nie war die Würde der Frau so hochgeschätzt wie hier und heute. In Deiner Republik ist die Frau schon vom neunten Lebensjahr an volljährig.
Sie gelangt damit zu einer frühen Reife, von der die Frauen in anderen Gesellschaften nur träumen können. Eine Frau kann mit neun Jahren zur Rechenschaft gezogen werden, auch für ihre politischen Taten.

Herr,
selbst Deine schlimmsten Feindinnen, die hingerichtet werden müssen, genießen bis zum Schluß die Sonderrechte der Frau im Islam. Sind sie nämlich Jungfrauen, so werden sie noch in der Nacht der Hinrichtung mit einem Revolutionsgardisten (einem dieser treuesten Deiner Kämpfer) vermählt, damit sie nicht als Jungfrau diese Welt verlassen, wie es in Deinem Buch steht.

Herr,
ich habe versucht, Deine Republik so zu gestalten, daß in ihr alles nach Deinem Gesetze und nach Deinen göttlichen Maßstäben eingerichtet wird.

Herr,
ich habe alle Musik verbieten lassen, die nach Deinen eigenen Worten Genuß und Ekstase verschafft, zur Verweichlichung und zur Ausschweifung führt und den Menschen vom Weg des Islam abbringt. In Deiner Republik hört man nur die wohlklingenden Töne des Korans und die Revolutionslieder, die täglich ohne Unterlaß vom Rundfunk übertragen werden.

Herr,
wenn Du Deiner Republik mehr Zeit gibst, so werden die Kinder, die jetzt geboren sind, im Erwachsenenalter Musik gar nicht kennen, so daß sie nicht verführt werden können.

Herr,
ich habe auch alle anderen westlichen Erscheinungsformen des Genusses verbieten lassen: Tanz, Ballett, Theater, Oper . . .
die in ihrem Wesen dem Islam nicht entsprechen, ja ihm sogar entgegen sind.

Herr,
ich habe auch die darstellende Kunst verbieten lassen, denn die Darstellung der Menschen ist einzig die Sache Gottes.

Herr,
ich habe auch alle schändliche Literatur abgeschafft, alle Bücher, die Deinen Namen nicht trugen, verbrennen und ihre Autoren ungeachtet ihres Namens und ihres Ruhmes erschießen lassen.

Herr,
ich habe die Weintrinker und alle, die in den Genuß von anderen Drogen kamen, durch öffentliche Peitschenhiebe ermahnt. Wurden sie noch einmal ertappt, so wurden sie

öffentlich hingerichtet, auf daß in Deiner Republik niemand dem Genuß verfalle.

Herr,
auch Diebe wurden durch Peitschenhiebe ermahnt, und beim dritten Mal, wenn wir von ihrer Unbelehrbarkeit überzeugt waren, wurde ihnen ein Finger der rechten Hand abgehackt. Bei weiteren Wiederholungen wurden andere Finger und schließlich die ganze Hand abgehackt.

Herr,
warum sollte man auch einen Dieb, der sich gegen die islamische Gesellschaft vergangen hat, auf Kosten dieser Gesellschaft in einem Gefängnis beherbergen, damit ihn niemand sieht. Während doch ein Dieb mit einem abgehackten Finger eine wandelnde Ermahnung für alle anderen Diebe ist. So fallen auch Deine Feinde, die hingerichtet werden, nicht der islamischen Gesellschaft zur Last, und ihre Angehörigen bekommen die Leichen nur, wenn sie die verschossenen Kugeln bezahlt haben. Deine Gesetze sind einfach und ökonomisch.

Herr,
all diese Ermahnungen, Auspeitschungen, Steinigungen und Hinrichtungen finden öffentlich statt, um dem Volk Deinen gerechten Zorn vorzuführen. Und vergib mir, O Herr, dieses ist ein einfaches Volk, und es hat keinen anderen Zeitvertreib, und so erscheinen sie auch zuhauf zu solchen Veranstaltungen.

Herr,
sogar das alte Gesetz der Vergeltung haben wir wieder eingeführt. Erst kürzlich durfte ein Vater mit eigener Hand den Mörder seiner Tochter erschießen. Nur so kann der gerechten Rache der Hinterbliebenen Genüge getan werden.

Herr,
und die Gerichte habe ich von all den bürokratischen Schikanen der modernen westlichen Gesellschaft befreit. In Deiner Republik gibt es keine verschiedenen Instanzen für einen

Mörder oder einen Gottesfeind. Das Urteil des ersten Gerichtes ist unmittelbar nach der Verkündung rechtskräftig, denn die islamischen Gerichte sind unfehlbar. Auch haben wir in der letzten Zeit mobile Gerichte eingeführt, die durch die Straßen fahren, die Sünder anhalten, über sie an Ort und Stelle richten und das Urteil gleich vor aller Augen vollstrecken.

Herr,
ich habe auch alle sexuell Verdorbenen, Homosexuelle, Päderasten und andere wegen *Korruption auf der Erde* und *Bekämpfung Gottes* hinrichten lassen, um Deine Republik von aller Verderbnis zu befreien. Denn will man die Verderbnis in ihren tiefsten Wurzeln ausrotten, so muß man alle verdorbenen Menschen ausrotten. Ich habe es versucht, Herr, auch wenn es mir nicht ganz gelungen ist.

Herr,
ich habe die Bahais verfolgen und ausrotten lassen. Diese letzten Abtrünnigen vom Islam – und daher die schlimmsten.

Herr,
ich habe auch nationale Minderheiten, die aufmuckten, gezüchtigt und niedergeworfen. Denn in Deiner Republik gibt es nur religiöse Beweggründe und keine nationalen.

Herr,
ich habe versucht, Bauten, Monumente und andere Überbleibsel des alten Regimes zu zerstören, damit von den teuflischen Jahren keine Spur übrigbleibt, die vielleicht verführerisch wirken könnte. Auch dabei konnte ich mich nur auf die Masse der barfüßigen Gläubigen stützen, die wie Kinder alles zerschlugen, um zu sehen, was darin versteckt war.

Herr,
ich habe sogar einige Worte aus dem Wortschatz dieser Sprache verbannt, die an das alte Regime erinnerten. Ich wollte sogar dieses Land nach Deinem Buch ‚Koran-Land' nennen.

Herr,
um der Gefahr vorzubeugen, daß nach meinem Tode die Gesellschaft rückfällig wird, habe ich eine islamische Kulturrevolution angeordnet, die alle Werte der alten Gesellschaft über Bord werfen und neue islamische Werte schaffen soll.

Herr,
ich habe eigens ein Ministerium einrichten lassen: *das Ministerium für Aufforderung zu guten Taten und Warnung vor verwerflichen Taten.* Dieses Ministerium hat nur die eine Aufgabe, über die islamische Moral zu wachen und die Sünder zu züchtigen.

Herr,
ich habe die Universitäten über Jahre schließen lassen und eine Kommission von frommen Gelehrten beauftragt, alle Fächer auf ihre islamischen Werte hin zu überprüfen und jene zu verbieten und abzuschaffen, die Deine Existenz und Deine Allmacht in Frage stellen.

Herr,
ich habe die Schulbücher ändern und die Lehren des Islams in sie aufnehmen lassen, damit die Kinder in Deiner Republik von Anfang an mit Deinen Lehren vertraut werden und ihre Pflichten dem einzigen Gott gegenüber kennen und erfüllen lernen.

Herr,
ich habe auch die Armee, die Polizei, die Gendarmerie und alle anderen Ämter des Landes islamisieren lassen. Ich habe alle Beamten entfernen lassen, die nicht gottesfürchtig genug waren, ungeachtet ihrer Position und ihrer Notwendigkeit für das Land. Ich habe in jedem Amt, auch im geringsten im Lande, eine Kommission von frommen Eiferern bilden lassen, die die wahren Gläubigen von Heuchlern unterscheiden und die letzteren entfernen sollte.

Herr,
ich habe auch alle Beamten, bis hin zu den Generälen, in Dei-

nem Namen gezwungen, täglich bei ihrem Dienst öffentlich und gemeinsam zu beten. Ich habe sogar für alle eine kleine religiöse Prüfung eingeführt, damit sie wenigstens die grundlegenden religiösen Aufgaben und Pflichten der Beamten kennenlernen.

Herr,
ich habe auch angeordnet, daß in allen Ämtern, ja selbst in Krankenhäusern, aus eingebauten Lautsprechern Koranzitate übertragen werden, damit Deine Kinder auch bei der Arbeit die Möglichkeit haben, von Deinem Buch zu lernen.

Herr,
ich wollte ein neues Volk und einen neuen Menschen für Dich schaffen, damit sie in Deine Republik hineinpassen. Einen neuen Menschen, der gegen irdische Versuchungen gefeit ist.

Herr,
ich wollte die Tugend an die Stelle der Laster setzen und habe dabei mit aller Entschiedenheit gehandelt. Ich selbst hatte keine Bedürfnisse, war nüchtern und hatte einfache Sitten und verlangte dies auch von allen anderen.
Siehe, O Herr, ich habe viele meiner treuesten Anhänger verbannt und hinrichten lassen, weil sie sich bereicherten oder die Gesetze der islamischen Herrschaft nach ihren eigenen Interessen interpretieren wollten.

Herr,
nachdem so Deine Republik mit viel Opfer und Mühsal von innen gefestigt war und Deine Feinde zerschlagen und gespalten waren, begann die Anziehungskraft der islamischen Republik über die Grenzen dieses Landes hinaus die Massen zu faszinieren – besonders in den benachbarten islamischen Ländern. Denn auch dort dürsten die Massen nach der Reinheit Deiner Lehre und verlangen die Züchtigung ihrer verdorbenen Führer durch Deine unbarmherzige Hand.

Herr,
ich habe sie alle unterstützt, die Deine Feinde bekämpfen und eine islamische Herrschaft errichten wollen. Dies hat allen Regierungen mißfallen, die Angst haben vor dem eigenen Volk und vor der Revolution. Und nun hat eine dieser Regierungen im Auftrag von allen anderen Deine Republik überfallen – die Republik Gottes.

Herr,
ich habe sie alle gewarnt, daß dieser Bruderkrieg uns vom Kampf gegen die Hauptfeinde, Amerika und Israel, abbringt. Aber sie erhörten mich nicht und wollten den Krieg.
Doch siehe, O Herr, wie tapfer Deine Söhne für Dich und Deine Republik kämpfen. Sie töten, damit Deine Republik siegt und die Stimme des Islam weiterhin alle Völker dieser Erde erreichen kann. Sie sterben in einem heiligen Krieg, damit sie in Dein Paradies kommen. Selbst viele Kinder wollen für Dich kämpfen, und ich habe ihnen den Schlüssel zu Deinem Paradies um den Hals gehängt. Siehe, wie bitter jene weinen, die nur gefangengenommen worden sind, statt als Märtyrer zu fallen.

Herr,
hilf Deiner Republik, sich zu verteidigen. Und gib ihr Zeit, bis die Generation herangewachsen ist, die in ihr geboren wurde. Denn sie ist unverdorben und revolutionär, und sie ist der Garant für die Zukunft. Dann kann auch ich Deine Republik unbesorgt verlassen.

Herr,
ich weiß, daß mir nicht alles gelungen ist, was ich mir für Dich und für den Islam vorgenommen hatte.
Aber Du weißt, wie einsam ich hier war, umgeben von Zauderern, die alles Revolutionäre behinderten und ewig zur Milde mahnten.

Herr,
vergib mir meine Schwäche und nimm mich zu Dir,
damit endlich Schluß ist mit dieser Einsamkeit.

Winter 1984

Ich bin zu einer Lesung in Graz eingeladen.
Ich werde vorgestellt, doch bevor ich zu lesen beginne, öffnet ein junger Mann die Saaltür und fragt laut:
„Darf ich auch hinzukommen?"
„Natürlich!" antworte ich.
„Ich bin aber Iraker!" sagt er.
Ich stehe auf, gehe zur Tür und bitte ihn einzutreten.
Soweit haben uns unsere Machthaber gebracht.

März 1985

Die Verfolgung und Ermordung J. P. Marats erscheint als erstes Werk von Peter Weiss in Persisch.
Da im Iran bekanntlich niemand verfolgt wird, kann dieses Werk ruhig veröffentlicht werden.

Herbst 1985

Wie eine Träne im Ozean von Manes Sperber erscheint in Persisch. Die Übersetzerin hat einige Jahre daran gearbeitet. Ihre Arbeit mußte sie wiederholt unterbrechen, weil sie des öfteren verhaftet wurde.
Hat die Zensur sich verblenden lassen von Sperbers ‚Antikommunismus', oder hat sie ihn und sein unmißverständliches Plädoyer für die Freiheit gar nicht begriffen?

November 1985

Zur Analyse der Tyrannis von Manes Sperber erscheint in persischer Übersetzung.
Zwar mußte der Übersetzer – von Beruf Arzt – kurze Zeit später flüchten, weil er, angeblich wegen Zugehörigkeit zu einer bewaffneten Widerstandsgruppe, gesucht wurde. Das Buch jedoch ist weiterhin in Teheran erhältlich: Der Verleger ist mit einigen Verhören davongekommen.

Dezember 1985

Eine Sammlung der Gedichte von Heinrich Heine erscheint. Ausgerechnet Heinrich Heine, der zeit seines Lebens gegen die Unterdrückung und für Freiheit gekämpft hat, wird erst unter dem Schwert des Islam im Iran veröffentlicht.

Frühjahr 1986

S. ist aus Teheran zurückgekehrt.
Vor seinem Abflug war er sehr erregt.
S. war ein aktiver Gegner des Schahs und Chomeinis.
Zwischen 1979 und 1983 war er der offizielle Herausgeber einer Oppositionszeitung, die offen zum Sturz des Chomeini-Regimes aufrief.
Dann mußte er einsehen – wie viele von uns –,
daß die zersplitterten Gruppen im Exil nichts gegen dieses Regime ausrichten konnten. Als Folge dieser Einsicht blieb S. fortan allen politischen Aktivitäten fern.
1985 kam sein Vater, ein einflußreicher Kaufmann, zu Besuch.
S. bat seinen Vater um seine Vermittlung, damit er wieder den Iran besuchen könnte.
Der Vater kehrte zurück und sondierte vorsichtig das Terrain. Nach einigen Monaten gab er grünes Licht.
Daraufhin flog S. nach Teheran.
Vor der Abreise traf er gewisse Vorkehrungen mit einigen Freunden, für den Fall, daß er doch verhaftet werden sollte.
Nun ist er nach drei Wochen Aufenthalt in Teheran zurück.
Er ruft an und erzählt mir seine Geschichte:
„Ich wurde weder am Flughafen noch später belästigt oder zum Geheimdienst zitiert.
Dann lud mein Vater einige Leute zum Essen ein, unter ihnen auch den Mann, der meinen Fall ‚erledigt' hatte. Er war vielleicht 27 Jahre alt und trug seine religiöse Anschauung deutlich zur Schau.
Nach dem Essen setzte ich mich zu ihm und dankte ihm, daß er meine Einreise ermöglicht hatte.
Er fixierte mich eine Weile und sagte dann:

‚Hören Sie!
Wir sind nicht das Schah-Regime!
Wir brauchen keine Intellektuellen,
und wir fürchten sie nicht!
Sie sind frei!
Kommen Sie, wann Sie wollen!
Und gehen Sie, wann Sie wollen!
Sollten Sie sich aber unerlaubt in die Politik einmischen,
stellen wir Sie an die Wand!
Klar?'"

24. Juni 1986

Ich lese im Stadtzentrum von Hof.
Die Stadt hat die Fahrtkosten übernommen, mit der Auflage, ich solle anschließend mit den vielen iranischen Flüchtlingen – oder *Asylanten,* wie die Stadtverwaltung sich ausdrückt – über ihre Probleme sprechen.
Die Veranstaltung ist für 20 Uhr angesetzt.
Ich dränge meine Gastgeberin, damit wir früher am Platz sind.
Als wir kurz vor 20 Uhr ankommen, stehen etwa dreißig iranische Flüchtlinge im Frühlingsregen vor der Tür; ich kenne niemanden unter ihnen.
Ich grüße sie und frage, warum sie nicht schon hineingegangen sind?
Der Älteste unter ihnen antwortet:
„Sie waren noch nicht hier,
und wir kennen sonst niemanden!"
Ich erkläre ihnen, daß auch ich nur ein Flüchtling bin; und wir gehen hinein.

Herbst 1986

In der Sache J. Robert Oppenheimer erscheint als erstes Werk von Heinar Kipphardt in Persisch.
Alles, was gegen den *großen Teufel Amerika* gerichtet ist oder so erscheint, ist in Teheran willkommen. So auch *Das Verhör von Habana* von Enzensberger – inzwischen in dritter Auflage.

Winter 1986

Der erste gewählte Präsident der Islamischen Republik, Abolhassan Bani Sadr, mußte 1981 – also knapp ein Jahr nach seiner Wahl – fliehen, da Chomeini seine *Vernichtung* angeordnet hatte.
Wie alle geflüchteten Präsidenten landete er in Paris.
Er bezog mit seinem Mitarbeiterstab eine Villa in der Nähe der Stadt, die rund um die Uhr von der Polizei bewacht wurde. Jetzt höre ich, daß Bani Sadr – der seine Briefe immer noch mit ‚Präsident' unterschreibt, obwohl seine Amtszeit längst abgelaufen ist – kein Geld hat, um die Villa zu heizen. Sein Antrag, in eine kleine Wohnung in Paris umzuziehen, wurde von der Polizei abgelehnt, aus Sicherheitsgründen.
Der Präsident sitzt in seiner Villa und friert.

November 1986

Briefe – aber an wen?

Die Einsamkeit des Exils drängt zur Aussprache, zum Sprechen – miteinander, mit den anderen.
Das Exil nimmt einem die eigentlichen Zuhörer und eröffnet gleichzeitig eine andere Welt.
Ein Mikrokosmos, zugegeben, aber in sich geschlossen, harmonisch und brüderlich. In dieser Welt ist jeder willkommen, der dazugehört. Man kennt sich oder lernt sich schnell kennen, und schon hat man Freunde. Die Rechnung ist sehr einfach:
Wer gegen den Feind ist, ist Teil dieser Welt. Und wer Teil dieser Welt ist, ist auch ein Freund.
Was aber, wenn einer gegen den Feind ist – was immer das bedeuten mag – und in dieser Welt keinen Platz findet. Er vereinsamt.
Meine Vereinsamung trat ein, als ich mich als aktiver Schahgegner über Nacht mit eigenen Genossen überworfen hatte. Wer das Exil und seine Gesetze kennt, weiß, wie hermetisch die politische Isolation unter den Emigranten ist und wie unerträglich sie für den Abtrünnigen sein kann.

Über Nacht gehen tausend Freunde verloren.
Über Nacht wissen alle Genossen in allen Zentren der Emigration, die sich über die ganze Welt erstreckt, daß dieser eine ein Abtrünniger ist – zwar kein Feind, aber eben doch ein Abtrünniger, was noch schlimmer ist.
Und da der Abtrünnige machtloser und greifbarer ist als der Feind, wird er härter und wirksamer bekämpft.
Eine stumme Quarantäne tritt ein.
Das Telefon bleibt still, das Postfach leer.
Bestenfalls kommen Exilzeitungen, die eindringlich mahnen: „Sieh! Wir erscheinen auch ohne dich!"
Hastig und nervös sucht der Abtrünnige in diesen Blättern nach Artikeln, die ihn angreifen; niemals namentlich – die Emigration hat ihre eigene Ethik –, aber doch so genau beschrieben, daß es keinem entgeht, wer damit gemeint ist; die Welt der Emigranten ist klein und überschaubar.
Der so Gezeichnete besucht keinen Freund mehr ohne Vorankündigung. Aus Rücksicht, es könnte dort gerade eine Sitzung stattfinden, von der er ja ausgeschlossen ist.
Bei den seltenen Besuchen meidet man heikle Themen – und so reduzieren sich zwangsläufig die Freundschaften – aus Angst vor unliebsamen Diskussionen, an deren Ende der Abtrünnige sich mit dem Rücken zur Wand verteidigen müßte.
Er hat nicht viele Freunde, und die er hat, will er nicht verlieren – und so wird er immer noch einsamer.
Die Vereinsamung vertiefte sich für mich, als meine iranische Geliebte mich – nicht zuletzt aus solchen politischen Gründen – verließ.
Ein schmerzhafter Schlag in einer Situation, in der ich menschliche Wärme am nötigsten gehabt hätte, nachfühlbar für jeden, der je geliebt hat.
Und dann kam die letzte, die administrative Vereinsamung, als ich einen Asylantrag stellen mußte.
Nur wem je im Leben sein Paß abgenommen wurde, kennt die Tragweite dieser Maßnahme.
Nie werde ich die ausgestreckte Hand des Münchner Beamten vom Kreisverwaltungsreferat vergessen, als er mir den Flüchtlingspaß aushändigte und mich gleichzeitig aufforderte:

„Ihren Nationalpaß bitte!"
Und nie sein gütiges Gesicht und die einfühlsamen Worte: „Ich weiß, es schmerzt!"
Dankbar nahm ich diese Worte auf, wie einen warmen Regen nach der langen Durststrecke des Asyllabyrinths. Da steht man also mit einem neuen Paß und ohne alte Freunde.
Wer schlagartig so vieles um sich verloren hat, ist rasch bereit, nach Neuem zu suchen.
Die Palette der Möglichkeiten ist so vielfältig nicht, und jede Wahl fällt extrem aus.
Die einen suchen das Vergessen, und so verneinen sie ihre Vergangenheit und verlieren ihre Identität.
Die anderen suchen nach neuen Wahrheiten für ihre alten Fragen. Kopflastig, wie die Intellektuellen sind, flüchten sie in die Bücher. Aber man sollte nie mehr lesen, als das Herz verträgt, wie Canetti treffend gesagt hat.
Das Aufsaugen neuer Gedanken und Gefühle befriedigt nach einer Weile nicht mehr; ja, es stachelt auf, eigene zu formulieren. Aber für wen?
Da keine Freunde mehr da sind, so glaubt man zumindest, bleibt nur das weiße Papier als letzter Freund übrig.
Aber was schreiben?
Man will ja nur plaudern – sonst nichts.
Und mit wem – immer wieder erhebt sich diese Frage.
Also schreibt man sich selbst.
Als ob die Einsamkeit so weit gewachsen wäre, daß man eine räumliche Distanz zu sich fühlt, und sich selbst, quasi von einem andern Ort, Briefe schreiben muß.
So schrieb auch ich erst einmal Briefe an mich, hastig und häufig und natürlich auf persisch.
Aber sie blieben unbeantwortet.
Der Adressat war ja stumm oder war es gerade geworden.
Und jeder Briefeschreiber, auch der beste, gibt nach einiger Zeit auf, wenn der Empfänger nicht antwortet.
Also schrieb ich keine Briefe mehr.
Dann holt man eines Tages diese Briefe ab – erbost und eingeschnappt –, liest sie, findet sie treffend, sogar schön: Wie eitel doch diese Schreiberlinge sind.
Und die Wut auf den Empfänger steigt; auf den eigensinnigen

stummen Kerl, der auf diese wunderbaren Briefe nicht antwortet.
Die Schlußfolgerung ist unabweisbar:
Er verdient meine Briefe nicht.
Der nächste Schritt ist naheliegend:
Ich muß einen anderen Empfänger finden, einen würdigeren.
Aber wenn ich eine Antwort erhalten will, und das will ich – darf ich dann auf persisch schreiben? Meine iranischen Freunde hatten für die Träumereien eines Exkommunizierten doch nur ein Lächeln übrig.
Und meine deutschen Freunde?
Für die bin ich doch kein Abtrünniger.
Für die bin ich noch ich!
Bin ich es noch?
Wer aber Angst hat, der sucht.
So suchte ich Zuflucht bei der deutschen Sprache.
Und sie nahm den Flüchtling auf, so gastlich sie konnte.
Auf daß ihn hier die Antwort erreiche.

Dezember 1986

Im Dezember 1986 wird der Film *Außerhalb der Grenzen* in Teheran vorgestellt. Rachschane Banietemad ist die erste iranische Filmregisseurin überhaupt. Ihr Film wurde von der Organisation der Geschwächten produziert. Die Zahl der Frauen, die in der Filmbranche arbeiten, hat seit der Revolution zugenommen. Das Regime fördert dieses Phänomen bewußt, um sich nach außen ein Alibi zu verschaffen und den berechtigten Vorwurf der Frauenfeindlichkeit zu entkräften. Und die Frauen nehmen diese Herausforderung an – nicht nur in der Filmbranche.

Dezember 1986

Die Zahl der Verleger allein in Teheran wurde offiziell mit sechshundert angegeben.

Januar 1987

Durch die Vermittlung eines Freundes kommt eine junge Iranerin zu mir, die gerade mit gefälschten Papieren nach München geflohen ist.
Sie will einen Asylantrag stellen, und ich soll ihr dabei helfen.
Nach Gesprächen mit dem Anwalt bitte ich sie, ihre Lage und die Gründe ihrer Flucht darzustellen.
Hier nur ein Teil ihrer Darstellung:
„Vor einem Jahr haben die Revolutionsgardisten meinen Bruder verhaftet. Nach vierzig Tagen Folter machte man ihm den Prozeß. Die Verhandlung dauerte eine halbe Stunde.
Zwei Tage später kamen die Revolutionsgardisten zu uns ins Haus und nahmen meine Eltern mit ins Gefängnis.
Ihnen wurde gesagt, sie sollten ihren Sohn besuchen, da er in zwei Stunden hingerichtet werden würde.
Die Eltern besuchten meinen Bruder im Gefängnis.
Noch während des Besuches kamen zwei Revolutionsgardisten herein, packten meinen Bruder unter dem Arm und sagten zu meinen Eltern:
‚Die Besuchszeit ist vorbei, nun muß er hingerichtet werden!'
Er wurde im Hof neben dem Besucherzimmer hingerichtet; meine Eltern hörten noch die Schüsse."

Februar 1987

Ein Gefangener, der eine Zeitlang im Gefängnis von Ewin gesessen hat, erzählt mir:
„Man inszenierte oft Scheinhinrichtungen, so daß wir nie wußten, wenn wir Schüsse hörten, ob tatsächlich eine Exekution stattfand. Wir waren nur sicher, wenn die Pasdaran den Gefangenen anhielten, sich gründlich zu waschen.
Dann wußten wir, daß der Mann wirklich erschossen würde.
Der Gefangene versuchte dann, im Bad seine letzten Worte an die Mitgefangenen weiterzugeben."

Ich frage mich, was ist das für ein Gott, der auch die Ermordeten ganz sauber haben will?
Oder regiert da eine andere Logik?

Februar 1987

Thomas Manns *Tristan* und *Tonio Kröger* erscheinen in einem Band. Die iranischen Verleger lieben dicke Bücher.
Wenn man schon soviel riskiert, so muß das Buch dick sein, damit es sich rentiert.
Dies sind die ersten Werke von Thomas Mann in Persisch.

März 1987

Nachdem Rudi Carell am 22. Februar 1987 in einer Fernsehshow seinen geschmacklosen Spaß mit Ayatollah Chomeini getrieben hatte, reagierte Teheran prompt und plump: Das Goethe-Institut wurde geschlossen. Was das Goethe-Institut damit zu tun hatte, war vielen schleierhaft, nicht aber den Eingeweihten.
Teheran wollte seit langem in Bonn ein Hafis-Institut gründen zur Pflege der persischen Sprache und Kultur im Ausland. Soweit, so schön.
Aber dieses Hafis-Institut in Bonn sollte die gleiche Größe haben wie das Goethe-Institut in Teheran. Wer aber wollte in Bonn persisch lernen? Das Auswärtige Amt witterte zu Recht einen dritten Ableger des iranischen Geheimdienstes – neben gewissen Konsularbeamten in Bonn und jenem berüchtigten Kulturhaus in Köln.
Wenn Teheran für dieses Hafis-Institut fünfzig Personen nach Bonn schicken wollte, dann konnte man davon ausgehen, daß nicht alle nur kulturelle Interessen vertreten sollten.
Dieser Streit war schon lange im Gange, als der taktlose Carell ungewollt dazwischenfunkte. Das Opfer war nicht nur das Goethe-Institut in Teheran. Viele iranische Intellektuellen sahen das Goethe-Institut als kulturelles Refugium an. Und dies nicht erst seit Chomeini. Es sei etwa an die inzwischen legendären zehn Leseabende erinnert, die das Goethe-Institut noch einige Monate vor dem Sturz des Schah-Regimes in Teheran organisiert hatte. Diese Veranstaltungsreihe war und ist bis heute die größte Lesung, die je im Iran stattgefunden hat. Nie zuvor hatte das Schah-Regime solch eine

Mammutveranstaltung geduldet. Zehn Abende lang lasen iranische Autoren aus ihren Werken – darunter viele, die geradewegs aus dem Gefängnis kamen. Einige tausend Menschen – viele in strömendem Regen – standen im Garten des Goethe-Instituts und hörten zu, während draußen die Polizei mit Hundestaffeln, Panzerwagen und Wasserwerfern die Teilnehmer einzuschüchtern versuchte. Dank des halbdiplomatischen Status' des Goethe-Instituts und der wirtschaftlichen Bedeutung Deutschlands griff die Polizei nicht ein. Der iranische Schriftstellerverband, der die Lesung in Kooperation mit dem Goethe-Institut organisiert hatte, veröffentlichte später alle Beiträge dieser Abende in ungewöhnlich hoher Auflage.
Nun ist auch dieses Refugium des Geistes in Teheran geschlossen.

Frühjahr 1987

Im Frühjahr 1987 erschien ein schlichtes Foto in der offiziösen iranischen Presse, das allen Anlaß zu einem Freudenschrei gab. Ein hoher Geistlicher in seiner Mullahtracht wurde gezeigt, wie er in einer kleinen Stadt im Südwesten des Iran den ersten Spatenstich für den Bau eines Kinos tat.
Waren es nicht die Mullahs, die noch am Anfang der Revolution den Film und das Kino als Werke Satans bezeichnet hatten? Wie viele Kinos wurden damals niedergebrannt? Wie viele Schauspieler und vor allem Schauspielerinnen mußten fliehen oder saßen und sitzen noch immer für längere Zeit in Haft?
Und nun zelebriert ein Mullah die Grundsteinlegung für ein Kino, in einer Stadt, deren drei Kinos im Eifer der Revolution erst einmal niedergebrannt worden waren!

Juni 1987

Heute bekam ich einen Brief von A. aus Teheran.
Vor dem Flug dorthin hatte er mich in München besucht.
Ich versuchte, ihn von dieser Reise abzuhalten. Denn er war politisch tätig, und ich befürchtete, der Geheimdienst werde ihn nicht in Ruhe lassen.

Er wollte es darauf ankommen lassen, er wollte wissen, woran er war. Er war an einem Punkt angelangt, wo eine logische Diskussion zu nichts mehr führt; ich kannte diese Stimmung und sagte nichts weiter.
Er flog nach Teheran.
Nun bekam ich einen Brief von ihm.
Ich öffnete den Umschlag und fand eine saubere Fotokopie des Briefes vor. Ich las den Brief. Er teilte mir mit, daß er auf dem Flughafen schreibe, während er auf seinen Flug nach Deutschland warte.
Nun wußte ich, welchen Fehler er begangen hatte. Die Briefkästen auf dem Flughafen werden besonders kontrolliert.
Aber warum bekam ich nur die Fotokopie?
War das nur ein Versehen des Zensors?
Oder wollte man uns beide wissen lassen, daß wir auf der Liste stehen?
Auch A. konnte mir darauf keine Antwort geben, als ich ihn dann am Telephon sprach.

Juli 1987

Die Zeitschrift *Donyaye Sochan* veröffentlicht den offenen Brief von Mario Vargas-Llosa an Günter Grass; es ist die Antwort auf die Polemik von Grass gegen Vargas-Llosa auf dem Pen-Kongreß in Hamburg.
Im selben Monat erscheint *Der Butt*; bereits 1984 ist *Katz und Maus* veröffentlicht worden.
Grass hat wiederholt gegen den Terror der Islamischen Republik und für die iranischen Intellektuellen Partei ergriffen, die Opfer dieses Regimes waren.
Hat die Zensur wieder geschlafen?
Weiß Grass von diesen Veröffentlichungen?

21. Juli 1987

Bahman Tschitgar wurde in Wien ermordet.
In der Nacht zuvor war er in München. Freunde warnten ihn vor dieser Reise. Er wollte jemanden in Wien treffen, den er vor Jahren im Gefängnis kennengelernt hatte.

Nach der Islamischen Revolution fuhr er – wie alle – in den Iran. Zwei Jahre später wurde er verhaftet. Im Gefängnis und unter der Folter versprach er, mit dem Geheimdienst zusammenzuarbeiten. Daraufhin wurde er freigelassen. Trotz strenger Überwachung gelang ihm die Flucht ins Ausland. Hier erzählte er den maßgeblichen Führern der Opposition von seinem Versprechen und von den Umständen, unter denen er diese Zusage abgeben mußte. Seit zwei Jahren erhielt er regelmäßig Briefe aus dem Iran, von einem Freund, der mit ihm im Gefängnis gesessen hatte.
Irgendwann kam dieser Freund nach Wien und wollte ihn sehen. Allen Warnungen zum Trotz fuhr Bahman Tschitgar alleine dorthin. Er ist nie mehr zurückgekommen.
Die Polizei fand nun seinen verwesten Leichnam; durch einen Genickschuß war der Gutgläubige getötet worden.

Herbst 1987

S. kommt mit ihren beiden Söhnen nach Paris.
Ihr Mann, ein Journalist und Übersetzer, wurde 1981 zu zehn Jahren Haft verurteilt, weil man bei ihm ein Flugblatt gefunden hatte.
Sie erzählt mir folgende Geschichte:
„Anfangs besuchte ich meinen Mann im Gefängnis, zwischen uns die gläserne Trennscheibe. Dann durften die Kinder hinüber zu ihm.
Später, als er in ein *besseres* Gefängnis gebracht wurde, durfte ich ihn ohne die Trennscheibe sehen.
Einmal, als ich bei Anbruch der Abenddämmerung meinen Besuch beenden wollte, sagte der Mullah, der Leiter dieses Gefängnisses war, ich sei doch die rechtmäßige Frau des Gefangenen. Dann könne ich auch über Nacht bei ihm bleiben, was ich auch tat."

Und ich erinnere mich, daß ähnliche Pläne von Klaus von Dohnanyi in Hamburg am Widerstand der FDP gescheitert sind.

November 1987

Die Verführung der Lyrik, unter diesem Titel erscheint eine Sammlung der Gedichte von Hermann Hesse.
Hesse ist der beliebteste deutsche Autor im Iran. Von ihm sind bislang folgende Werke erschienen:
Zwischen 1961 und 1976 drei verschiedene Übersetzungen von *Siddharta* – die Übersetzer bekämpfen sich bis heute;
1961 *Steppenwolf,*
1967 *Demian,*
1971 *Knulp* sowie *Narziß und Goldmund,*
1973 *Morgenlandfahrt.*

Was macht Hesse so beliebt im Iran?
Seine Abneigung gegen die moderne Gesellschaft?
Oder seine Flucht ins Transzendente, die der iranischen Seele voll und ganz entspricht?

Dezember 1987

Paul Celans *Todesfuge* erscheint in einer miserablen Übersetzung in der Zeitschrift *Adine* als erstes Werk dieses Autors.
Der Tod ist nun auch ein Meister aus Teheran.

Februar 1988

Der Krieg zwischen dem Irak und dem Iran tobt, und die Kriegspropaganda läuft auf Hochtouren.
Die Zeitschrift *Donyaye Sochan* veröffentlicht einen Brief Heinrich Bölls an seine Söhne, in dem er die Greuel des Krieges anprangert.
Einleitend schreibt der Übersetzer:
„... Dieser Brief wird hier lediglich wegen seiner historischen Bedeutung abgedruckt.“

Februar 1988

Das Regime der Islamischen Republik schlägt einen neuen Kurs ein gegenüber den fünf Millionen Flüchtlingen, die das Land seit der Machtergreifung Chomeinis verlassen haben.
In der iranischen Presse und über die Botschaften des Iran im Ausland wird verkündet:
„Jeder Flüchtling kann ohne Angst vor Repressalien zurückkehren, selbst wenn er das Land illegal verlassen hat. Vorausgesetzt, er hat keinen Mord begangen oder angeordnet, keine Folter ausgeübt oder angeordnet oder öffentliche Gelder unterschlagen."
Da viele der Flüchtlinge nichts dergleichen begangen haben, kehren einige zurück, die das triste Dasein in der Emigration nicht mehr ertragen können.
Sie werden in der iranischen Presse als „Reumütige" bezeichnet und müssen oft in Interviews und Artikeln „die barbarische Zivilisation des Westens und die grausame Behandlung der Flüchtlinge" anprangern.
Zur Blütezeit dieser Kampagne fliegt ein Freund, ein Geschäftsmann, wieder einmal nach Teheran.
Auf dem Flughafen angekommen, steht er mit allen anderen Passagieren bei der Paßkontrolle an, als er aus den Lautsprechern folgende Anweisung hört:
„Reumütige bitte an den Schalter 9!"

Mai 1988

Draußen vor der Tür von Wolfgang Borchert erscheint.
Der Übersetzer ist inzwischen nach Deutschland geflohen.
Nun wartet er selbst draußen vor der Tür.

Mai 1988

Ich habe eine Lesung in Wien.
Einige Landsleute sind ebenfalls anwesend.
Im Juni erhalte ich dann folgenden Brief:

An SAID!
Diesen Brief schreibe ich ganz spontan. Damit Sie meine Gedanken und Gefühle besser verstehen können, gebe ich Ihnen Einblicke in mein Leben.
Ich bin 13 und ein Mädchen. Ich lebe in Wien – bin hier geboren –, meine Eltern sind Perser, aber schon vor der Revolution nach Österreich gekommen. Sie haben hier studiert, mit größeren und kleinen Aufenthalten in Persien. Bis zur Revolution; sie konnten nach Chomeinis Machtübernahme nicht mehr zurück.
Ehrlich gesagt, kenne ich ihre Einstellung nicht sehr genau, nur aus Gesprächen, die ich gelegentlich aufgeschnappt habe, kann ich schließen, daß sie gegen den Schah waren, und sie sind, wie jeder normale Mensch, gegen Chomeini. (Sehen Sie, unsere Gemeinsamkeiten beginnen schon.)
Ich war nur einmal mit kaum sechs Monaten in Persien.
Das Land, über das Sie schreiben, kenne ich nicht.
Ich bin nie in seinen Straßen gegangen.
Habe nie das Gefühl gekannt, es zu *sehen.*
Ich habe mir oft vorgestellt, nach dem Krieg, nach Chomeini, zurückzugehen, falsch: hinzugehen.
Als ich die ersten Seiten Ihres Buches *Wo ich sterbe, ist meine Fremde* las, war mir, als wären es meine Träume, die da standen, schwarz auf weiß:

> „Teheran,
> flüstern meine ungläubigen Lippen.
> Teheran,
> wiederholen meine müden Hände.
> Ein Fenster nur trennt uns."

Oder „Ich bin kein Fremder mehr!"
Ich hätte Ihnen noch viele Beispiele nennen können.
Ich beneide und bemitleide Sie.
Sie haben Teheran-Persien gesehen, sind dort aufgewachsen.
Sie wissen nicht, was für ein Gefühl es ist, seine wahre Heimat nicht zu kennen, sich kein Bild machen zu können, nur davon träumen zu dürfen.
Aber Sie haben die Qual gekannt, kennen sie noch, das Land,

das man liebt, nicht betreten zu dürfen, im Exil zu leben, als ein Feind verbannt.
Ihre Qual muß größer sein als meine, denn Sie wissen, *was* Sie missen müssen.
Ich habe mir alles von der Seele geschrieben, was ich gedacht habe, als ich Ihre Gedichte gelesen habe.
Sie haben mir das Gefühl gegeben, daß ich jetzt wenigstens ein ganz kleines Stückchen von Persien kenne.
ICH DANKE IHNEN!
Mit meiner ganzen Hochachtung
Ihre
H.

P. S. Falls Sie Lust haben, mir zu antworten, würde mich das sehr freuen.

Juli 1988

Die unerträgliche Leichtigkeit des Seins von Milan Kundera erscheint.
Wie dieses Werk durch das Labyrinth der Zensur gelangt ist, ist mir schleierhaft. Aber die Kritiker preisen besonders „die einfühlsame Sprache" des Übersetzers, die „der islamischen Würde entspricht".
Klartext: Der Übersetzer hat alle *schlimmen* Szenen *umgeschrieben.*

August 1988

Elemente und Ursprünge totaler Herrschaft von Hannah Arendt ist erschienen; Übersetzer und Verleger sind wohlauf.
Langsam verstehe ich die Zensur nicht mehr.

September 1988

Ahmad Schamlu, der größte iranische Lyriker, ist Gast des „Interlit-Kongresses" in Erlangen.
In allen Interviews beteuert Schamlu, daß er in den Iran zurückkehren wird, daß er dorthin gehört.
Bei einer öffentlichen Lesung in Erlangen fragt jemand, ob das Schah-Regime schlimmer gewesen sei als das Chomeini-Regime.
Schamlu antwortet:
„Es gibt Hühner, die man sowohl bei einer Hochzeit
als auch bei einer Trauerfeier schlachtet."

10. September 1988

Chomeini erließ heute ein Edikt:

1. Das Tragen von und Handeln mit Musikinstrumenten ist erlaubt.
2. Schachspielen ist erlaubt, wenn dabei keine Wetten abgeschlossen werden.

Oktober 1988

Iranische Freunde organisieren für Ahmad Schamlu eine Dichterlesung an der Universität Gießen.
2500 Iraner sind anwesend, zum Teil mit Bussen von Hamburg und Berlin angereist.

Oktober 1988

Die Zeitschrift *Talch* – zu Deutsch *Bitter* – erscheint in Sanandaj, mitten im kurdischen Gebiet. Tagsüber gehört das Gebiet der Regierung; nachts den kurdischen Freischärlern.
In der ersten Nummer ist *Die Schlacht* von Heiner Müller abgedruckt – ein passender Beitrag zum Abschlachten der Kurden durch das Mullah-Regime.

November 1988

Nun bist Du hingerichtet!
Für Mehrdad Farjad

Wann genau weiß ich nicht.
Mitte November des Jahres '88 rief mich ein Freund an, wir plauderten über allgemeine Dinge und kamen dann natürlich auch auf die Hinrichtungen zu sprechen.
Du weißt ja, in den letzten Wochen sind viele getötet worden, Tausende.
Nicht nur aus Deinem Gefängnis, nicht nur aus Teheran und nicht nur von Deiner Partei.
Als ich also mit diesem Freund über die erschreckende Zahl der Hinrichtungen sprach, die uns an die Massaker von 81/82 erinnerten, erwähnte ich auch einige Namen, eher beiläufig, wie zum Beweis, daß ich auf dem laufenden bin. Dann nannte er Deinen Namen.

Zugegeben, ich hatte Deine Hinrichtung erwartet.
Vom Standpunkt der politischen Arithmetik war es nur eine Frage der Zeit, wann Du drankommen würdest. Denn in den Wochen zuvor wurden fast alle wichtigen Funktionäre Deiner Partei hingerichtet.
Und wer diese Liste genau studierte, der wußte, daß auch Du irgendwann dran sein mußtest.
Ach, dieses verfluchte Wissen, als ob es uns je geholfen hätte. Aber eben dieses Wissen bewahrte uns stets vor Optimismus. Warum sollte das Regime von Ayatollah Chomeini ausgerechnet Dich schonen? Du warst ja kein kleines Tier. Du warst Mitglied des Zentralkomitees der Kommunistischen Partei und verantwortlich für Öffentlichkeitsarbeit. (Oder soll ich im Jargon Deiner Partei sagen: für Propaganda?)
Also wußte ich – wußten alle, die Dich kannten, daß Du einmal drankommen würdest; und doch war die Nachricht von Deinem Tod ein furchtbarer Schlag.
Daran ändert sich nie etwas – der Tod überrascht immer; auch wenn man sich längst mit ihm abgefunden hat.
Weißt Du, es ist eben etwas anderes, wenn Du den Toten – oder in diesem Fall den Ermordeten – kennst.

Es ist, als ob der Tod Dir selbst einen Schritt näherrückt.
Seit der Machtübernahme Chomeinis im Iran oder, korrekter ausgedrückt, seit dem Sieg der Islamischen Revolution sind Zigtausende hingerichtet worden,
aus allen Parteien, von allen politischen Richtungen.
Mich aber hat immer der Tod desjenigen getroffen,
den ich kannte.
Mit dem ich den Mensa-Fraß teilte oder das obligatorische Glas Tee bei endlosen Diskussionen. Kurzum, mit dem ich eine Zeit teilte, die dann mit ihm hingerichtet wird, weggepustet, ausgelöscht.
So, als ob Chomeini mit jedem getöteten Freund
die Zeit verkürzt, die mich von meinem eigenen Tod trennt.

Als Dein Name am Telephon genannt wurde,
und ich wußte, daß Du nun tot bist, dachte ich zuerst an Deinen Bruder, mit dem ich eigentlich besser befreundet bin. Sei nicht traurig!
Das hat nichts mit einer Wertung zu tun.
Man denkt automatisch zuerst an die Lebenden,
und es ist ja auch gut so, denn das ist eine Schutzmaßnahme, die der Mensch – der überlebende Mensch – unbewußt ergreift.
Ich dachte also daran, daß ich Deinen Bruder anrufen muß, um ihm mein Beileid auszusprechen.
Also fragte ich zuerst herum, um seine Telephonnummer zu erfahren. Denn ich hatte ihn seit Jahren nicht gesehen.
Zuletzt in Teheran, in den Tagen unmittelbar nach der Revolution, als ich auch Dich zum letzten Mal gesehen hatte.
Seither hatte ich keinen direkten Kontakt zu Deinem Bruder, auch dann nicht, als ich erfuhr, daß er geflüchtet war und daß Du verhaftet worden warst.

Nun gut, wir hörten immer voneinander.
Du weißt ja, wie klein die Diaspora ist.
Ich wußte von ihm, und er wußte von mir.
Und das genügt zu manchen Zeiten.
Zugegeben, ich war aufgeregt, als ich ihn anrief, wegen Dir.
Er ging selbst ans Telephon.

Ich stellte mich vor, und bevor ich weitersprechen konnte, sagte er: „Ach, ja!“
Dieses „Ach, ja!“ war alles, was er sagte, und es bedeutete auch alles.

Es bedeutete, ach, Du bist es!
Es bedeutete, ach, schön, daß Du noch lebst, daß Du nicht hingerichtet bist. (Weißt Du, seit Chomeini ist das fast zu unserer Grußformel geworden.)
Es bedeutete, ach, gut, daß Du anrufst. Auch wenn der Anlaß traurig ist.
Es gibt nichts Besseres,
als alte Freunde und alten Wein,
wie das persische Sprichwort sagt.
Es bedeutete, ach, schon gut, ich weiß, warum Du jetzt anrufst. Seit Tagen ist es zu meiner Hauptbeschäftigung geworden, Beleidsbekundungen entgegenzunehmen.
Es bedeutete, ach, wie geht es Dir denn?

Und dann sprach ich ihm mein Beileid aus, wegen Deines Todes. Ich gebrauchte dabei den Spruch, den Du auch kennst: „Es möge Deine letzte Trauer sein!“
„Na ja“, antwortete Dein Bruder, „ich danke Dir. Aber ich glaube nicht, daß dies der Fall ist. Du weißt ja, die haben mit dem richtigen Massaker jetzt erst begonnen.“
Und dann erzählte er mir von einer Mutter, die benachrichtigt wurde, die Kleidungsstücke des hingerichteten Sohnes abzuholen, und die den Revolutionsgardisten fragte, warum man ihren Sohn hingerichtet habe, er sei doch zu sechs Jahren verurteilt gewesen, von denen er schon fünf abgesessen habe. Der Revolutionsgardist soll geantwortet haben, der Gefangene habe sich in den fünf Jahren nicht geändert.

Siehst Du, so sind die Zeiten, wer sich nicht ändert, wird hingerichtet.
Und wir sprachen weiter, Dein Bruder und ich.
Und wir sprachen natürlich auch über die politische Lage unseres Landes.

Und wir waren uns einig,
daß diese Hinrichtungen als ein Teil der Diadochen-Kämpfe zu verstehen sind. Damit nach dem Tode Chomeinis niemand am Leben ist,
der eine Rede halten kann,
der ein Flugblatt verfassen kann,
der eine Demonstration führen kann.
Und daß es bald eine Generalamnestie geben wird,
vor allem um die westlichen Demokraten zufriedenzustellen, auf deren wirtschaftliche und diplomatische Schützenhilfe das Regime in Teheran angewiesen ist.
Und damit diese Amnestie niemandem gefährlich wird,
müssen die Gefängnisse vorher geleert werden,
was im Augenblick geschieht.

Wir waren uns also über die politische Lage einig
und auch über ihre Folgen.
Und wir waren uns auch einig,
daß Du tot bist.
Und wir erwähnten Dich mit keinem Wort mehr.
Sei nicht traurig!
Das bedeutet keine Geringschätzung Deines Todes!
Du weißt ja, daß man zu solchen Anlässen nicht viel über den Ermordeten sagen kann. Je näher man ihn kennt, desto schwieriger ist das Gespräch über ihn.

Da weicht man also aus auf das politische Terrain.
Aber das kennst Du ja zur Genüge.
Du hast dieses Leben ziemlich lange mitgemacht;
gut, Du warst erst Mitte Dreißig, als man Dich hingerichtet hat, aber mindestens zehn Jahre hast Du das Leben im Exil mitgemacht.
Weißt Du, wo wir uns zum ersten Mal trafen?
Auf einer Tagung in Graz!
Dein Bruder stellte Dich vor.
Als Du erfuhrst, daß wir anschließend nach Italien fahren wollten, gabst Du uns sofort Deine Adresse und die Deines Arbeitsplatzes. Als wir dann in Perugia ankamen, fuhren wir direkt zur Mensa der Universität, um dort zu essen und um

Dich dort zu treffen. Denn Du arbeitetest mittags in der Mensa, Du räumtest die Tische ab. Als Du uns kommen sahst, kamst Du uns mit offenen Armen entgegen, wie es Deine Art war.
„Genossen, willkommen zum Mensa-Fraß,
dieser international anerkannten Scheiße!
Guten Appetit!"
Seither haben wir uns oft getroffen,
in den Mensen vieler europäischer Städte,
auf verschiedenen Tagungen oder, was noch angenehmer war,
anschließend bei einer Tasse Tee.

Ich diskutierte gerne mit Dir.
Du weißt, ich war nie Kommunist, obgleich ich mich immer als Linker verstand. Und das war genau die Kombination, die Du brauchtest, um das Feuerwerk Deiner brillanten Rhetorik zu entfachen, gerissen, witzig, humorvoll und menschlich.

Ich erinnere mich, wie Du einmal auf einer Tagung zum Rednerpult stürmtest, um Dich und Deine Genossen zu verteidigen, die zuvor scharf attackiert worden waren, wegen der großen Unterstützung, die Eure Partei durch die Sowjetunion erhielt und die, so der Vorredner, Eure politische Stütze gewesen sei in all' den Jahren, in denen Eure Partei in völliger Isolation und Stagnation verharrte.

Du stürmtest also ans Rednerpult und verkündetest demagogisch:
„Ja, Genossen, wir haben die Sowjetunion,
wir haben Panzer, Rubel, Sputniks, Radios, Fernsehen, Zeitschriften, Zeitungen und noch vieles mehr.
Und wir werden all' das einsetzen
gegen das Schah-Regime
und auch gegen Euch,
falls Ihr uns im Wege steht."

Als Du fertig warst mit Deinen Tiraden,
und wir wieder bei einer Tasse Tee saßen, fragte ich Dich, warum Du so einen Mist erzählst?

Und Du antwortetest lächelnd und jovial, Du hättest lediglich Deine Linie verteidigt, und dann zeigtest Du mit dem Finger auf meine Brust und sagtest halb im Scherz:
„Und Dich Arschloch schicken wir dann in die Wüste, wenn wir an der Macht sind, und zwar mit einem Spaten in der Hand, damit Du die Wüste kultivierst –
nichts mehr mit Artikel schreiben und solchen Scherzen!"
Und dann lachtest Du herzhaft, wie es Deine Art war.

Und weißt Du, was furchtbar an all dem war?
Ich glaubte Dir –
und das völlig zu Recht!
Denn Du warst immer ein hundertprozentig Linientreuer,
und vor solchen Gestalten hatte ich immer Angst.
Ja, Du warst ein Hundertprozentiger,
obgleich Du sehr menschlich warst
und wir uns gern mochten,
aber jeder wußte, daß Du in der Stunde X
alles und alle opfern würdest für Deine Partei,
für Deine Linie –
selbst Deine Mutter, wie Dein Bruder scherzhaft hinzufügte.

Ich erinnere mich auch an eine andere furchtbare Begegnung.
Du kamst mich besuchen in Begleitung eines Parteigenossen,
eines jungen, sympathischen, unbedarften Typs.
Wir kochten und aßen bei mir, dann gingen wir auf ein Bier aus.
In der Kneipe entbrannte ein ideologischer Streit zwischen uns beiden.
Dein Genosse schwieg, und ich hatte den Eindruck, daß Du eigentlich nur zu ihm sprachst.
Natürlich bekamen wir uns in die Haare,
ein Wort gab das andere,
und plötzlich entstand eine Stille,
eine Stille jener Art zwischen Freunden,
die nur Ungutes verkündet.
Dann hast Du mich an der Schulter gefaßt
und nachdenklich zu mir gesagt:
„Weißt Du, Du bist ein aufrichtiger Typ.
Was machen wir aber mit Dir,

wenn die Revolution ausbricht?“
Und noch ehe ich etwas sagen konnte, fuhrst Du fort:
„Weißt Du, wenn die Revolution ausbricht,
wird die revolutionäre Masse Dich
mit Deinen Ansichten zum Konterrevolutionär erklären
und in ihrem revolutionären Eifer aufhängen.
Und ich überlege mir, in welchem Keller ich Dich
vor der zornigen Masse verstecken könnte,
damit sie Dich nicht hinrichtet.“

Siehst Du, so warst Du damals.
Und die revolutionäre Masse hat Dich hingerichtet, nicht mich.
Nun gut, ich bin rechtzeitig geflohen,
ich flüchte immer rechtzeitig;
Du bist geblieben.
Du wolltest ja auch an die Macht kommen.

Heute, da Du tot bist, da wir beide – Du und ich – machtlos sind, sehe ich das alles gelassen.
Damals kochte ich vor Wut.
Denn ich nahm Dich wieder ernst,
und wieder völlig zu Recht,
wie die Ereignisse später bewiesen.

Nach dieser Nacht habe ich Dich im Exil nicht mehr gesehen;
nicht, daß wir deswegen verkracht gewesen wären,
solche Auseinandersetzungen waren wir beide gewöhnt;
es hat sich einfach nicht mehr ergeben.
Dann kam die Revolution,
deren aufgebrachte Massen
bzw. deren Organe Dich hingerichtet haben.
Aber dazwischen passierte einiges:
Drei Jahre nach unserer letzten Begegnung siegte die Islamische Revolution, für uns völlig überraschend.
Dadurch konnten wir in den Iran zurückkehren,
und dort sahen wir uns wieder, in Teheran, vor der Universität.
Die Begegnung war kurz, aber herzlich.

Danach habe ich Dich nie wieder getroffen.
Aber ich verfolgte natürlich, was Deine Partei,
die Kommunistische Partei, für eine Scheiße fabrizierte,
und ich verfolgte auch Deine Karriere.
Nach dem Ausbruch der Revolution schwenkte die Kommunistische Partei vollkommen auf die Linie von Chomeini ein, oder im Parteijargon „auf die antiimperialistische Linie des Imam Chomeini".

Dann habt Ihr ein kleines grünes Buch – grün, diese verlogene Farbe des Islam – herausgegeben mit dem Titel
Worte des Imam Chomeini
Darin hattet Ihr die Zitate von Chomeini gesammelt
und nach Themen geordnet.
Also eine lächerliche Imitation des *Roten Buches* von Mao Tse-Tung.
Ausgerechnet Ihr, die Ihr so oft und so herzlich über Mao gelacht habt, hattet nun genauso gehandelt – nur mit dem Unterschied, daß Chomeini weiß Gott kein Mao Tse-Tung ist.
Dieses grüne Buch habe ich immer noch.
Mir war schon damals klar,
daß Ihr Leichen auf Urlaub seid.
Aber lassen wir das!

Es kam noch schlimmer.
Als nämlich jenes verhängnisvolle Flugblatt herauskam,
dessen Kernaussage lautete:
„Wer gegen Chomeini ist, ist konterrevolutionär.
Und da unsere Partei sich in den Dienst der Revolution gestellt hat, so werden wir die Konterrevolutionäre
an die Justizorgane der Revolution ausliefern."
Und das habt Ihr getan.

Ich hatte also recht, wenn ich Deine Äußerungen ernst nahm.
Denn Ihr habt, nach der Veröffentlichung dieses Flugblattes, einige linke Gruppen, die gegen Chomeini waren, ans Messer geliefert.
Und Eure Partei verkündete das in ihrem Organ als Heldentat.

Mein Gott, stell' Dir vor, mit dieser Ethik und
mit dieser Einstellung wärst Du samt Deinen Genossen
an die Macht gekommen. Gott behüte!
Du wärst ein blutrünstigerer Diktator geworden als Chomeini, vor allem radikaler und konsequenter.
Und das mit der Unterstützung der Sowjetunion.
Nein, ich will dieses Bild nicht weiter ausmalen.

Und noch furchtbarer ist die Frage,
ob das unsere Bestimmung ist,
die Wahl zu haben,
zwischen ermordet zu werden
oder selbst zu den Mördern zu gehören,
oder aber, wie Dein Bruder schreibt,
„ohnmächtig und bar jeden politischen Einflusses" dazustehen?
Was für furchtbare Perspektiven.

Obgleich die politische Wirklichkeit,
an der Du aktiv mitgearbeitet hast,
schon furchtbar genug war.
Gut, daß wir uns zu dieser Zeit nicht gesehen haben.
Denn Du hättest Deine Partei verteidigt
und Du wärst auch gezwungen gewesen,
die Mörder und ihre Helfershelfer zu verteidigen,
kraft jener Dialektik, die die Kommunisten auf der ganzen Welt durch jahrzehntelange Arbeit zu einem Allzweck-Gummi-Paragraphen erweitert haben.
Ich bin froh, daß ich Dich in dieser Pose nicht gesehen habe.

Dann kam die Wende.
Über Nacht wurden fast alle Aktivisten Eurer Partei verhaftet; der Mohr hatte seine Schuldigkeit getan.
Auch Du wurdest verhaftet.
Dein Bruder konnte fliehen.
Und wir hörten, daß Du schwer gefoltert wurdest,
daß die Folterer Deinen Unterkiefer zertrümmerten.

Und dann erschienen Deine Genossen im Fernsehen,
um Reueerklärungen abzugeben.
Und was für welche!
Darunter waren Männer, die schon 25 Jahre Gefängnis oder
mehr als dreißig Jahre Exil hinter sich hatten,
gestandene Kommunisten also,
die nun im Fernsehen erklärten,
sie hätten als Agenten für die Sowjetunion gearbeitet
und ihr Vaterland verraten.
Diese Gespräche wurden protokolliert und als Buch veröf-
fentlicht.
Ich habe diese Protokolle gelesen.
Diese Männer machten einen erbärmlichen Eindruck.
Irgend etwas hatte sie fertiggemacht,
und es war nicht die körperliche Folter.
Keine Folter der Welt hätte sie brechen können.
Es muß etwas anderes gewesen sein.
Darüber wissen wir – Du und ich – nichts.
Ich war nicht dabei,
und Dich haben sie nicht brechen können,
denn Du bist nicht im Fernsehen erschienen
und hast keine Reueerklärungen abgegeben.

Haben sie vielleicht deswegen Deinen Unterkiefer zertrüm-
mert?
Weil Du Dich weigertest, solche Erklärungen abzugeben?
Jedenfalls, Du bist nicht im Fernsehen erschienen,
kein Spionageeingeständnis,
keine Reueerklärung!
Das erfüllte mich mit Freude und Stolz.

Und inzwischen war Dein Bruder geflüchtet,
und wie es mir – und nicht nur mir – schien,
nicht nur vor den Schergen Chomeinis,
sondern auch vor der eigenen Partei.
Denn kaum war er in Sicherheit,
kündigte er seinen Austritt an
und gründete mit einigen anderen ZK-Mitgliedern eine neue
Partei,

in der er die kritischen Geister Deiner Partei um sich sammelte.
Die neue Partei brachte sehr schnell eine Zeitung heraus, die ganz im Sinne von Gorbatschow die stalinistische Linie angriff und Dokumente veröffentlichte, welche die polizeiähnlichen Methoden Deiner Partei entlarvten.
Die Zeitung ist wirklich gut, lesenswert, mutig und informativ.

In der nächsten Nummer wird sicherlich ein Artikel über Dich, über Deinen Tod erscheinen, vielleicht mit einem Foto von Dir.
Weißt Du, was ich befürchte?
Daß Du diese Zeitung kennst;
besser gesagt, ich befürchte die Umstände,
unter denen Du die Zeitung kennengelernt hast.

Ich fürchte, daß die Folterer Dir die Zeitung
vor die Nase gehalten haben, ehe sie Dich hinrichteten.
Denn Du hieltest ja treu zu Deiner Partei.
Das wußten die Folterer.
Nun hatten sie eine neue Waffe,
die Zeitung Deines Bruders,
Deines älteren Bruders,
der Dich in die Partei eingeführt hatte.
Nun hält ein Revolutionsgardist Dir diese Zeitung vor die Nase,
in der Du alles lesen kannst,
was Du immer schroff abgelehnt
und als feindliche Propaganda abgetan hast.
Denn die Zeitung räumt gründlich auf
mit den Lügen Deiner Partei.
Nach dem Motto:
Früher oder später werden die Lügen entlarvt –
wenn nicht von uns,
dann von unseren Feinden.

Und nun versucht der Folterer,
Dich mit den Argumenten Deines Bruders zu schlagen.

Aber Du mußt tapfer bleiben.
Hast Du eine andere Wahl?
Du mußt Deine Treue beweisen
zu Deiner Partei
und zu Deinem Bruder.
Du darfst beide nicht verraten,
während sie sich gegenseitig des Verrates bezichtigen.

Aber was ist ein Verräter
angesichts so vieler Verbrechen?

Doch diese Frage ist eine verdammt akademische
im ruhigen und gefahrlosen Exil,
während ich mir keine Illusion darüber mache,
unter welchen Umständen Du sie beantworten mußtest.
Und noch schlimmer ist meine Befürchtung,
Du könntest vielleicht auf diese Frage antworten,
aber nicht dem Revolutionsgardisten,
Deinem zukünftigen Mörder.
Denn das ist die Methode dieser Mörder,
erst machen sie einen zum Verräter,
dann liquidieren sie ihn.
Du hattest die Wahl gehabt,
zwischen zwei Möglichkeiten des Verrates:
entweder Deine Partei zu verraten
oder Deinen Bruder.
Kam da der Tod nicht als eine Art Erlösung?
Mußtest Du nicht dem Mörder dankbar sein?

Und weißt Du, was noch gravierender ist?
Die Vermutung – meine Vermutung –, daß Du in Deinem Innersten von der Linie des abtrünnigen Bruders überzeugt warst.
Daß Du unter anderen Umständen wahrscheinlich diese Linie mit der ganzen Glut Deiner Seele verteidigt hättest.
Aber nicht im Angesicht des Feindes,
des gemeinsamen Feindes,
und schon gar nicht in seinen Klauen.

Doch ich bin überzeugt,
wenn man Dir Zeit gelassen hätte,
wärst Du auch auf diese Linie eingeschwenkt.

Aber das ist es ja,
man läßt uns keine Zeit,
keinem von uns.
Man ließ Dir Zeit
zu sterben,
oder zu verraten.
Du bist gestorben,
ohne jemanden zu verraten.

Und nun bist Du tot.
Man hat Dich hingerichtet,
und das gewissermaßen zu Füßen des deutschen Außenministers Genscher, der gerade in Teheran weilte,
und das nicht allein, sondern
mit Vertretern der deutschen Presse und
der deutschen Industrie.
Jener Industrie, die am Krieg verdient hatte
und nun gekommen war,
um am Frieden zu verdienen.
Ihre Repräsentanten begleiteten den Außenminister,
der sie vertrat,
oder war es umgekehrt?

Und die Vertreter der Presse
teilten uns später mit, der Herr Außenminister habe dreißig
Minuten lang mit seinem Amtskollegen
über Menschenrechte gesprochen.
Siehst Du, dreißig Minuten ist das Recht unserer Menschen
wert, immerhin.

Dann sprach ein Vertreter der deutschen Presse
den Vizeaußenminister der Islamischen Republik,
Larijani, auf die hohe Zahl der Hinrichtungen an.
Und weißt Du, was dieser Mörder antwortete?

„Ich bitte zu bedenken,
daß die iranische Bevölkerung jährlich
um 1 200 000 Menschen zunimmt."

Das war seine Antwort
auf Deinen Tod.
Als ob diese Zahl
Dich ersetzen könnte.
Denn diese 1 200 000, die erst in diesem Jahr zur Welt kommen, kenne ich nicht.
Sie gehen mich nichts an, persönlich.
Dich aber kenne ich,
kannte ich.
Und ich bin machtlos
angesichts Deines Todes.
Wie auch Dein Bruder,
der dies offen gesteht
in dem Brief, den er an den deutschen Botschafter
in Teheran geschrieben hat,
mit der Bitte, er möge den Herrn Außenminister informieren
über das Massaker, das im Moment vor sich geht
in unserem Land.
„Ohnmächtig und bar jedes politischen Einflusses ..."
schreibt er.

Ja, so sind wir:
bar jedes politischen Einflusses
aber voller Liebe, Haß und Trauer.
Ein schwerer Stand für einen,
der noch denkt und fühlt,
aber nicht mehr handeln kann.

Und dieser Brief wird in Teheran ad acta gelegt
oder nach Bonn geschickt,
um dort endgültig ad acta gelegt zu werden,
wie Dein Name,
der ad acta gelegt ist,
der abgehakt ist,
von offizieller Seite,

von deutscher wie iranischer.
Nur ein paar Unverbesserliche
tragen Deinen Namen
in der Innentasche ihrer Jacken.

12. November 1988

> Einladung zu einer Tasse Jasmintee
> Treten Sie ein, legen Sie Ihre
> Traurigkeit ab, hier
> dürfen Sie schweigen.
> *Reiner Kunze*

Ein Dichter lädt ein, ja ruft auf, zum Schweigen;
weil er das Wort empfängt,
weil er ein Gedächtnis hat.
Wahrlich grotesk,
aber Schweigen gehört zu den Dichtern,
seit es Diktatoren gibt.
Denn Schweigen
ist die Waffe der Diktatur gegen das Wort,
ihren Hauptfeind.
Also müssen wir,
damit unser Wort die Diktatur überlebt,
beides beherrschen:
unsere Waffe, die Sprache,
und die Waffe des Feindes, das Schweigen.
Unsere Sprache *muß* die Friedhofsstille sichtbar machen,
die die Diktatur hergestellt hat;
und unser Schweigen *darf nicht* die Schreie derjenigen
überhören, die diese Stille zu durchbrechen suchen.
Diese scheinbar paradoxe Situation zwingt uns
zu einem halsbrecherischen Seiltanz ohne Netz
in einer Manege, deren Publikum die Geschichte ist.
Fallen wir hinunter,
versinken wir im Abgrund des Vergessens,
begleitet von dem Hohngelächter des Publikums;
Madame Histoire war immer grausam.

Wir müssen also tänzeln
zwischen Sprache und Schweigen.
Wenn jetzt in der Presse oft die Rede ist
von der „Nationalität der Sprache“,
so muß ich
die „Internationalität des Schweigens“ hinzufügen.
Zwar habe ich persönlich
nie in der DDR schweigen müssen,
und doch verstehe ich mühelos
die Aufforderung Reiner Kunzes;
denn auch ich habe das Alphabet des Schweigens gelernt
unter zwei verschiedenartigen Diktatoren,
und dies so gründlich, daß ich –
so hoffe ich zumindest –
nie die Fähigkeit verliere,
in die Stille hineinzuhorchen.
Denn wir, die wir die Diktatur irgendwie
überlebt haben,
müssen unsere Dankbarkeit *auch* dadurch bezeugen,
daß wir nie aufhören, in diese Stille hineinzuhorchen,
um daraus Kraft zu schöpfen
für uns und für ihre unmittelbaren Opfer.
Denn diese Fähigkeit,
gestärkt durch unsere mächtige Verbündete, die Zeit,
macht uns auf lange Sicht stärker als Diktatoren,
die bekanntlich nie Zeit haben.
Wir aber haben Zeit,
wir müssen Zeit haben,
denn unser Wort braucht die Zeit,
um zu gedeihen, um zu überleben.
Da der Diktator keine Zeit hat,
verurteilt er uns zur Geduld.
Diese Geduld aber hinterläßt Narben
in unserer Sprache,
in unserem Gedächtnis.
Der Diktator hat Angst vor dem Wort,
weil er das Gedächtnis des Wortes fürchtet.
Unser Wort aber soll sein
das kollektive Gedächtnis unserer Zeit.

Als im Frühjahr 1979 die Revolution in meinem Land
den Diktator, Schah Mohammed Reza Pahlawi, verjagte,
um einen neuen, kraftvolleren Diktator einzusetzen,
fielen auch viele Geheimdokumente
in die Hände der Presse,
die diesen kurzen Frühling der Freiheit weidlich genoß.
So veröffentlichte eine Tageszeitung die Liste der
in der Lyrik verbotenen Wörter, die der Geheimdienst
zusammengestellt hatte.

Rosen, Freunde, Gefängnis, Genossen, Blut,
Nacht, Eule, Richter,
Henker, Offizier, Polizist, Knüppel, Wache, Anemone,
Zaun,
Morgenröte, Revolution, dialektischer Materialismus,
Freiheit...

Unverständlich nur
die Angst der Machthaber
vor *Anemonen*.

Wieviel muß geschehen sein,
bis ein Dichter die Anemone
als Schild und Waffe zugleich gebraucht.
Jedes dieser Wörter erinnert an ein Verbrechen.
Jedes dieser Wörter,
auch das scheinbar harmlose Wort *Anemone*,
wird zu einer Sonde,
die in die Gedächtnislücke des Diktators eindringt,
um ihn an seine Taten zu erinnern.
Hier wird das Wort zur kollektiven Waffe
gegen die Diktatur.
Kein Wunder, wenn da das Verbot folgt.

Diktatoren verbieten gern,
und nicht nur Wörter.
Wenn es nach ihnen ginge,
würden sie das Wort überhaupt verbieten
oder gar abschaffen,
so daß wir uns nur noch durch nonverbale Geräusche
mitteilen könnten,
wenn überhaupt.

Oder wird es vielleicht eines Tages
einen akustisch so empfindlichen Diktator geben,
daß er alle Geräusche verbietet?
Mit Ausnahme *seiner* Geräusche, versteht sich.
Die seiner Folterknechte,
die seiner Hinrichtungskommandos,
die seiner Leopard-Panzer, die seiner Tornado-Jäger
oder aber die seiner Reden.
Denn Diktatoren reden bekanntlich viel und schlecht.

Bis wir an ihren Geräuschen ersticken?

„Doch ich allein vernehme das Wort,
das wie ein Knebel in meinem Mund ist."

So der zweisprachige surrealistische Dichter
Maxime Alexandre.

Seltsam, wir können also
auch an unserem *eigenen* Wort ersticken,
wenn niemand sonst an ihm teilhat.

So müssen wir,
die wir außerhalb der Diktaturen leben,
unser Wort teilen
mit jener Stille,
die uns so viele Nachrichten hinterbringt.
Wir müssen unser Wort teilen
mit jenen Schweigenden,
damit wir nicht ersticken
an unserem eigenen Wort.

Lindau, den 12. November 1988

(Rede beim literarischen Symposion der Evangelischen Akademie Tutzing über das Thema ‚Sprache und Diktatur')

23. November 1988

Für Erich Fried

Und dein Tod,
hast du ihn gefragt,
nach seinem Namen?

Oder kam er
auch diesmal verkleidet
als ein Gedicht?

24. November 1988

Für Bozorg Alavi

In deinem 85. Lebensjahr,
im Jahr 42 der Verbannung,
weigert sich
eine Regierung,
deinen Paß zu verlängern.

Wozu brauchst du
Regierungen?

Sie verlängern nur
die Wartezeit.

Und dort am Einlaß,
fragt der Tod
auch nach einem Paß?

Dezember 1988

Etwa 3000 Gefangene werden in Teheran hingerichtet, meist Intellektuelle und Linke.
Das Regime bereitet sich auf die Ära nach Chomeini vor;
es soll niemand am Leben bleiben, der gefährlich werden kann.
Unter den Hingerichteten ist auch Gagig Awanessian, Mitte Fünfzig, seit Jahren Mitglied der KP Irans, wiederholt in Haft und im Gegensatz zu vielen anderen Kommunisten ziemlich populär.

A., der zehn Jahre mit ihm in derselben Zelle saß, erzählt mir folgende Anekdote:
„Gagig war zu 15 Jahren verurteilt. Ein paar Wochen vor der Machtergreifung Chomeinis ordnete der letzte Premierminister des Schahs eine Amnestie für mehr als 1000 politische Gefangene an – darunter Gagig und ich. Wir wurden gegen Nachmittag freigelassen. Ich fragte Gagig, ob er in Teheran Verwandte habe, er verneinte. Ich bot ihm an, die erste Nacht in Freiheit bei meiner Familie zu verbringen.
Gagig lachte auf und sagte:
‚Jetzt sitze ich schon zehn Jahre in diesen vier Wänden, soll ich mich jetzt wieder in vier Wände einsperren lassen? Nein, ich will gehen, spazierengehen; wenn es sein muß die ganze Nacht!'
Ich wies auf den Ausnahmezustand hin, und daß nach Einbruch der Dunkelheit niemand mehr auf der Straße sein solle.
Gagig lachte wieder auf:
‚Na und? Wenn die Militärs mich auf der Straße erwischen, bringen sie mich hierher, wo ich jetzt sitze!'
Ich insistierte, Gagig lehnte jedoch ab.
Nach der Revolution habe ich ihn nicht mehr gesehen.
Jetzt haben sie ihn hingerichtet."

Dezember 1988

In Teheran wird Jodat hingerichtet.
Er war Mitglied des Zentralkomitees der Kommunistischen Partei Irans (Tudeh-Partei), verbrachte mehr als dreißig Jahre im Exil und kehrte nach der Islamischen Revolution 1979 wie alle anderen Emigranten in den Iran zurück.
Nun wird er hingerichtet.
Ich denke an seine Frau: Afagh Jodat.
Sie war erst mit Chosro Rusbe verheiratet, der 1957 hingerichtet wurde.
Damals tauchte sie unter und konnte mit Hilfe der Partei flüchten.
In der Emigration heiratete sie dann Jodat.
Nun ist auch ihr zweiter Ehemann hingerichtet worden.

Februar 1989

Vor kurzem fand ein öffentliches Konzert in Teheran statt. Die Sensation bestand darin, daß – zum Staunen aller – eine Frau als Solistin auftrat. Zum ersten Mal seit Beginn der Islamischen Revolution durfte eine Frau öffentlich singen, ohne dafür ausgepeitscht zu werden.
Das Interesse und der Andrang waren so groß, daß die Revolutionsgardisten einschritten, um die Ordnung wiederherzustellen – wie es so schön heißt.
Zehn Jahre nach der Revolution beginnt das Regime, sich bei den Frauen anzubiedern, deren Widerstand es nie ganz brechen konnte.

14. Februar 1989

Im Namen Gottes,
des Erhabenen! Wir gehören Gott, und zu ihm kehren wir zurück.
Den glaubenseifrigen Muslimen in der ganzen Welt gebe ich bekannt: Der Verfasser des Buches *Die satanischen Verse*, das gegen den Islam, den Propheten und den Koran verfaßt, gedruckt und verlegt worden ist, ebenso die Verleger (oder Verbreiter), die den Inhalt kennen, sind zum Tod verurteilt. Ich will von allen glaubenseifrigen Muslimen, daß sie jene an jedem Ort, wo sie sie finden, unverzüglich töten, damit kein anderer in die Versuchung gerät, das Heilige der Muslime zu verleumden. Wer dabei den Tod findet, ist ein Märtyrer, so Gott will.
Außerdem: Wenn jemand Zugang zu dem Verfasser des Buches hat, aber nicht die Kraft, ihn zu töten, soll er ihn geeigneten Leuten zeigen, damit er [der Verfasser] den Lohn für seine Taten erhält.
Friede sei mit euch, die Barmherzigkeit Gottes und sein Segen!

Ruhollah Musawi

März 1989

Im Oktober 1988 veröffentlicht die Zeitschrift *Ayande* den Bericht von Harold Pinter über seine Nicaragua-Reise.
Im Februar 1989 veröffentlicht die Zeitschrift *Donyaye Sochan* vom selben Autor *Die Bergsprache*.
Übersetzer ist in beiden Fällen Kasem Farhadi.
Am 14. Februar 1989 folgt das Todesurteil gegen Salman Rushdie durch Ayatollah Chomeini.
Und dann, als die Rushdie-Affäre Konjunktur hatte und die iranische Presse voller Hetztiraden gegen Rushdie war, veröffentlichte derselbe Kasem Farhadi in *Keyhan*, dem offiziellen Blatt des Regimes, einen Brief an Harold Pinter.
Darin brüstet er sich zunächst, er – Kasem Farhadi – sei lange Zeit in London Pinters Regieassistent gewesen und habe schon damals gemerkt, daß Pinter ein Agent des englischen Imperialismus sei und seine antiislamischen Gedanken mit linken Parolen zu vertuschen versucht habe. Nun zeige Pinter offen seinen antiislamischen und kolonialistischen Charakter, indem er Rushdie verteidige.
Aber das wachsame iranische Volk und die islamische Nation hätten die geheimen Ränke von Harold Pinter längst entlarvt und würden ihn aufs schärfste bekämpfen.

Mai 1989

15 Fragen an Salman Rushdie

1. Weißt Du, daß iranische Hausfrauen Dich noch heute verdammen, wenn sie für Eier, Milch und Seife Schlange stehen, weil das Regime in Teheran gleichzeitig mit der Verkündung Deines Todesurteils auch die Lebensmittelpreise anhob, so daß Dein Name mit der Verteuerung verbunden ist?
2. Weißt Du, daß Dein Buch *Mitternachtskinder* längst auf persisch erschienen ist? Ich nehme an, Du weißt es nicht, weil die iranischen Verleger das Copyright stillschweigend zu übergehen pflegen.

3. Weißt Du, daß die persische Übersetzung den iranischen Staatspreis erhielt und das Buch in der offiziösen iranischen Presse gelobt wurde, was sie nicht daran hinderte, Dich einige Monate später als Agenten des Imperialismus zu verurteilen?
4. Weißt Du, daß die *Satanischen Verse* noch im Dezember 1988 in derselben Presse besprochen wurden? Zwar ein Verriß, aber keine Spur von Verbot, Drohung oder gar Todesurteil. Knapp vier Monate später kam jener berüchtigte Mordbefehl aus dem Mund von Ayatollah Chomeini, der Dich über Nacht für vogelfrei erklärte und die gesamte iranische Nation in Verruf brachte.
5. Weißt Du, daß der inzwischen verstorbene falsche Messias aus Teheran fast gleichzeitig mit Deinem Todesurteil verkündete: „Solange ich lebe, kommen hier die Liberalen nicht an die Macht“? Armer Salman Rushdie!
   Man hätte Dich erfinden müssen, wenn es Dich nicht gegeben hätte.
6. Weißt Du, daß die persische Ausgabe der *Mitternachtskinder* seit Deinem Todesurteil eine makabre Hochkonjunktur erlebt? Noch im April 1989 wurde das Buch auf dem Schwarzmarkt gehandelt, zu einem Preis von 70000 Toman. Eine Schachtel Zigaretten kostete im April 70 Toman, und ein Schullehrer verdient monatlich 4000 Toman.
7. Und weißt Du, was das bedeutet?
   Daß die meisten Schieber meines Landes an Deinem Buch verdienen, während diejenigen, die das Buch wirklich lesen wollen, es sich nicht kaufen können.
8. Weißt Du, daß die iranischen Intellektuellen zu Dir gehalten haben, unabhängig davon, wie ihre Meinung zu den *Satanischen Versen* war? (Sie taten es im geheimen, soweit sie dort leben, und offen, wenn sie – wie ich – im Exil sind). Denn es geht um die Freiheit des Wortes, für Dich, aber auch für uns. Waren wir doch in all den Jahren die alleinigen Opfer dieser Terrorherrschaft, ohne die ach so sensible europäische Öffentlichkeit auf unserer Seite zu haben.
9. Weißt Du, daß im November 1988 etwa 3000 Gefangene

– meist Intellektuelle – in Chomeinis Iran hingerichtet wurden, während der deutsche Außenminister gerade in Teheran ein *Kulturabkommen* abschloß?

10. Hast Du übrigens damals dagegen protestiert, mit uns?
11. Apropos Außenminister.
    Hast Du die geschlossene *Haltung* der EG-Außenminister ernst genommen, die, aus Protest gegen Dein Todesurteil, heroisch ihre Botschafter aus Teheran zurückgezogen haben?
    Um sie später für eine Handvoll Dollar mehr einzeln und leise dorthin zurückzuschicken; oder wie Radio Teheran verkündete: „... wie Mäuse sind sie hierher gekrochen, weil sie wieder Käse wittern".
12. Überhaupt diese Europäer:
    Erinnerst Du Dich noch an die Heuchelei von „der Empörung des mitteleuropäischen Geistes" (Theo Sommer in DIE ZEIT)?
    Du glaubst doch nicht, daß der mitteleuropäische Geist – der für gewöhnlich nicht gerade an Schlafstörungen leidet – Dich so leidenschaftlich verteidigt hätte, wenn Du nicht ein indisch-britischer, sondern nur ein indischer Autor wärst?
13. Hast Du vergessen, wie die deutsche Presse die Nachricht vom Literaturnobelpreis für Nagib Mahfuz – eben nur ein Ägypter – aufgenommen hat?
    Die Glossisten der drei wichtigsten Tageszeitungen dieses Landes stellten sich ein gemeinsames Armutszeugnis aus, als sie unisono schrieben, sie kennten Nagib Mahfuz nicht, also könne er nichts taugen. Mir scheint, daß diese geistigen Vasallen eine verspätete Rache für die Kreuzzüge nehmen wollten.
14. Hattest Du nicht selbst in einem Interview aus Deinem Versteck gesagt, Du hättest die *Satanischen Verse* geschrieben, um Deine eigene Wurzellosigkeit in diesem Europa darzustellen?
15. Und eine letzte Frage:
    Hältst Du es noch lange in Deinem Versteck aus? Für Dich, für uns alle, gegen die Chomeinis und gegen alle Heuchler?

Mai 1989

Endspiel von Samuel Beckett wird in Teheran auf der Städtischen Bühne aufgeführt.
Hat niemand – auf der anderen Seite – das Wort *Endspiel* symbolisch verstanden?

Sommer 1989

E., der bekannte iranische Novellist, veröffentlicht in einer Exilzeitschrift seine Beobachtungen über die Diktatur.
Daraus folgende Passage:
„Ein politischer Gefangener, der lange in Tabris (Nordiran) im Gefängnis war, erzählte, daß die Katzen in jenem Gefängnis vollkommen verwildert waren, weil sie zu oft das Blut der Hingerichteten geleckt hatten.
In den Nächten, in denen es keine Hinrichtungen gab, schrien diese Katzen bis zum Morgengrauen."

Juli 1989

„Ich darf nicht
unschön sein,
muß Verführung bleiben
in diesem ewigen Licht.

Ich bin so schön,
daß selbst ein fremder Frühling
meine Wege ausschmückt.
Nie
war das Blut
die Nacktheit der Seele.
Und nie hat Blei
das Rebhuhn von seinem stolzen Gang abgehalten.
Ich bin so schön,
daß dein Allaho Akbar
unvermeidbar mich preist.
Und bin ein Gift –
ohne Gegengift –
für deine Erscheinung.

Ist die Welt schön,
beschreibt sie nur meine Anwesenheit.
Du Einfältiger,
ich bin nicht dein Feind,
nur deine Verneinung."

Dieses Gedicht von Ahmad Schamlu macht in Teheran die Runde, ohne veröffentlicht worden zu sein. Die Regierungsblätter werfen ihm monarchistische Tendenzen vor und schimpfen ihn „nobelpreisgeil". Doch wird dem großen alten Mann der iranischen Lyrik kein Härchen gekrümmt.

August 1989

Die Zeitschrift *Donyaye Sochan* – (‚Die Welt des Wortes') – zieht in ihrem 20. Heft folgende Bilanz:
Auflage: 16000 Exemplare.
Abonnenten: 93 Personen.
Eine Situation, die für eine deutsche Literaturzeitschrift tödlich wäre.
Der Grund: Niemand will in der Abonnentenkartei einer Literaturzeitschrift stehen. Denn wird die Zeitschrift verboten – was in Teheran leicht passieren kann –, wird auch die Kartei beschlagnahmt, und die Abonnenten werden nachts unliebsame Besucher bekommen.

7. Oktober 1989

Folgende Anzeige steht in der heutigen Ausgabe der Teheraner Tageszeitung *Ettelaat*:
„Folgende Personen werden aufgefordert, sich binnen zwanzig Tagen nach dem Erscheinen dieser Anzeige zwecks Erledigung der Zollabfertigung ihrer Autos bei der Zentralstelle der Zollabfertigung zu melden. Anderenfalls werden die Autos laut Beschluß Nr. 83194 des Revolutionsrates der Islamischen Republik als Schmuggelware deklariert, und die Angelegenheit wird den Zivilgerichten übergeben."

Es folgen 46 Namen, Automodelle, Transitnummern und Ausstellungsdaten. Unter anderen:
Aschraf Pahlawi, Toyota 1977, Transitnummer 196327, 23. Mai 1978.
P. S.
Aschraf Pahlawi ist die Zwillingsschwester des gestürzten Schahs, die mit ihm das Land verlassen hat und jetzt in New York lebt – in Saus und Braus.
Ob sie sich wegen eines Toyotas in Teheran melden wird, ist fraglich.
P. P. S.
Aschraf Pahlawi war eine der reichsten Personen
während der Schah-Herrschaft –
fürs Finanzamt aber galt die offizielle Sprachregelung:
„Frau Aschraf Pahlawi, Wohnort unbekannt."

Dezember 1989

Ich erfuhr von R.s Tod.
Er lebte als Zahnarzt in Teheran und hatte schon einen Herzinfarkt hinter sich.
Er mußte am Herzen operiert werden, die Operation aber konnte nur in Europa durchgeführt werden.
Da seine Tochter aus dem Iran geflüchtet war und in Schweden Asyl gefunden hatte, wollte er nach der Operation seine Tochter besuchen.
Er beantragte in Teheran das Visum für die Bundesrepublik.
Nach einigen Monaten bekam er von der deutschen Botschaft in Teheran einen positiven Bescheid mit der Aufforderung, er solle an einem bestimmten Tag sein Visum abholen.
Er freute sich sehr und ging an diesem Tag mit seiner Frau zur deutschen Botschaft und stellte sich mit allen anderen an, die aus dem gleichen Grund gekommen waren.
Als sein Name aufgerufen wurde, sank er zusammen.
Zwei Stunden später war er tot.

Februar 1990

Für einen Freund, der heimkehrt, für Christian Cortéz

„Herr, ich bin beides,
Pilgrim und Bürger."
Psalm 95

Nun verläßt Du uns nach 13 Jahren und gehst zurück nach Chile. Ich kenne Chile nicht, um so mehr aber die Gefühle, die nun in Dir brodeln. Denn auch ich habe einmal nach vielen Jahren mein Exil verlassen, um meine Heimat wiederzufinden, und landete abermals in der Fremde. Ich weiß, das Wesentliche ist, daß man für die Rückkehr lebt. Aber nimm Dein Exil mit, samt den 13 Jahren! Denn wehe dem, der seine Zeit der Verbannung mechanisch wegstecken will; er wird an seiner Heimat scheitern.

Überhaupt diese Heimatländer! Seltsam, wie leichtfertig sie uns verlassen wegen ein paar Millionen Dollar, wegen eines Generals, der putscht, wegen eines Unteroffiziers, der foltert, entwinden sie sich unseren Armen, und schon liegen sie in anrüchigen Betten.

Und wenn wir nach langen Jahren der Trennung zurückkehren, begegnet uns die gleiche Heimat mit erhobenem Zeigefinger und jenem bis zum Überdruß mißbrauchten Satz: „Wo warst Du, als wir . . ."

Nimm also Dein Exil mit, damit Du Deiner Heimat gewachsen bist. Vor allem aber nimm die Zeit mit! Die Jahre, die wir in der Erwartung der *baldigen* Rückkehr heroisch vertrödelt haben. Im Exil entwickelt man ein anderes Zeitgefühl, da wir meinen, vieles hier ginge uns nichts an.

So nimm die Zeit mit! Deine Augen brauchen sie, um Dinge zu suchen, die längst ausgestorben sind in der Zeit der Trennung. Denn diese Zeit, diese 13 Jahre, gibt es nicht mehr in Chile: sie ist mit Deinem Fortgang verloschen – für immer. Dort haust nun eine andere Zeit, die Du nicht kennst, die Dich nicht kennt. Sie ist zu hart für Deine Augen, sie ist rasend geworden in Deiner Abwesenheit.

Und nimm ein wenig mit von der Kälte des Exils! Denn auch diese wirst Du brauchen, um nicht zu ersticken, wenn Dich

Deine Heimat schwülstig umarmt. Du wirst diese klare Kälte benötigen, wenn Du auf Schritt und Tritt wärmstens angelogen wirst. Denn dort wirst Du jetzt nur auf Widerstandskämpfer stoßen und keinen einzigen treffen, der sich offen zum Diktator bekennt.
Die Völker sind so, sie haben eine andere Ethik; denn sie können nicht emigrieren. Nimm also die Kälte mit! Sie macht die freundlichen Lügner durchsichtig.
Und nimm die Blicke mit! Jene Blicke, die Dich auf der Straße plötzlich und grundlos mitten ins Gesicht treffen, um Dir stumm und eindringlich mitzuteilen, wie unerwünscht der Fremde hier ist. Nimm diese Blicke mit auf einem zusammengefalteten Blatt und stecke das Blatt in Deinen Taschenkalender, damit Du täglich hineinschaust. Und auf der anderen Seite des Blattes nimm die verlegenen Blicke der deutschen Freunde mit, die in solchen Momenten betreten zur Seite schauen, als hätten sie nicht den Mut, Dich hierfür in die Arme zu nehmen. Jene deutschen Freunde, ohne die das deutsche Exil wahrlich unerträglich wäre.
Nimm also die Blicke mit! Für Dich und mitunter für die Fremden in Chile: denn auch dort wird es Fremde geben, heute und für immer.
Und nimm die Sprache mit, die Dir das Exilland gegeben hat! Denn auch diese wirst Du nötig haben. Anfangs wirst Du Dich begierig auf Deine geliebte Sprache stürzen, doch dann erscheint sie Dir vulgär und verroht. Zu Deiner Zeit war sie eine unschuldige Jugendliebe. In der Zeit ohne Dich hat sie sich eingelassen auf Generäle, amerikanische Militärberater, Händler der vier Jahreszeiten, die Dein Land erfolgreich ausverkauft haben, und die vielen anderen, die Deinen Platz eingenommen haben. Nun trägt sie – Deine geliebte Sprache – den Schmutz der Eindringlinge auf ihrer Haut: derart, daß Du diese Haut vielleicht nicht mehr berühren kannst.
Nimm also die deutsche Sprache mit! Zuweilen wird sie Dich trösten über Deine Sprachlosigkeit.
Ich weiß, „Es ist schmutzig, das eigene Land mit Angst zu betreten", wie Du kurz vor Deiner Abreise sagtest. Aber nimm auch die Angst mit! Jene Angst, die in all den Jahren uns begleitete und verfolgte. Denn sie wird Dir helfen, Dich

in die Lage der Mörder zu versetzen, die noch auf der Lauer sind. Und vergiß nicht, daß Du bis zum Schluß auf der Liste derer standest, denen die Rückkehr verweigert wurde.
Nimm also die Angst mit! Denn sie blendet die Augen des Todes, in die Du des öfteren geschaut hast.
Nimm aber nicht die Rache mit! Begrabe sie in der Luft, die das Exil von Deiner Erde trennt! Und wisse, daß Rache keine Antwort ist, schon gar nicht auf Folter und Mord. Denn Du wirst vielleicht einen Deiner Folterer treffen – falls Du ihn erkennst, denn sie stülpten meist eine Kapuze über Deinen Kopf, bevor sie Dich folterten –, und nun schlendert also der Folterer fröhlich auf der Defilierstraße in Val Paraiso. Und falls er Dich erkennt, und wenn er besonders gerissen ist, wird er Dich vielleicht freundlich grüßen.
Vergiß nicht, was er Dir angetan hat! Nichts sollst Du vergessen, bis auf die Rache! Denn das ist der Vorzug der Verfolgten ihren Verfolgern gegenüber.
Und nimm noch ein Wort mit! Das kleine, zärtliche Wort *Nein,* dessen Kraft uns jahrelang zu dem aufrechten Gang verholfen hat, der zu unserem einzigen Stolz wurde. Du wirst dieses *Nein* brauchen, damit Du vielleicht glücklich wirst mit dieser widerspenstigen Braut, die sich Heimat nennt.
Und gib acht auf Deine Hände, damit sie dieses Wort nicht fallen lassen.
Und nimm auch das Gedächtnis mit! Nicht als Mittel zur Verklärung, sondern als eine Art Brücke zwischen der Vergangenheit und der Zukunft, denn nur so kannst Du zu einer Haltung gelangen, die der Heimkehrer bitter nötig hat, um zu überleben.
Denn nirgendwo wird das Gedächtnis so sehr zum Maßstab aller Dinge wie im Exil. Fortan wird Dein Gedächtnis eine Tätowierung sein, die Dich verpflichtet, stets in Hörweite des Hungers zu bleiben. Nimm das Gedächtnis mit!

Frühjahr 1990

Ich lese die Lebensgeschichte von Abolhassan Tafreschian:
1941 wird der Iran von den alliierten Truppen besetzt.
Der Norden, wo Tafreschian als junger Offizier dient, fällt der Sowjetarmee zu.
Im Winter 1941 nimmt Tafreschian an einem Aufstand der jungen Offiziere gegen die Regierung teil.
Der Aufstand wird von den Regierungstruppen niedergeschlagen; die Sowjetarmee schaut zu.
Tafreschian flüchtet in die Sowjetunion.
Dort wird er ins Gefängnis geworfen –
ohne je die Gründe zu erfahren –
und bleibt bis zum Ende des Weltkrieges im Gefängnis.
1945 kehrt er in den Iran zurück, heiratet und dient weiter in der Armee. 1946 wird in Tabris die Autonome Republik Aserbaidschan ausgerufen. Tafreschian läßt seine schwangere Frau in Teheran bei seinen Eltern und stellt sich in den Dienst der Republik.
Im Herbst 1946 fällt die Republik.
Tafreschian flüchtet nach Mahabad; dort ist gerade die Republik Kurdistan ausgerufen worden.
Hier erfährt er, daß seine schwangere Frau mit Hilfe der Kommunistischen Partei in die Sowjetunion geschickt wurde – in Sicherheit.
Im Winter 1947 fällt auch die Republik Kurdistan.
Tafreschian flüchtet mit den Partisanen des legendären Generals Baresani in den Irak.
Dort wird er vom Kurdenführer Baresani an die irakische Regierung ausgeliefert. Wegen des Verdachts auf Spionage sitzt Tafreschian bis 1949 in verschiedenen irakischen Gefängnissen, dann wird er nach Teheran ausgeliefert.
Dort wurde er bereits in Abwesenheit – wegen des Engagements für die zwei Republiken – zum Tode verurteilt.
Das Urteil wird in lebenslängliche Haft umgewandelt.
Von 1949 bis 1969 sitzt Tafreschian in Teheran im Gefängnis.
1969 wird er auf eine kleine Insel im Persischen Golf in die Verbannung geschickt, wo er unter Hausarrest lebt.

1979 wird er durch die Islamische Revolution aus der Verbannung befreit.
Er weiß, daß er eine Tochter hat und daß seine Frau vor Jahren in Baku gestorben ist. (Seine Frau hatte in Baku das Abitur nachgemacht und ein Medizinstudium abgeschlossen; kurz darauf starb sie an Tbc.)
Seine Tochter ist in Moskau geboren und aufgewachsen und arbeitet dort als Ärztin. Da sie inzwischen Sowjetbürgerin geworden ist, kann sie nicht ohne weiteres in den Iran reisen.
Tafreschian beantragt bei der iranischen Regierung einen Reisepaß, um seine Tochter in Moskau zu besuchen.
Dieser Antrag wird ohne Begründung abgelehnt.
Nach vielen Bemühungen gibt ihm die iranische Regierung einen Paß mit der Auflage, er könne seine Tochter in Leipzig besuchen.
Dort trifft er 1981 seine inzwischen 33jährige Tochter zum ersten Mal.
Vater und Tochter haben Verständigungsprobleme.
Tafreschian hatte im sowjetischen Gefängnis ein wenig Russisch gelernt, das er inzwischen jedoch wieder vergessen hat; seine Tochter spricht leidlich Persisch –
Freunde dienen als Dolmetscher.
Nach einer Woche reist die Tochter in die Sowjetunion zurück.
Tafreschian fährt wieder nach Teheran,
dort lebt er heute noch
mit einer bescheidenen Rente,
völlig zurückgezogen.

18. April 1990

Heute bekam ich einen Expreßbrief.
Er wurde am 10. April in Teheran aufgegeben.
Das Porto betrug 235 Toman.
Zum Vergleich:
Eine Schachtel Zigaretten kostet 70 Toman.
Eine einfache Busfahrt kostet 2 Toman.
Ein Schullehrer verdient monatlich 4000 Toman.

Mai 1990

Ich treffe R. in Toronto, Kanada.
Wir haben uns zuletzt in Teheran gesehen – im Frühling 1979.
Nun sitzt er in Toronto und schreibt eine Doktorarbeit.
Seine Diplomarbeit in Soziologie über die iranischen Flüchtlinge hat er in Rom abgeschlossen, wo er mehr als zwanzig Jahre lebte und in der Opposition gegen den Schah aktiv mitarbeitete.
Er hat in Rom ein Büro geleitet, das iranischen Flüchtlingen half – unabhängig von ihren politischen Gesinnungen.
R. erzählt mir folgende Geschichte aus jener Zeit:
„Eines Tages, im Januar 1980, tritt ein Mann ins Büro und sagt, er will in Italien um politisches Asyl nachsuchen.
Ich nehme seine Personalien auf, um die nötigen Formulare auszufüllen. Ich stelle fest, er gehört zu der Elite-Kampfeinheit der iranischen Armee unter dem Schah. Das erklärt mir auch seine athletische Figur.
Zum Schluß frage ich ihn, wie er seinen Asylantrag begründen will.
Er antwortet gelassen:
‚Ich habe zwei Revolutionsgardisten getötet!'"

Mai 1990

In Montreal treffe ich A.
Er saß 1982 für zwei Jahre in Teheran im Gefängnis.
Ihm wurde Vorbereitung zum Hochverrat vorgeworfen; mitangeklagt war Sadegh Ghotbzadeh, Ex-Außenminister, der dann im September 1982 hingerichtet wurde.
Ghotbzadeh soll in einer geheimen Sitzung A.s Namen erwähnt haben, als eine zuverlässige Person, die nach der Machtübernahme Kontakte mit dem Ausland pflegen sollte.
Das Gericht konnte A. nichts beweisen.
Er blieb also zwei Jahre im Gefängnis; nach seiner Freilassung konnte er aber flüchten und landete in Kanada.
Er erzählte mir folgende Geschichte:

„Einmal nach dem Verhör, als man mich zu meiner Zelle zurückführte, traf ich auf dem Gang auf Ghotbzadeh.
Ich wußte sofort, daß dieses Treffen nicht zufällig, sondern inszeniert war.
Ghotbzadeh und ich zeigten keine Reaktionen.
Ein Revolutionsgardist erschien und fragte Ghotbzadeh laut:
‚Wer bist du?
Dein Gesicht kommt mir bekannt vor.'
Ghotbzadeh antwortete gelassen:
‚Ja, mein Gesicht kommt dir bekannt vor.
Denn ich war Außenminister, und du gehörtest zu meinen Leibwächtern, du Verräter.
Ich habe Durst.
Hol mir ein Glas Wasser!'"

Juli 1990

Besuch aus Teheran.
Sie erzählt, daß Milchpulver für Säuglinge rationiert worden ist.
Mütter, die welches kaufen wollen, werden von einer Ärztin des Gesundheitsministeriums untersucht;
nur wenn sie selbst nicht stillen können,
erhalten sie Milchpulver.
Zur Erinnerung:
Unmittelbar nach der Revolution haben die Revolutionsgardisten 10000 Kühe *hingerichtet,* weil sie aus Israel importiert worden waren und zionistische Milch gaben.
Seither herrscht im Iran Milchknappheit,
und jetzt auch Mangel an Milchpulver.

August 1990

Ich lernte N. A. kennen.
Eine legendäre iranische Kommunistin, die heute, 76jährig, noch von Lebendigkeit und Witz sprüht.
Sie hatte 1946 nach dem Fall der Autonomen Republik Aserbaidschan fliehen müssen.
Sie flüchtete nach Baku, der Hauptstadt der Sowjetrepublik Aserbaidschan –

bis heute hat sie ihre Heimat nicht mehr betreten dürfen.
Sie erzählte mir, daß sie damals auch ihr schwarzes Dienstmädchen mit ins Exil genommen habe.
Auf meine Frage, was mit dem Dienstmädchen dann passiert sei, antwortete sie:
„Sie ist zwei Jahre später in Baku gestorben –
an Schwarzbrot und Kälte."

August 1990

Ein Brief aus Teheran:
„... Vor einigen Tagen wurde ein Kollege von mir verhaftet, bis heute keine Nachricht von ihm. Vorige Woche heiratete mein Neffe; immerhin eine gute Nachricht. Dafür wurde kurz darauf mein älterer Bruder verhaftet; bis heute keine Nachricht. Gestern hatten wir zehn Stunden Stromausfall, normal sind vier Stunden ... Schick mir die Adresse von Siegfried Lenz. Ich habe einige seiner Kurzgeschichten übersetzt, die bald erscheinen sollen."

September 1990

Ich treffe J. in einer europäischen Hauptstadt.
Vor einigen Jahren wurde er verhaftet, weil er zwanzig Kilo Dynamit gekauft und versteckt hatte. Zunächst verhaftete die Polizei einen jungen Freund, der davon wußte. Nach einigen Ohrfeigen führte der die Polizei an den Ort, wo der Sprengstoff vergraben war.
Dann wurde J. verhaftet, zusammen mit vielen Freunden.
Er wurde zu sechs Jahren Gefängnis verurteilt und nach vier Jahren auf Bewährung freigelassen.
Ich frage ihn, warum er das Dynamit gekauft habe, was er damit vorgehabt habe, und vor allem, warum gleich zwanzig Kilo?
Er antwortet: „Weißt du, es war so billig."

September 1990

Die Teheraner Tageszeitung *Keyhan* bringt in ihrer Ausgabe vom 5. September folgenden Bericht:
„Der Amerikaner Mr. William, der im Auftrag des Mossad – des israelischen Geheimdienstes – in Kairo die Krankheit AIDS unter den Jugendlichen verbreitete, wurde verhaftet.
Mr. William, geboren am 27. April 1945 in Michigan, war 1984 nach Kairo und dann nach Israel gekommen.
Dort wurde er nach drei Jahren vom Mossad angeworben und infizierte sich bald darauf mit AIDS.
So beschloß der Mossad, ihn wieder nach Kairo zu schicken, damit er durch die Verbreitung von AIDS die ägyptische Gesellschaft ins Verderben treibe.
Die Affäre flog auf, als die Polizei einen 13jährigen Jungen vor einem Kino verhaftete, der eine große Menge Geld bei sich trug. Bei dem anschließenden Verhör gab er an, er habe das Geld von Mr. William bekommen, der auch andere Jugendliche in sein Appartement einlade, sie mit Seife und Shampoo wasche und dann mit ihnen sexuell verkehre.
Als die Polizei die Wohnung von Mr. William stürmte, fand sie sechs Jugendliche nackt in seinem Bett."

9. September 1990

Esmail Choyi, ein bekannter iranischer Lyriker, der seit seiner Flucht vor den Mullahs in London lebt, wird wiederholt von der Presse aufgefordert, in den Iran zurückzukehren.
Choyi antwortet mit einem offenen Brief:
„... Was mich nach zwei Jahren illegalem Leben im Iran zur Flucht zwang, war das Gesicht eines Schriftstellerkollegen, der niedergeschlagen im Fernsehen erschien, um zu erklären, er sei seit Jahren Agent einer fremden Macht gewesen ... und nun bereue er alles und bitte den Imam Chomeini um Gnade ... Seither wußte ich, daß ich und meinesgleichen in der Islamischen Republik keinen Platz mehr haben ... Ich habe keine Angst vor Gefängnis und Folter; beides habe ich weidlich unter dem Schah genossen.
Aber ich habe Angst vor Eurem Fernsehen."

Herbst 1990

Teheraner Tageszeitungen melden die Eröffnung einer Ausstellung mit abstrakter Malerei.
Der Maler: Mirhussein Mussawi, der unter Chomeini lange Premierminister war.
Hat nicht sein Kultusminister seinerzeit die Malerei als „das Werk Satans" verurteilt?

Oktober 1990

S. erzählt mir seine Paßgeschichte.
Er hat im Iran einen Paß *gekauft*, ihn eigenhändig auf seinen Namen gefälscht und ist dann *legal* ausgereist.
Als er nach zwei Jahren im Ausland den Paß verlängern muß, packt ihn die Angst, daß das iranische Konsulat seine Fälschung bemerken könnte.
Er geht in die Offensive und erzählt dem Konsularbeamten gleich die Wahrheit. Der tobt erst einmal und droht mit zwei Jahren Gefängnis – nach iranischem Recht das Strafmaß für Paßfälschung.
Dann verschwindet der Beamte mit dem Dokument in einem anderen Zimmer. Nach einer Weile erscheint er mit dem verlängerten Paß und erklärt:
„Wenn ich Ihren Paß nicht verlängere, beantragen Sie Asyl und bekommen es auch; also verlängere ich den Paß. Abgerechnet wird später –
in Teheran."

16. Oktober 1990

Die Teheraner Tageszeitung *Ettelaat* bringt in ihrer heutigen Ausgabe folgende Anzeige der Regierung:
„Im Namen Gottes.
Folgende Personen werden aufgefordert, sich binnen eines Monats der Revolutionären Staatsanwaltschaft in Teheran/Ewin zu stellen. Anderenfalls wird ihr Fall entsprechend dem Gesetz in Abwesenheit verhandelt.

1. Hossein Ghods Nachaiy
2. Fazullah Zahedi
3. Mohammad Zolfagharian."

Dazu ist folgendes zu bemerken:

1. Hossein Ghods Nachaiy war Außenminister unter dem Schah.
2. Fazullah Zahedi war der General, der 1953 gegen Mossadegh und für den Schah putschte. Anschließend wurde er Ministerpräsident.
3. Mohammad Zolfagharian war lange Zeit Vizepräsident des Parlaments.

Alle drei sind lange vor dem Sieg der Islamischen Revolution eines natürlichen Todes gestorben.
Also stellt sich die Frage, wozu die Regierung solch eine Anzeige aufgibt?
Höchstwahrscheinlich sucht die Revolutionäre Staatsanwaltschaft ein gesetzliches Hintertürchen, um das Eigentum und die Liegenschaften der genannten Personen zu beschlagnahmen oder die Rentenzahlungen an die Angehörigen zu stoppen.

31. Oktober 1990

Die Teheraner Tageszeitung *Keyhan* bringt in ihrer heutigen Ausgabe einen Bericht über die Pressekonferenz von Mohammad Ali Hosseini, den Generaldirektor aller Teheraner Gefängnisse und der zentralen Besserungsanstalt.
Hier der Wortlaut seiner Presseerklärung:
„Nach dem Morgengebet und der Morgengymnastik folgt das Frühstück für die Gefangenen. Danach nehmen sie an verschiedenen erzieherischen und ideologischen Kursen teil. Nachmittags haben die Gefangenen Gelegenheit, von den verschiedenen Sportmöglichkeiten Gebrauch zu machen, und sie können Fernseh- und Kinofilme anschauen.
Die Gefangenen haben das Recht, im Gefängnis Besuch zu empfangen und können darüber hinaus mit ihrer Familie telephonieren.

Jeder Gefangene hat das Recht, alle drei Monate mindestens für drei Tage Hafturlaub zu erhalten mit der Auflage, diese Zeit mit seiner Familie zu verbringen.
In der Besserungsanstalt, die nur für politische Gefangene vorgesehen ist, gibt es auch mehrere Werkstätten (Druckerei, Schneiderei, Teppichknüpferei, Dreherei, eine Werkstatt für Lederbearbeitung und eine andere für die Anfertigung von Verkehrsschildern), in denen die Gefangenen beschäftigt werden. Die Gefangenen verdienen in diesen Werkstätten – je nach Fachkenntnissen – monatlich zwischen 1500 und 5000 Toman. 50% ihrer Einnahmen werden von der Gefängnisleitung an ihre Familien übergeben. 25% werden für den Gefangenen auf ein Sperrkonto überwiesen.
20% werden dem Gefangenen bar ausbezahlt, und schließlich 5% als Versicherungsbeitrag für den Gefangenen abgeführt."
Zum Vergleich:
Das Gehalt eines Volksschullehrers beträgt 4000 Toman.

November 1990

Eines der vielen persischen Wörter für ‚Christ' ist das Wort ‚Tarsa'.
Das bislang einzige etymologische Wörterbuch der persischen Sprache – 1893 von dem deutschen Iranisten Paul Horn in Straßburg herausgegeben – klärt die Herkunft des Wortes: „*Tarsa* kommt aus dem Altpersischen und bedeutet etwa furchtsam."
Die Kreuzzüge sitzen also tiefer, als wir glauben –
auch in der Sprache.
P. S. Noch General Franco hat im Jahre 1936 seinen Krieg gegen die spanische Republik als Fortsetzung der Kreuzzüge verstanden.
P. P. S. Das Motto von Mussolinis Faschisten lautete: „Buch und Muskete";
auf der Fahne der islamischen Eroberer stand übrigens:
„Das Buch und das Schwert".

7. November 1990

Die Teheraner Tageszeitung *Keyhan* meldet in ihrer heutigen Ausgabe:
„Nach zehnjährigem Verbot des Schachspiels fand in diesem Jahr das erste Schachturnier auf nationaler Ebene statt.
10318 Personen nahmen an dem Turnier teil.
Nach 38746 Partien wurde die iranische Nationalmannschaft, bestehend aus sechs Personen, gewählt."
Der Iran hat etwa 60 Millionen Einwohner.
Also muß fast jeder 6000. Iraner an dem Turnier teilgenommen haben. Dieses Verhältnis ist erstaunlich und nur politisch erklärbar. Die massive Teilnahme an diesem Turnier ist eine verspätete Rache für das Verbot des Schachspiels, das von der Islamischen Revolution verhängt wurde, und gleichzeitig ein Votum der Teilnehmer für weltliche Werte – also gegen die Islamische Republik.

November 1990

Einer der berühmtesten iranischen Literaturwissenschaftler, Dr. Eslami Naduschan, veröffentlicht eine Studie über die Situation der modernen Lyrik:
„... Im Iran gibt es zur Zeit 18000 Lyriker, die ein Buch veröffentlicht haben."

Dezember 1990

Die unendliche Geschichte

S. ruft an, voller Freude.
Endlich ist ihre Übersetzung von Michael Endes *Die unendliche Geschichte* in Teheran erschienen.
1984 hatte sie nach zweijähriger Arbeit die Übersetzung abgeschlossen und versuchte dann, einen Verleger zu finden. Einige waren interessiert, aber sie sollte selbst die Genehmigung vom Ministerium für Islamische Führung einholen.

Also erschien sie persönlich im Ministerium. Ein 25jähriger – in diesem Ministerium sind viele Mitarbeiter sehr jung – war für ihren Fall zuständig. Er nahm das Manuskript entgegen und wollte dies nicht bestätigen. Auf ihr Drängen bekam sie endlich eine Empfangsbescheinigung. Nach acht Monaten – die Wartezeit kann beliebig ausgedehnt werden – bekam sie eine positive Antwort des Ministeriums. Für das Buch gibt es damit eine offizielle Druckerlaubnis.

Nun ist der Verleger gefordert. Seine erste Aufgabe ist es, Papier zu beschaffen, das bekanntlich der Verteilung durch den Staat unterliegt. Und da der Iran gegen den Irak einen Krieg führt, entscheidet von Fall zu Fall wiederum jenes Ministerium, ob Papier für *Privatzwecke* vorhanden ist. Unter Privatzwecken versteht man alles, was nicht direkt mit dem *Heiligen Krieg* zu tun hat. Bis das Ministerium seine Entscheidung trifft, ist der Krieg vorbei.

Aber immer noch besteht das Papiermonopol des Staates, und der Verleger steht erneut vor der schwierigen Aufgabe. Das Ministerium rechnet aus, wieviel Papier für dieses Buch gebraucht wird. Dann erhält der Verleger dieses Papier – wenn nicht wieder Papierknappheit herrscht. Er muß dafür eine Kaution hinterlegen in siebenfacher Höhe des Preises. Sollte er binnen sechs Monaten das Buch nicht auf den Markt bringen, wird die Kaution einbehalten. Verständlich, daß kaum ein Verleger ein so hohes Risiko eingeht.

Und nun ist das Buch nach sechsjähriger Odyssee durch das Labyrinth der Bürokratie doch noch erschienen.

Als Ergänzung noch die Vorgeschichte:

Im Oktober 1982 schickte ich ein Exemplar des Buches *Die unendliche Geschichte* an S. in Teheran. Absichtlich ließ ich das Buch in der eingeschweißten Folie, damit der Geheimdienst nicht auf die Idee käme, ich hätte etwas darin versteckt. Die Übersetzerin erhielt zunächst einmal nicht das Buch, sondern nur die Aufforderung, es beim Zentralpostamt persönlich abzuholen. Als sie dort erschien, teilte man ihr mit, daß das Buch erst von einem Vertreter des Ministeriums für Islamische Führung eingesehen werden müsse.

Nach einer Wartezeit erschien ein Angestellter des besagten Ministeriums, ein 22jähriger, der S. sofort auf Deutsch an-

sprach: „Ist das Buch für Sie persönlich?“ Sie bejahte. Er öffnete die Folie, durchblätterte lustlos das Buch, sah sich einige der Illustrationen an und fragte schließlich, ob das Buch irgend etwas mit Sex zu tun habe. Sie verneinte und fügte hinzu, das sei ein Kinderbuch. Daraufhin durfte sie es mitnehmen.
Am folgenden Tag fragte sie ihren Briefträger, warum das Buch nicht bei ihr, sondern erst auf dem Postamt gelandet sei? Er erklärte darauf, er habe die Anweisung, alle dicken Sendungen nicht auszutragen, sondern beim Zentralamt anzumelden. Die Moral der Geschichte: Jedes dicke Buch ist gefährlich – auch eine Logik.

6. Dezember 1990

Eine Exilzeitung druckt folgenden Bericht ab:
„In Ghom, gewissermaßen die Agora der Mullahs, wo es auch die vielen Mullah-Schulen gibt, hat man nun einen Schnellkursus für ‚Menschenrechte‘ eingeführt. Der Kursus wird in den Studienplan integriert und anschließend auch im Abschlußzertifikat erwähnt.
Ayatollah Jawad Amoli, ein enger Vertrauter Chomeinis, ist als Lehrer hierfür vorgesehen.“

11. Dezember 1990

F. ist gestorben.
Er war ein Aktivist gegen den Schah, wir waren seit Jahren miteinander verbunden.
Nach der Revolution ist er wie alle in den Iran gereist. Der erste Fluchtversuch scheiterte, er landete im Gefängnis. Nach der Haftentlassung gelang ihm dann die Flucht nach Deutschland. Seither organisierte er den Widerstand gegen Chomeini. Er war unter den Oppositionellen äußerst beliebt.
Nun ist er gestorben, an einem Herzinfarkt.
Ich will zu seinem Begräbnis fahren.
Die Nacht zuvor verbringe ich bei einem deutschen Freund; dessen Adoptivsohn ist auch da; er ist erst 23 Jahre alt.

Er versteht nicht, warum ich diese Reise unternehme, nur weil ein Freund gestorben ist. Schließlich sage ich ihm: „Weißt Du, es ist eine Art Versicherung, die ich abschließe. Wenn ich jetzt zu seinem Begräbnis fahre, dann bin ich sicher, daß bei meinem Begräbnis auch Freunde erscheinen werden."

11. Dezember 1990

Ich treffe A. nach vielen Jahren. Nach der Revolution ist er mit seiner europäischen Frau in den Iran übergesiedelt. Irgendwann konnte seine Frau nicht mehr. Sie kam legal nach Europa zurück.
Er hatte bereits Ausreiseverbot; also floh er.
Der Fluchtweg führte durch kurdisches Gebiet und über den Irak. Dort wurde er verhaftet, wegen Spionage.
Als er in Europa nicht ankam, wurde seine Frau aktiv. Sie zwang ihre Regierung, sich für A. einzusetzen. Das war die Rettung. Er blieb insgesamt acht Monate im Gefängnis. Später erzählt er mir von dieser Zeit. Das Gefängnis im Irak hieß ‚Abu Gharib' – zu Deutsch ‚Der Vater des Fremden'.
Er wurde mit den Füßen an einen ausladenden Ventilator gehängt, dessen Umdrehungen langsam beschleunigt wurden.
Während er davon erzählt, muß ich an die iranischen Bauern denken, die sich im Bus erbrechen mußten, weil ihnen die Geschwindigkeit zu hoch war.

22. Dezember 1990

S., die seit etwa zwanzig Jahren in Frankreich lebt, rief aus Paris an.
Sie wollte mich in den Weihnachtsferien besuchen.
In der deutschen Botschaft in Paris wurde ihr jedoch erklärt,
das Auswärtige Amt habe angeordnet,
bis auf weiteres keine Visa für iranische Staatsbürger zu erteilen.
Begründung: Golfkrise.

Januar 1991

Die Zeitschrift *Business international,* die in London als Beilage des *Economist* erscheint, erklärt in ihrer Januar-Ausgabe Teheran zur teuersten Stadt der Welt, die Lebenshaltungskosten seien um 34 % höher als in Tokyo und um 125 % höher als in New York.

Januar 1991

F. ist nach zehn Tagen aus Teheran zurückgekehrt.
Sie hat bei Freunden Cognac getrunken – noch nie in der iranischen Geschichte wurde so viel getrunken wie unter der Herrschaft der Mullahs, die den Alkohol verboten haben.
Der Cognac hat eine staatliche Banderole in Persisch und Englisch: ‚Made in Islamic Republic'.
Freunde erklären ihr, dieser Cognac sei seit einiger Zeit *auf dem Markt* –
aber nur für Ausländer und religiöse Minderheiten.
Will die Regierung damit den blühenden Schwarzmarkt für alkoholische Getränke bekämpfen und gleichzeitig etwas für die leere Staatskasse tun?
Oder ist das die altbewährte iranische Methode –
wir sind die Schwejks des Nahen Ostens –,
den Alkohol auf Umwegen freizugeben?

2. Januar 1991

Die Zeitung *Keyhan* meldet:
„Dr. Abbas Aflatunian von der Universitätsklinik Yazd gab heute bekannt, daß die 36jährige Hausfrau Fateme Yazdinejad nach zwanzig Jahren kinderloser Ehe durch künstliche Befruchtung zwei Kinder bekommen hat.
Dr. Aflatunian fügte hinzu, daß zur Zeit 6000 Ehepaare auf der Warteliste für künstliche Befruchtung stehen."
Ist das nicht „Einmischung in die Angelegenheiten Gottes"? Ein Argument, mit dem am Anfang der Revolution sogar die Anti-Baby-Pille abgelehnt wurde?
Wird die Macht des Faktischen die Mullahs in die Knie zwingen, bis ihre Lehren alle Substanz verlieren?

4. Januar 1991

Heute höre ich, daß R. in München ist.
Bevor ich mein Staunen äußern kann, fügt meine Gesprächspartnerin hinzu, R. sei aus dem Iran geflüchtet und lebe jetzt in Schweden.
R. war, wie wir alle, nach der Islamischen Revolution in den Iran zurückgekehrt. Dort sahen wir uns einige Male.
1980 wurde er verhaftet und zu 15 Jahren Gefängnis verurteilt.
1986 erschien dann in den offiziellen Teheraner Tagesblättern eine ganzseitige Reueerklärung von ihm.
Darin setzte R. sich mit der Idee des Marxismus und des Dialektischen Materialismus auseinander und kam zu dem Schluß, daß Marx, aber auch Hegel, ihre Ideen von den islamischen Philosophen ‚gestohlen' hätten.
Die Reueerklärung endete mit jener berüchtigten und bis zum Überdruß strapazierten *These*:
Der Marxismus habe angesichts der Errungenschaften der Islamischen Republik seine Ausstrahlungskraft endgültig verloren.
Auffallend an der Reueerklärung ist, daß er –
im Gegensatz zu vielen anderen solcher Erklärungen –
weder sich noch seine Genossen der Spionage für eine fremde Macht bezichtigt.
Nach dieser Reueerklärung soll R. freigelassen worden sein.
Und jetzt soll er geflüchtet sein und in Schweden leben.
Wenn er aber wirklich geflohen ist, muß er sehr gut auf sich aufpassen.
Denn die Erfahrung zeigt, daß das Regime in Teheran mit den sogenannten *Konvertiten* kein Erbarmen hat,
wenn sie erneut *umfallen.*

7. Januar 1991

Bei Freunden treffe ich eine Iranerin,
sie ist Mitte Fünfzig und gerade zu Besuch in Deutschland.
Sie erzählt mir vom Leben in Teheran und von den vielen

Schwierigkeiten, die besonders die Frauen mit dem Mullah-Regime haben.
Sie zeigt auf ihre Beine und sagt:
„Sehen Sie, hier in Europa trage ich dicke Strümpfe.
In Teheran aber trage ich ganz bewußt die durchsichtigen Strümpfe, die die Mullahs verboten haben."

19. Januar 1991

Paul Sars, der holländische Lyriker und Übersetzer von Paul Celan, schreibt mir:
„Lieber SAID,
nun ist es inzwischen doch zu jenem schrecklichen, wohl unabwendbaren (?) Krieg gekommen, der, wie ich sehr hoffe, Dich nicht in Schwierigkeiten bringt in diesen, auch in Deutschland so unruhigen Zeiten.
Wenn Du mal auf Reisen mußt, Du weißt, Du bist willkommen!"

4. Februar 1991

Die Zeitschrift *Gardun* bringt in ihrem neuen Heft einen Reisebericht der Lyrikerin Simin Behbahani. Frau Behbahani war von einer Lesereise durch die USA zurückgekehrt und veröffentlichte ihre Eindrücke:
„Heute, nach meiner Lesung, sind wir alle zum Essen eingeladen. Man überreicht mir einen Riesenblumenstrauß. Er ist vom früheren Leiter des Rundfunkarchivs in Teheran. Ich frage ihn:
‚Warum bist du geflüchtet?'
‚Mein Chef hatte Kontakte zum kaiserlichen Hof.'
‚Aber du doch nicht. Warum bist du geflüchtet?'
‚Ich hatte Angst.'
Nun betreibt er hier eine Bäckerei.
Er setzt sich zu mir, legt seinen Kopf auf die Stuhllehne und weint."

22. Februar 1991

Ich bin ein Barbar

Ich bin ein Barbar,
meine sehr verehrten Damen und Herren.
Ich bin ein Barbar,
weil ich Saddam Hussein – diesen mißratenen und gehätschelten
Liebling der ost-westlichen Rüstungsindustrie – für einen Faschisten
hielt, lange bevor er mein Land überfallen hat
und acht Jahre lang mit Bomben, Raketen, Senf- und Giftgas verwüstete;
und noch lange bevor dieser Diktator auch ein weiteres Land
überfiel und annektierte.
Ich bin ein Barbar,
weil ich Saddam Hussein für einen Mörder hielt,
lange bevor der heilige Erdölgeruch
die ach so empfindliche Nase
der europäischen Öffentlichkeit reizte,
bis nun auch sie den Mörder endlich
Mörder nannte.

Ich bin ein Barbar,
weil ich weder im Aufsichtsrat der Firma MBB sitze
noch sonntags in der Kirche für den Frieden bete.
Und ich bin ein Barbar,
weil ich die Überzeugung hegte,
die Kreuzzüge seien längst beendet,
mochten die Ayatollahs sie auch noch immer laut herbeibeschwören;
nun bin ich eines Besseren belehrt worden –
durch den amerikanischen Präsidenten.

Ich bin ein Barbar,
weil ich an die Souveränität der Europäer geglaubt habe –
reden sie doch seit Jahren von nichts anderem als dem
„gemeinsamen Haus Europa“!

Und ich bin ein Barbar,
weil ich an die Pressefreiheit geglaubt
und es nicht für möglich gehalten habe,
daß die europäische Presse
die Militärzensur der amerikanischen Generäle hinnehmen würde.

Ich bin ein Barbar,
weil ich auch in diesem Augenblick
mit der irakischen Zivilbevölkerung fühle,
die seit Wochen unter Bombardements leidet;
zum Teil unter Bomben,
die von eben jener UNO geächtet sind,
in deren Namen soeben „die größte Luftschlacht der Weltgeschichte"
geführt wird.
Und ich bin ein Barbar,
weil ich auch und gerade heute
den Satz nicht vergessen will,
den Willy Brandt nicht zufällig am 9. November 1989 sprach:
„Nie wieder wegschauen, wenn Unrecht geschieht!"

Und ich gestehe,
meine sehr verehrten Damen und Herren,
nicht ohne Stolz,
daß ich das ABC meiner Barbarei zum größten Teil
hier in meinem zweifachen Exil zu buchstabieren gelernt habe,
dank der europäischen Kultur und
dank meiner europäischen Freunde;
jener Freunde,
die Gönnerhaftigkeit von Toleranz und diese wiederum von Brüderlichkeit
zu unterscheiden vermögen.

Und nun haben
die Bayerische Akademie der Schönen Künste,
die Robert Bosch Stiftung und
das Institut für Deutsch als Fremdsprache der Universität München
diesen Barbaren mit einem Förderpreis geehrt.

Ich kann diese Förderung nur als Bestätigung meiner Barbarei
auffassen,
die mir gebietet,
ungeachtet der Instinkte und Triebe, der Religionen und Hautfarben,
jener Losung treu zu bleiben –
wie hoch der Preis auch sein mag,
wie schwer es Europa einem auch macht und
wie unpassend die Tribüne auch erscheint –,
jener Losung,
die seit meiner frühen Jugend nicht nur das Bild Europas,
sondern auch mich prägte:
Freiheit, Gleichheit, Brüderlichkeit.

(Rede zur Verleihung des Förderpreises des Adelbert-von-Chamisso-Preises in der Bayerischen Akademie der Schönen Künste.)

29. Mai 1991

S. schickt mir einen Brief aus Teheran.
Zum ersten Mal sind fotokopierte Blätter dabei.
Was bedeutet das?
Kann man nun also in Teheran ungehindert fotokopieren?
Bedeutet das mehr Freiheiten?
Oder eine neue Falle?

31. Mai 1991

Brief an Europa

Erinnerst Du Dich, Europa,
an unsere ersten Berührungen?
Ich war vielleicht 14 oder 15 Jahre alt, ein Halbwüchsiger,
der mit einer unausgegorenen Wut auf die Diktatur sich
aufmachte,
die Freiheit zu suchen.
„Freiheit, die Farbe der Menschen“,

wie Louis Aragon dieses kostbare Gut nannte,
das wir nur in Europa suchen konnten;
hatten wir doch die Fanfaren der Französischen Revolution
noch in den Ohren:
„Freiheit, Gleichheit, Brüderlichkeit!"
Der Halbwüchsige brach also auf,
auf der Suche nach Freiheit,
auf der Suche nach Europa.

Anfang der 60er Jahre war es gefährlich,
in Teheran unter der Schah-Diktatur
nach Freiheit zu suchen.
Also suchten wir
nach ihren Spuren:
nach Büchern.
Die Werke der iranischen Autoren, die von Freiheit schrieben,
waren verboten,
sie selbst saßen in den Gefängnissen,
sofern sie noch lebten und nicht emigriert waren.
Also suchten wir nach Büchern europäischer Schriftsteller.
Aber auch die Europäer waren
von der Zensur des Diktators
nicht verschont geblieben.
So riskierten wir, vom Geheimdienst beobachtet
oder gar festgenommen zu werden,
nur der Bücher wegen,
die wir suchten;
ohne auch nur zu wissen,
was wir suchen sollten.
Aber die fliegenden Buchhändler vor der Universität von Teheran
verstanden ihr Handwerk und erkannten die durstigen Sucher –
auch sie riskierten einiges;
weit mehr als wir;
ihnen verdankten wir unsere Schätze:
Die Gerechten – Albert Camus,
Die Mauer – Jean-Paul Sartre,
Rot und Schwarz – Stendhal,

Die Lebenden – Jean Laffitte,
Die Mutter – Maxim Gorki,
und die Erzählung
Das Schweigen des Meeres,
jene stille Begegnung mit dem Feind,
die Vercors 1941 im besetzten Frankreich geschrieben
und illegal herausgebracht hatte.
Wir wußten um diese Bücher nicht.
Aber der fliegende Buchhändler –
der sich nach vielen Blickkontakten und einigen kurzen
Wortwechseln
überzeugt hatte,
daß wir keine Spitzel waren –
verkaufte sie uns.
Und der ambulante Aufklärer ermahnte uns,
jedes Buch gut zu verstecken und nach der Lektüre
zurückzubringen;
er kaufe es uns wieder ab.

So rannte der Halbwüchsige nach Hause;
Albert Camus unter dem Hemd versteckt,
während er den gesamten Geheimdienst auf seinen Fersen
vermutete;
kannte er doch einige,
die wegen eines dieser Bücher
bis zu zwei Jahren im Gefängnis gesessen hatten.
Zu Hause angelangt, fieberte er der Abendstunde entgegen,
um dann in den schwülen Nächten Teherans
ins Bett zu gehen,
mit Albert Camus,
nein, mit Europa;
ja, mit der Freiheit selbst.
Dann las er mit geballter Faust
seine Europäer.
Der Halbwüchsige verstand sie nicht;
wußte aber,
dieses Europa bedeutet Freiheit.
Und er liebte sein Europa.

Das waren unsere ersten Berührungen, Europa!
Berührungen, die uns weckten –

zur rechten Zeit –
und einen unwiderstehlichen Drang
mit unabsehbaren Folgen.
Denn bald verläßt der Halbwüchsige seine Heimat.
Endlich!
In die Arme Europas!
In den Schoß der Freiheit!
Keine Zensur mehr!
Kein Verbot!

Nun ist er in Europa –
um die Mitte der 60er Jahre.
Um zu lernen –
zunächst die Sprache.
Kaum, daß er sie einigermaßen beherrscht,
stürzt er sich auf die Bücher –
die unzensierten.

Und erleidet einen Schock:
Albert Camus,
den er daheim nach langer Suche und
unter riskanten Bedingungen ergattert hatte
und den ihm die Freunde wieder aus der Hand rissen,
lag hier stumm auf dem Wühltisch –
für einige Pfennige zu haben –
und niemand kümmerte sich darum.
Was?
Hatte Europa seine Apostel der Freiheit
vergessen,
verdrängt,
verramscht?
Das aber konnte der Student,
der allen väterlichen Ratschlägen zum Trotz,
deutsche Literatur studieren wollte,
partout nicht glauben –
er suchte weiter:
nach seinem Europa.

Bald sollte er getröstet werden.
Die Revolte der Studenten überwältigte ihn,
und sie tröstete ihn.

Für ihn,
der noch den Schatten der Diktatur im Herzen trug,
war es die erste offene Begegnung mit
Freiheit, Solidarität und Freundschaft.
Und er wußte nun:
Das ist Europa, sein Europa!

Diese Begegnung prägte ihn für immer.
Er hoffte wieder.
Und er lernte mehr von Europa:
vor allem von seinen Schriftstellern,
die ihm zu jenem aufrechten Gang verhalfen,
den er und seine Freunde bitter nötig hatten
für die kommenden Jahre.
Und noch eines lehrte ihn sein Europa,
daß nämlich
Freiheit immer die „Freiheit der Andersdenkenden" ist!

Also doch: Europa ist Freiheit!
Der Halbwüchsige in Teheran hatte sich nicht geirrt.
Und der Student genoß und verteidigte die Freiheit,
Hand in Hand mit europäischen Freunden.
Was kümmerte ihn der Geheimdienst zu Hause,
der die Entwicklung des später Exilierten genau beobachtete?
Wichtig allein war die Freiheit.

Doch gerade diese Freiheit und die europäischen Freunde
zeigten ihm auch ein anderes Gesicht Europas,
ein häßliches.

Er erfährt, daß der Geheimdienst seines Landes
beste Beziehungen pflegt
zum *Intelligence Service,*
zum *Deuxième Bureau,*
zum *Verfassungsschutz,*
die den Kollegen in Teheran
mit Spitzelarbeit und Informationen zur Hand gehen.

Und damit nicht genug.
Er erfährt, daß auch die Folterinstrumente
aus Europa stammen – aus seinem Europa!

Die Folterinstrumente, mit denen die Schergen des Diktators
Frauen foltern, um sie dann
„dreckige europäische Huren“ zu nennen.

Was für ein Europa!
Während es unsere Gefolterten –
wenn sie entkommen konnten –
in seine Spezialkliniken aufnimmt
und neue Verfahren entwickelt,
um ihre Wunden zu heilen,
verkauft es den Folterern das Handwerkszeug:
Handschellen, Gummiknüppel, Elektroschockgeräte!
Erst Giftgas,
dann die Masken dafür;
nachher den Gasspürpanzer
und zuletzt die Medikamente.

Alles verkaufst Du, Europa,
und handelst Dir dafür jene Krankheit ein,
derentwegen Du eines Tages von der Geschichte
für unzurechnungsfähig erklärt werden wirst.

Schizophrenes Europa,
mal eine unschuldige Jugendliebe,
mal eine konvertierbare Hure!

Aber, Europa, Du verkaufst nicht nur alles,
Du willst auch alles kaufen.
Und der nunmehr Exilierte liest in Deinen Zeitungen,
wo überall in der Welt Deine Bürger einfallen,
die harte Währung in den Taschen:
– in Zimbabwe zum Golfspielen
– in Peru zum Kinderkaufen
– in Thailand zum Erwerb jungen Fleisches
– in Paraguay zur Farmgründung
– in Indien zum Organpflücken.

Und voller Verwunderung bemerkt er,
daß Du zwei Drittel dieser Welt „Entwicklungsländer“ nennst,
um ihnen überall zu Hilfe eilen zu können –
mit dem Erfolg,

daß diese immer ärmer werden
und Du immer reicher.

Und er fragt sich,
ist diese Divergenz die logische Folge Deiner Freiheit?
Warum sonst ziehst Du das Schwert,
wenn einer diesen Graben mit demokratischen Mitteln
zu überbrücken sucht?
Es hat wahrlich an solchen Demokraten nicht gefehlt
in den letzten Jahrzehnten,
Du hast sie alle fallen lassen.

Während Du unsere ausgestreckte Hand ausschlägst,
suchst Du die Hand der Mörder,
die Dich um Waffen und Kredite bitten
und unsere Länder in restlose Verschuldung und Abhängigkeit
stürzen.

Europa,
Du erstickst uns
mit Deiner ökonomischen Logik.
Deinetwegen, Europa,
wegen der Liebe zu Dir,
wurden wir in unserem eigenen Volk isoliert;
weil wir der Jugendliebe die Treue hielten,
nicht zuletzt, um uns selbst nicht zu verraten.
So, als Frantz Fanon,
der schwarze Prophet der Erniedrigten, uns aufrief:
„Verlieren wir keine Zeit mit sterilen Litaneien
oder ekelhafter Nachäfferei.
Verlassen wir dieses Europa, das nicht aufhört,
vom Menschen zu reden,
und ihn dabei niedermetzelt,
wo es ihn trifft,
an allen Ecken seiner eigenen Straßen,
an allen Ecken der Welt.
Europa hat ein derart wahnsinniges und chaotisches Tempo
erreicht ...
daß es sich auf Abgründe hin bewegt,
von denen man sich lieber so schnell wie möglich
entfernen sollte."

Doch wir wiesen den Gedanken ab,
daß es ohne Europa gehen müsse,
aus der Überzeugung, daß diese politische Logik
zu Isolierung führt und
einem historischen Anachronismus Vorschub leistet.
So haben wir Dich – aber auch uns – verteidigt,
als Ayatollah Chomeini,
dieser falsche Messias der Barfüßigen,
Deine Kultur verderbt
und Deine Freiheit pornographisch nannte.

Du aber fielst uns in den Rücken:
Denn Deine *Freie Presse* lieferte für die Thesen eines Chomeini
unfreiwillig den Beweis;
sie verfiel in Hysterie
und zog über die Sarazenen her.

Wahrlich, Europa,
Du verstehst Dich nicht immer
auf Deine vielgepriesene Toleranz!
Und der Exilierte,
inzwischen ein Vierteljahrhundert im Exil –
in Freiheit –,
ist müde geworden, Europa.

Er ist müde geworden,
weil er weder zu denjenigen gehört,
die Dich blindlings nachäffen,
um ihre Identität auszulöschen;
noch zu denen,
die Dich so hassen,
daß sie ihre Geschichte verleugnen müssen.
Er ist müde geworden,
weil Du, Europa,
deren Sprache
besser verstehst als unsere.

Er ist müde geworden,
weil Du immer Sieger,
nie aber Freund sein willst.
Weil Du die Tagesvernunft

gegen den Anstand stellst
und gegen Brüderlichkeit:
Nur:
Dort, wo keine Liebe ist,
wächst auch kein Verstehen.

Ach, Europa!
Bedenke doch,
die Kreuzzüge sind vorbei,
die Päpste gezähmt;
wir dürfen jenen Fehler nicht wiederholen.

Zieh nicht das Schwert,
frag nach dem Brot;
denn der Hunger bestimmt die Art des Todes.
Und bedenke,
daß es für das Gewissen
keine Grenzen der Zeit und des Raumes gibt.

Und der gealterte Flüchtling,
inzwischen zu einem Kompositum geworden
aus zwei Welten,
er liebt und sucht sein Europa weiter.
Und er hofft,
daß dieses Europa
mehr ist als eine Finanzchimäre,
daß es sich nicht in eine Festung verwandelt,
sondern ein Geschenk bleibt,
für alle,
die Freiheit suchen.

„Gottes ist der Orient!
Gottes ist der Okzident!“
Diesem Satz Goethes
fügt der ostwestliche Flüchtling seinen profanen hinzu:
Das Niemandsland dazwischen
ist unseres.
Wir können es
nur
mit Liebe befruchten.

(Rede auf dem X. Kongreß Europäischer Schriftsteller in Regensburg.)

Sommer 1991

Die Lyrikerin G. schickt mir ihren ersten Gedichtband aus Teheran. Ich schreibe zurück und bitte sie, mir mehr von sich zu erzählen. Sie schickt das Foto ihres Gurus in Indien und fügt hinzu:
„Schauen Sie sich dieses Foto an, dann wissen Sie alles über mich; denn er ist mein Meister."
Dann schreibt sie, daß sie einmal im Jahr mindestens für ein paar Wochen bei ihrem Guru ist, daß sie dort viele junge Iraner trifft und daß die Zahl dieser Iraner stetig zunimmt.

18. August 1991

J. kommt völlig aufgeregt zu mir. Er habe ein tolles Buch entdeckt und wolle es ins Persische übersetzen. Es handelt sich um *Die Farm der Tiere* von George Orwell.
Ich erkläre ihm, das Buch liege in zwei verschiedenen Übersetzungen vor, er solle sich keine Mühe machen.
Er ist enttäuscht: „Schade, ich wollte nämlich bei der Übersetzung auch einige Seitenhiebe gegen Chomeini einbauen."
Auch eine Motivation – dem 1950 verstorbenen Orwell Worte gegen Chomeini in den Mund zu legen.

18. Januar 1992

Die Zeitung *Keyhan* berichtet:
„Generalmajor Morteza Abdulkarimi, Befehlshaber der Ordnungskräfte von Südteheran, gab bekannt, daß innerhalb eines Monats 2332 Personen wegen des Besitzes von Videos, Kassetten und Alkohol verhaftet wurden."

25. Januar 1992

Die Zeitung *Ettelaat* berichtet:
„An den Bushaltestellen prangt die Parole:
Das Video öffnet der Prostitution aus Ost und West die Tür ins eigne Heim."

März 1992

Der Romancier Mahmud Doulatabadi, den die Stadt München auf meine Initiative hin zur dritten Frühjahrsbuchmesse eingeladen hat, ruft mich aus Teheran an.
Er fragt, was ich ihm in dem Brief geschrieben habe, den er gerade erhalten hat.
Ich frage zurück, warum er den Brief nicht selbst lese.
Er antwortet: „Weil gewisse Herren den Brief abgefangen und Wasser darüber gegossen, ihn getrocknet und mir dann erst ausgehändigt haben."
Ich sage ihm, daß ich ihm nur seinen Flug und die sonstigen Termine in München mitgeteilt habe.
Er schreibt die Termine auf und sagt:
„Gut, wir beide haben den Wink verstanden, oder?"
Ich stimme zu.

14. März 1992

Die Zeitung *Ettelaat* berichtet:
„Der Generaldirektor der Strafanstalten im Iran, Lajewardi, hat bekanntgegeben, daß jeder Gefangene, der den Koran auswendig kann, eine Woche Ausgang pro Sure beantragen darf."

27. April 1992

Le Monde schreibt in einem Sonderbericht über den Iran:
„Am Flughafen von Teheran hängt nun an der Stelle des überlebensgroßen Bildes von Chomeini eine Anzeige der deutschen Firma AEG."

21. Juli 1992

Die Zeitung *Keyhan* in Teheran zitiert den Chefankläger des Revolutionstribunals anläßlich seiner Reise im kurdischen Gebiet:

„... Man sollte auch in hiesigen Gefängnissen einen Kindergarten einrichten, damit die Eltern, die ihre Strafe absitzen, nicht von ihren Kindern getrennt werden.
Wir haben in den südlichen Provinzen solche Kindergärten in den Gefängnissen eingerichtet und gute Erfahrungen damit gemacht."

13. August 1992

H. ist in München zu Besuch.
Er hatte in Wien studiert und lebt nun in Teheran.
Er erzählt, es gebe in Teheran einen *Wiener Stammtisch*. Das seien die Schah-Gegner, die in Wien studiert und die Islamische Revolution irgendwie überlebt haben.
Sie treffen sich einmal im Monat. In stummem Einvernehmen sprechen sie nicht über Politik. Man unterhält sich mit alten Freunden, und man fühlt sich ein wenig geschützt.

17. Oktober 1992

In Berlin wurden vier iranische Oppositionelle – darunter drei Führer der Demokratischen Partei Kurdistans im Iran – ermordet. Da die Kurden im Iran nicht über ein autonomes Territorium verfügen, wurden die Toten in Paris auf dem Friedhof Père-Lachaise begraben. Praktisch die gesamte iranische Opposition war bei dem Begräbnis anwesend.
H. erzählt mir diese Geschichte:
„Als wir vom Grab weggingen, kam ein älterer Iraner auf mich zu, grüßte mich äußerst freundlich und streckte seine Hand aus. Schon wollte ich seine Hand nehmen, als ich ihn erkannte. Er war der Mann, der mich während der acht Jahre Haft unter dem Schah verhört und gefoltert hatte; nun wollte er mir die Hand geben.
Ich verlor die Nerven, fing an zu schreien und ging auf ihn los. Die Polizei und Freunde trennten uns.
Ich nannte seinen Namen und schrie heraus, was er mit mir gemacht hatte. (Oft goß er einen Eimer Wasser über meinen

Kopf, bevor er mich auspeitschte. Oder er trieb mich mit seiner Peitsche in den Gefängnishof und zwang mich, einen Hund nachzumachen oder einen Esel. Einmal bat er mich sogar um die Erlaubnis, seine Jacke ausziehen zu dürfen, bevor er mich auspeitschte.)
Die Polizei nahm seine Personalien auf und begleitete ihn vom Friedhof."
Nach diesem Bericht rufe ich M. an, der auch anwesend war. M. bestätigt die Geschichte und erzählt mir den Rest:
„Ich und einige ältere Freunde in Paris beschließen, mit dem Folterer zu reden, um herauszubekommen, warum er an diesem Begräbnis teilgenommen hat. Man verabredet sich in einem Café. Der Folterer erklärt, die Monarchisten hätten ihn aus ihrem Kreis ausgeschlossen und er kenne niemanden, außer denen, die er aus dem Gefängnis *kenne* – und daß er sehr einsam sei."

19. November 1992

L. schreibt mir einen Brief. Sie ist Belgierin, ich kenne sie nicht.
„Lieber SAID,
Ich möchte mich in einer ganz traurigen Sache an Sie wenden. Während meiner vierwöchigen Dienstreise hat mein Freund J. Selbstmord begangen.
Was mich am meisten bedrückt, ist, daß bei meiner Rückkehr alles schon *vorbei* war und daß ich nicht einmal von seiner Leiche habe Abschied nehmen können; und daß sich nur Fremde, Angestellte und der Begräbnisunternehmer um den Toten gekümmert haben.
Seine Familie, die ich nur durch ihn kannte, hat ihn schließlich überführen lassen. Aber auch das war schon erledigt, und ich möchte nun gerne seiner Mutter schreiben, die sicherlich das Gefühl hat, ihn ein zweites Mal verloren zu haben (er war politischer Flüchtling). Aber ich stehe mit meinen Persisch-Kenntnissen noch so sehr am Anfang, und außerdem ist mir Ihre Kultur nicht hinreichend vertraut, um sicher sein zu können, die richtigen Worte zu finden.

Ich möchte Sie deshalb fragen, ob Sie bereit wären, mir bei diesem Schreiben zu helfen, und wenn es Ihnen irgendwie möglich ist, möchte ich auch ganz einfach mit Ihnen über J. reden.

P. S. Ich habe Ihre Adresse dem Buch *Wo ich sterbe, ist meine Fremde* entnommen, das mir J. geschenkt hatte."

6. März 1993

M. ruft an.
Die Polizei einer deutschen Stadt hat ihn vorgeladen: „wegen eventueller Gefährdung Ihrer Person".
Im Klartext: Er steht auf der Liste der Mörder aus Teheran.
Wie die Polizei zu dieser Liste gekommen ist, bleibt uns schleierhaft. Man teilt ihm eine Telephonnummer mit. Dort soll er anrufen, wenn er sich gefährdet fühlt; nun fühlt er sich sicher. Wir vereinbaren ein Treffen für den nächsten Monat.
M. sagt: „Hoffentlich sehe ich Dich noch einmal, bevor ich meine Augen schließe."

18. März 1993

Die Zeitung *Salam*, das Sprachrohr der radikalen Fundamentalisten, das gerne die Regierung und ihre *liberale* Haltung entlarvt, berichtet:
„5 250 000 Iraner besitzen ein Fernsehgerät und
2 500 000 Personen ein Videogerät."

August 1993

D. ist zu Besuch. Sie ist in den vergangenen Jahren oft verhaftet worden. Ihr Mann wurde zu drei Jahren verurteilt. Solange er im Gefängnis war, durfte sie das Land nicht verlassen.
Sie erzählt mir folgende Geschichte:
„Als mein Mann verhaftet wurde, rief ein Freund von Europa

aus an und fragte, ob mein Mann im Krankenhaus sei. Ich antwortete:
‚Nein, er ist im Gefängnis.'"
Der Freund aus Europa wollte sie nicht gefährden. Doch sie hätte sich selbst gefährdet, wenn sie nicht offen gesprochen hätte.

September 1993

Der Schriftsteller B. ist in München zu Besuch.
Er erzählt eine Geschichte aus seiner Gefängniszeit:
„Eines Tages ruft man meinen Namen. Man verbindet meine Augen, und ich trete aus der Zelle. Im Gang muß ich die Hand auf die Schulter des Vordermannes legen. Der Hintermann legt seine Hand auf meine Schulter. Wir marschieren durch den Gang.
Ich flüstere meinem Hintermann zu: ‚Wohin führt man uns?'
Er antwortet leise: ‚Zur Hinrichtung!'
Ich erkläre ihm – immer noch im Flüsterton: ‚Aber ich bin nicht zum Tode verurteilt worden.'
Er daraufhin:
‚Hat man auf deine Fußsohlen kein Zeichen mit Filzstift gemalt?'
‚Nein!'
‚Dann schreie sofort, denn wir alle haben dieses Zeichen auf der Fußsohle. Bei dir liegt wohl ein Versehen vor. Schreie, bevor es zu spät ist!'
Ich schreie, daß ich nicht zum Tode verurteilt bin.
Erst bekomme ich einige Hiebe. Dann befiehlt mir der Revolutionsgardist, ich solle ihm meine Fußsohlen zeigen.
Er findet kein Zeichen, und ich werde wieder in meine Zelle geführt."

29. Oktober 1993

Le Monde berichtet:
„Der Iran hat binnen einiger Wochen 300000 afghanische Flüchtlinge gewaltsam des Landes verwiesen. Die Flücht-

linge wurden mit Lastwagen nach Afghanistan transportiert und vor der nächsten Stadt abgeladen.“
Keine Notiz darüber in der iranischen Presse, die doch täglich die Schandtaten westlicher Regierungen gegen Flüchtlinge anprangert.

November 1993

Ich treffe H. Er erzählt mir von seinem Vater, der gerade in einem iranischen Flüchtlingslager gestorben ist. H. ist Iraner, lebt aber seit Jahren im Irak.
1935 ordnete der damalige Schah die *Entschleierung* an und setzte sie gewaltsam durch. 1 500 000 Iraner verließen daraufhin das Land, damit die Frauen den Schleier nicht ablegen mußten, und fanden Zuflucht im Irak.
1980 wurden fast alle aus dem Irak ausgewiesen – auch die zweite Generation, die kaum mehr Persisch sprach –, meist unter dem Verdacht der Spionage für Ayatollah Chomeini.
Die Flüchtlinge wurden im Iran in verschiedenen Lagern untergebracht – und zunächst einmal wegen möglicher Spionage für Saddam Hussein überprüft.

November 1993

Exil und Sprache des Verlusts

Exil

Der sterbende Mund
müht sich
um das richtig gesprochene
Wort
einer fremden
Sprache.

Hilde Domin

Wer flüchtet, nimmt nur das Allernötigste mit:
Zahnbürste und einen Paß;
wenn er einen auftreiben kann.
So zumindest das Klischee,
unabhängig davon, ob der Exilierte verklärt oder reflektiert.

Und die Sprache?
Nimmt der Flüchtling seine Muttersprache mit,
Wie ein Veilchen am Revers?
Als ich im November 1965 nach Deutschland kam, um zu studieren,
begleitete mich meine Muttersprache
wie ein unaufdringlicher Schatten,
von dem man mit der Zeit nicht einmal mehr Notiz nimmt.

Das Exil verschließt viele Türen
und eröffnet gleichzeitig eine andere Welt.
Einen Mikrokosmos, geschlossen und überschaubar.
Darin, in diesem Treibhaus, findet der Exilierte zunächst
eine Bleibe.
Hier kennt er jede und jeden
und die strengen Gesetze der Diaspora,
die einen Halt bieten.

Was aber, wenn der Flüchtling
aus dem Ghetto der Exilierten ausbricht,
aufbricht in eine andere Welt?
Was geschieht mit seiner Sprache,
dem Mitbringsel aus der Heimat?
Mit der Zeit bilden sie eine Notgemeinschaft,
in der ein inzwischen weitläufiger Ehemann
eine eher häusliche Frau nötigt –
zu Keuschheit und Treue.
Während der Suchende kein Hehl macht
aus seiner notorischen Untreue.

Noch ist er sich des Verlustes nicht bewußt;
er ist sich seiner Frau sicher.

Den Flüchtling treibt die Angst,
die Angst, alles wieder zu verlieren.

So sucht er Zuflucht bei der deutschen Sprache.
Und sie nimmt den Flüchtling auf.

Eine Liaison zwischen zwei ungleichen Partnern.

Doch die Liebenden werden überrumpelt;
Madame Histoire war schon immer grausam
und sie steht nie auf der Seite der Liebenden.

An einem Sonntag im Februar 1979 saß ich mit iranischen Freunden zusammen
und hörte Nachrichten, Radio Teheran.
Plötzlich wurde das Programm unterbrochen:
„Hier ist die Stimme des iranischen Volkes . . ."

Nun wußten wir, daß das Schah-Regime gestürzt war.
Das bedeutete, wir konnten zurück, zurück nach Hause.
Das alte Mitbringsel blühte plötzlich auf,
gewann an Kraft und Leidenschaft;
denn es wußte, es kehrt zurück in seine Erde:

Teheran, diese häßlichste Hauptstadt der Welt,
widerspenstig und begehrt.

„Wie gütig
die Passanten sind –
sie sprechen Persisch."

Und dann die kleinen alltäglichen Vertrautheiten:

„Welch eine Freude!
Hier schreibt man meinen Namen,
ohne daß ich ihn buchstabieren muß."

Jetzt erst wird der Verlust bewußt;
in den Dimensionen der Zeit.

Die Zeit;
sie ist in unserer Abwesenheit rasend geworden,
und wir können sie uns nicht mehr nehmen.

Und wir;
wir sind zu einem Kompositum geworden,
ohne eigene Farbe.

Und es fehlt nicht an Stimmen,
die eindringlich daran erinnern,
daß man hier ein Fremder ist –
zu Hause ein Fremder.

„Immer wieder
falle ich den Menschen auf –
als Fremder.

Woran liegt es?
An meinem Blick?

An meiner ungebügelten Hose?
Weil ich den Zeitungsverkäufer zuerst grüße?
Weil ich auch Frauen die Hand schütteln will?

Sind wir –
die Heimkehrer –
eine eigene Rasse geworden?“

Das alte Mitbringsel aber will bleiben.
Zu Hause.

„Gespräch mit einer Blume

Was sagst du da, Heckenrose,
du willst nicht mit
in die fremde Erde?
So bleib du hier
mit der gefügigen Haut.“

Also nehme ich meine Haut
und kehre zurück in mein Exil.

Wieder in die Fremde.
Diesmal allein, ohne das alte vertraute Mitbringsel,
das zu Hause bleiben wollte.

Das Verlorene aber pocht an die Tür;
wird unüberhörbar.
Der offene Terror des Chomeini-Regimes beginnt –
gegen die Andersdenkenden.
Und ich sitze wieder in meinem sicheren Exil,
um täglich vom Tod alter Freunde zu hören:
Hingerichtet, auf der Flucht erschossen, zu Tode gefoltert.
Einige dieser Schicksale habe ich aufgezeichnet –
in einer fremden Sprache.
Wie einsam wäre ich ohne dieses Handwerk
in der deutschen Sprache,
die mich angenommen hat
in der Art einer Dame,
die die Kinderstreiche ihres pubertierenden Liebhabers
auf ihrem gereiften Leib mit Grandezza erträgt.

Aus der flüchtigen Liaison wird eine Liebesgeschichte.

Dennoch – er weiß, daß diese Liebe
jeder Zeit einseitig kündbar ist.

Die Dame von Welt braucht den Flüchtling nicht.
Und er?
Er sucht weiter
und schielt noch immer
auf jene häßlichste Hauptstadt der Welt.

Der schäbige Part des Chronisten,
der mir von der Geschichte zugedacht wurde,
entpuppte sich zugleich als ein Weg zur Rettung.

„Brief eines Emigranten

Ich krieche mühsam hierher,
setze mich geräuschvoll hin,
strecke meine Gefühle von mir,
nehme viel Platz ein –
und werde nicht benötigt."

Durch die Jahre des Exils wird man ein Niemand,
ein Weltbürger ohne eigenes Fenster,
ein geringfügiger Fremder
„in diesem mühsamen Nirgends"*.

Was mich betrifft:
Ich bin nur ein ungebetener Gast –
Gastgeberin ist die deutsche Sprache.

Die deutsche Sprache,
die die Armut nicht fürchtet,
die keinen Wohlstand verteidigt,
die nachts keine Häuser in Brand steckt
und keine Naziparolen grölt,
wenn sie Fremden begegnet.

Deutschland
bietet mir Hohlräume.
Deutsch,
eine neue Haut.
Deutschland,
meine Art fremd zu sein.

* Rilke

Deutsch,
die Sprache meiner Fremdheit.
Je hermetischer das Land,
desto mehr öffnet sich mir die Sprache.

Und dennoch,
die abgeschnittene Zunge des polnischen Studenten
liegt noch auf den Straßen Berlins
und ruft die Stummen auf
zur Trauer.
Und dort
der taumelnde Flüchtling;
taumelnd zwischen Hoffnung und Trauer.

Ich weiß, daß ich keine Heimat mehr habe.
Denn die Heimat ist die Zeit, die wir verloren haben.
Man bemüht sich, sich zu trösten, sich zu belügen.
Man sagt sich:

Meine eigentliche Heimstätte
ist die deutsche Sprache,
die mir Zuflucht geboten hat.

Eine Zuflucht, eine Liaison, eine unendliche Liebesgeschichte,
die lange dauern wird;
ein drittes Exil lang.

(Für Victor Pfaff)

„Der heimkehrende Dichter
sucht
mit einem einzigen Wort
unter der Zunge –
in den Taschen
die Maulbeerbäume der Kindheit –
nach einem warmen Platz
zum Sterben;
hinter sich
der verratene Himmel der Verbannung
und ein nicht mehr ausgelöster Mond.“

(Rede an mehreren Universitäten in Japan während einer Lesereise auf Einladung des Goethe-Instituts)

26. November 1993

Z. ist Iranerin, eine Dame Mitte Fünfzig. Im Alter von sechs Jahren ist sie von ihren Eltern nach Deutschland geschickt worden, ins Internat von Salem; „verpackt und verschickt", wie sie selbst sagt. Sie spricht fünf Sprachen – Deutsch praktisch als Muttersprache –, ist mit einem europäischen Bankier verheiratet.

Sie erzählt mir von ihrem letzten Besuch im Iran:

„Nach der Islamischen Revolution wurde unser Haus beschlagnahmt; weil wir reich und meine Eltern nicht mehr im Iran waren. Ich fuhr mit meinem Mann nach Teheran, mit meinem Paß aus einem europäischen Land. Ich wollte noch einmal hineingehen, in unser Haus. Wir gaben dem Revolutionsgardisten, der nun *der Besitzer* war, viel Geld, und ich sagte ihm:

‚Sie können mich begleiten, aber bitte sprechen Sie nicht, sagen Sie nichts. Und ich will auch bestimmte Gegenstände in meinem Haus berühren; Sie dürfen dann nicht protestieren.'

Das Trinkgeld war reichlich, er stimmte zu. Er begleitete uns stumm. Mein Mann mußte mich festhalten.

Ich berührte alles, was ich wollte, die Gardinen, die Möbel, die Blumenstöcke, alles."

29. November 1993

Z. ruft aus Teheran an:

„Gerade hat der iranische Rundfunk bekanntgegeben, daß es fortan für Frauen keine Studienbeschränkungen mehr für das technische und medizinische Fach gibt."

Sie wiederholt dann:

„Ich habe es selbst gerade gehört."

19. Februar 1994

J. ruft mich an:
„Gestern nacht habe ich von dir geträumt; wir beide sind zu Besuch bei einem Freund in Frankfurt. Plötzlich stürmen einige Männer herein und schießen mit Maschinenpistolen auf dich. Du bist sofort tot.“
Wir witzeln eine Weile am Telephon über diesen Traum. Wir sind uns einig, daß solche Terrorakte im Augenblick gut ins Konzept der Mörder von Teheran passen. Ich verbiete J., je wieder solche Träume von mir zu haben. Und er sagt:
„Wenn du demnächst in Frankfurt bist, wohnst du bei mir; hier kommen keine Mörder vorbei.“

Anzeigen

SAID und andere Autoren bei C. H. Beck

SAID
Sei Nacht zu mir
Liebesgedichte
1998. 78 Seiten. Klappenbroschur

SAID
Dieses Tier, das es nicht gibt
Ein Bestiarium
1999. 86 Seiten. Klappenbroschur

SAID
Landschaften einer fernen Mutter
2001. 117 Seiten. Klappenbroschur

Huschang Golschiri
Prinz Ehtedschab
Roman
Aus dem Persischen von Anneliese Ghahraman-Beck
Mit einer Nachbemerkung von Navid Kermani
2001. 140 Seiten. Gebunden

Huschang Golschiri
Der Mann mit der roten Krawatte
Erzählungen
Aus dem Persischen von Anneliese Ghahraman-Beck
1998. 300 Seiten. Leinen
Neue Orientalische Bibliothek

Elias Khoury
Der geheimnisvolle Brief
Roman
Aus dem Arabischen von Leila Chammaa
2000. 216 Seiten. Gebunden

Literatur bei C. H. Beck

Salim Barakat
Die Spiele der jungen Hähne
Roman einer Jugend
Aus dem Arabischen von Burgi Roos
2000. 148 Seiten. Gebunden

Andre Dubus III
Haus aus Sand und Nebel
Roman
Aus dem Amerikanischen von Ulrike Wasel
und Klaus Timmermann
2000. 500 Seiten. Gebunden

Eduardo Belgrano Rawson
Schiffbruch der Sterne
Aus dem Spanischen von Lisa Grüneisen
2001. 216 Seiten. Gebunden

Paula Fox
Was am Ende bleibt
Aus dem Amerikanischen von Sylvia Höfer
2000. 201 Seiten. Gebunden

João Ubaldo Ribeiro
Das Wunder der Pfaueninsel
Aus dem brasilianischen Portugiesisch von Nicolai von Schweder-Schreiner
1999. 308 Seiten. Gebunden

Somerville & Ross

Durch Connemara

Mit dem Eselskarren in Irland

Herausgegeben, übersetzt
und mit einem Nachwort
versehen von Elvira Willems

AvivA

I

Mitte Juni letzten Jahres fuhren meine Großcousine und ich für zehn Tage nach London, und wir blieben ganze drei Wochen dort, denn wir warteten auf einen schönen Tag.

Wir sind Irinnen, und sämtliche Engländer, mit denen wir bis dato in Kontakt gekommen waren, hatten uns ausnahmslos eingeschärft, solange wir noch nie in England gewesen seien, könnten wir einfach nicht wissen, was schönes Wetter sei. Vielleicht hatten wir ja eine schlechte Zeit erwischt, in der das Wetter, genau wie die Läden, Ausverkauf machte. Wenn uns einmal für eine halbe Stunde die Sonne zuteil wurde, war das wie ein »schmuddeliger, kläglicher Rest«, und so waren wir am Ende der oben erwähnten drei Wochen doch recht entmutigt. Den Höhepunkt erreichte die Sache, als wir eines Tages eine Dreiviertelstunde in einem ungarischen Brotladen in der Regent Street gesessen und darauf gewartet hatten, dass der Regen so weit nachließe, dass wir in die New Gallery gehen konnten. Als zum fünften Mal ein Grüppchen patschnasser Damen hereinkam, die ihre tropfenden Regenschirme hinter uns an die Wand lehnten und bemerkten, einen solchen Regen hätten sie noch *nie* erlebt, nahm unser Entschluss erste Formen an.

»Hansom!«, sagte meine Cousine.

»Nach Hause!«, sagte ich.

Mit Zuhause meinten wir natürlich unsere Unterkunft – zwar abgelegen, in Bayswater, aber immerhin preiswert und vertraut. Denn wenn solche Unterkünfte auch nicht besonders heimelig sind, so gilt doch: Meine Herberge ist meine Burg – wo ich es mir in meiner Unordnung behaglich machen und so unpünktlich sein kann, wie ich will.

»England ist einfach kein passender Ort für eine Dame«, sagte meine Cousine, als wir in unserem Hansom mit heruntergelassener Scheibe davonfuhren.

»Ich würde mich schämen, ein Schwein in Connemara so einem Wetter auszusetzen«, erwiderte ich.

Also, Connemara ist für meine Cousine ein heikles Thema, denn sie lebt zwar in Sichtweite seiner Berge, hat aber, wie es oft der Fall ist, ihr Heimatland mit seinen prächtigen Schönheiten noch nie erkundet. Genau aus diesem Grund hatte ich Connemara überhaupt erwähnt. Bei solchen Gelegenheiten wechselt sie für gewöhnlich das Thema, doch diesmal sah sie mir fest in die Augen und sagte: »Gut, lass uns nach Connemara fahren!«

Ich war so überrascht, dass ich unwillkürlich den Gummiball der Hupe drückte, auf dem meine Hand ruhte, und ein verzweifeltes Jaulen die Stille durchdrang wie ein Schrei des Entsetzens.

»Lass uns ein Grauchen und einen Eselskarren besorgen!«, sagte meine Cousine und war dabei so aufgeregt, dass sie in ihren Heimatdialekt verfiel und keine Notiz davon nahm, dass der Hansom stehen geblieben war und dass ich mir für den Kutscher ein paar Ausflüchte aus den Fingern saugte. »Oder ein Ochsengespann oder etwas Ähnliches und durch Connemara fahren.«

In der Abgeschiedenheit unseres nach hinten gelegenen Schlafzimmers besprachen wir die Lage, während um uns herum an sämtlichen Haken unseres Quartiers die schmuddeligen Geister dessen hingen, was einst unsere Sonntagskleider gewesen waren.

»Das da habe ich gestern Abend getragen!«, sagte meine Cousine mit harter, tonloser Stimme und hob voller Abscheu mit einem ausgestreckten Finger einen durchweichten Volant an. Als sie dies tat, rieselte der Flusssand in die darunterstehenden Stiefel.

»Erde aus dem Teegarten in Kingston-on-Thames. Ergebnis des Boots-Picknicks, das zehn Minuten, nachdem es angefangen hatte, Zuflucht in der Stube eines Gasthofs suchen musste.«

»Das lässt sich sicher herauswaschen«, erwiderte ich trübsinnig. »Aber sieh dir das an!« Dabei zeigte ich auf ein einstiges Abendkleid, ehemals, um einen irischen Gottesmann zu zitieren, »die schönste Feder in meiner Krone«.

»Das kommt davon, wenn man nach der Oper durch die Bow Street schlendert und während der Ausschreitungen gegen die Polizei nach einem Hansom sucht. Gebt mir irisches Wetter und die Royal Irish Constabulary. Wir *fahren* nach Connemara!«

Das Schiff der Milford-and-Cork-Linie sollte um acht Uhr ablegen, und um halb neun saß eine schicksalsergebene Menschenmenge um seinen immer noch stillstehenden Teetisch. Ein wenig fiebrig stopfte meine Cousine trockenen Toast in sich hinein und trank vorsorglich einen Branntwein mit Soda, während sich die anderen an Beefsteak und Backfisch gütlich taten. Es war eine recht gemischte Gesellschaft. Uns gegenüber saßen ein Amerikaner und seine Braut, beide jung, beide unsicher bezüglich der Vorschriften, die den Verzehr von Fisch regeln. Die Braut hatte wohl das Gefühl, dass zwei kleine Gabeln, die sie wie eine Schreibfeder hielt, der Situation gerecht würden, während ihr großgewachsener, rothaariger Ehemann offensichtlich glaubte, indem er die Gabel in der rechten Hand hielte und das Messer in der Linken, könnte er die Ungehörigkeit, Letzteres überhaupt zu benutzen, wieder wettmachen. Neben uns saßen zwei ältere Damen, die, wie wir, in ihr Heimatland zurückkehrten.

»Ja, meine Liebe«, hörten wir die eine zu der anderen sagen, »ich hatte gar nichts. Nur meine zwei großen Kisten und sieben kleine, schmale Päckchen und das Kaninchen des kleinen, armen Charlie, und dieser Gepäckträger wollte mir drei Pence abluchsen!«

»Was du nicht sagst?«, bemerkte die Freundin.

»Ja, Liebes, tatsächlich! Er hat doch wirklich drei Pence verlangt, und ich gab ihm zwei Pence. Er blieb hartnäckig, sehr hartnäckig, aber ich war stur!«

»Ah, diese Engländer sind echte Gauner«, sagte die Freundin tröstend.

»Noch etwas Fisch, Miss?«, fragte der unaufmerksame Schiffskellner meine Cousine und hielt ihr schwungvoll eine großzügige Portion unter die Nase. Nichts lag ihr ferner, und sie zog sich in die zweifelhafte Sicherheit der Damenkajüte zurück.

Wir sind auf den verschiedenen Strecken mit dem Dampfer zwischen England und Cork mit etlichen Aufwärterinnen gereist, und wir haben festgestellt, dass sie als Spezies mindestens zwei gewichtige Merkmale gemein haben. Sie stammen ausnahmslos alle aus Irland, und sie sind alle gnadenlos geschwätzig. Sie haben keinen Respekt für die Unantastbarkeit der Stille, in welche sich die gewöhnliche Schiffsreisende hüllen möchte; und es ist ihnen schlichtweg unmöglich, zu begreifen, wie feierlich die Augenblicke sind, wenn die Gedanken sich in einem Tumult an Fragen ganz nach innen wenden, während der Körper in mumienhafter Reglosigkeit daliegt und darauf wartet, was die Nacht bringen möge. Sie scheinen es vor allem darauf abgesehen zu haben, Auskünfte zu erlangen, doch sie geizen im Laufe so einer zwölfstündigen Überquerung ihrerseits auch nicht mit persönlichen Details; und ich spreche aus Erfahrung, wenn ich sage, dass eine Aufwartefrau der Passagierin, an deren Schlafkoje sie beschlossen hat, ihr Herz auszuschütten, alles haarklein anvertraut. Daneben kümmern sich diese Aufwärterinnen vor allem um ihre eigene äußere Erscheinung, namentlich um ihr Haar. Geht man an Bord, trifft man sie dabei an, wie sie sich das Haar richten. Die abendliche Waschung wird der Reisenden durch die Entdeckung ihrer Haarnadeln in der Seifenschale vergällt, und in der frühesten Morgendämmerung bemerkt sie, dass die Aufwartefrau ihre glänzenden Locken über dem Waschtisch kämmt. Ich habe mich mehr als einmal gefragt, ob aus dieser Angewohnheit die Mär entstand, dass die Meerjungfrau sich, wenn sie nicht gerade Seeleute in ihr Schicksal lockt, das Haar kämmt.

Doch wir wollen nicht bei den Einzelheiten der Nacht verweilen; nicht bei den Leiden des kleinen Charlie, der von seiner Mutter mit der Ausrede mit in die Damenkajüte gebracht worden war, dass er ja noch äußerst klein sei; nicht bei dem Rascheln und Klopfen des Kaninchens, dessen Korb den größten Teil des Tisches einnahm; und auch nicht bei den gemurmelten Geständnissen, die im Laufe der Nacht zwischen der Aufwartefrau und der Freundin von Charlies Mutter ausgetauscht wurden. Das alles wollen wir so schnell wie möglich vergessen. Was meine Cousine, wie sie sagt, je-

doch niemals vergessen *kann,* ist der Gestank der Schweine, der durch die Bullaugen zu ihr hereinwehte, als der Dampfer am Kai in Cork anlegte.

Die Erfordernisse der Rückfahrkarten zwangen uns, über Cork und Milford nach Connemara zu reisen, was gewiss nicht die Route ist, die wir empfehlen würden; doch sie hat auch ihre Vorzüge. Vor der Abfahrt unseres Zugs nach Limerick um zwei Uhr mittags wurde uns gnädig eine kostbare Ruhepause gewährt, und wir erholten uns in Frieden auf den Sofas im Damensalon des Hotel Imperial. Manches könnte, wäre dafür Zeit, über das Betragen von Damen in Hotelsalons gesagt werden; so gedämpft, so gehemmt, so ausgezeichnet in allen Eigenschaften, mit denen sie von dem Künstler, der für die Reisehandbücher Hotel-Interieurs »macht«, ausgestattet werden. Man könnte beinahe glauben, sie würden für die Saison angestellt, um den Ton zu setzen und um zu zeigen, wie angenehm Müßiggang sein kann, wenn er in der eleganten Muße verbracht wird, die die Atmosphäre von Salons in Hotels bestimmt.

Wir durchquerten Cork in einem Jaunting Car; und hier sollten wir zweifelsohne zu einer längeren Beschreibung der Gefahren dieser leichten, zweirädrigen Wagen mit Längssitzen, auf denen die Passagiere Rücken an Rücken Platz nehmen, ansetzen, die englische Leserinnen und Leser auf althergebrachte Weise erschüttern und alarmieren würde; doch ebenso gut können wir auch gleich offen eingestehen, dass wir alles über diese Wagen wissen, denn wir sind überzeugt, dass wir schon in einem solchen Wagen zur Taufe fuhren und uns nicht einmal damals festgehalten haben – und seither gewiss erst recht nicht.

Befassen wir uns lieber mit einem Thema, für das, bis auf ein paar Narren, alle Verständnis zeigen. Das Kinderzimmer *en voyage* – die Kinderfrau, das Kindermädchen, das Kind, das Fläschchen. Sie kreuzen den Weg eines jeden Reisenden; und wir hatten zwischen Cork und Limerick gewiss erheblich mehr als unseren gerechten Anteil an dieser Heimsuchung. In Cork bestiegen sie den Zug, als er, kurz bevor er losfuhr, vollgestopft und hilflos dalag, und bevor wir das ganze Ausmaß unserer misslichen Lage begriffen hatten, starrte eine Kinderfrau uns über das Häubchen eines brüllenden Säuglings herausfordernd an, während ein Kindermädchen für zwei Kinder im gefürchteten Alter von drei beziehungsweise fünf Jahren bereits den Picknickkorb öffnete. Ein unbesonnener Blick seitens meiner Cousine hatte der Kinderfrau wohl unsere Gefühlslage verraten, und es ist schwer zu sagen, was schlimmer war: ihr übertriebenes Bestreben, sich die Kinder zu schnappen, damit sie bloß nicht in Berührung mit uns kamen, oder der blödsinnige Glaube des Kindermädchens, wir wollten mit ihnen spielen und fänden Vergnügen daran, wenn die beiden sich in den Pausen zwischen den Orangen die Hände an unserer Reisedecke abwischten. Sie hörten gar nicht mehr auf, Orangen zu essen, diese Kinder. Orangen, Kümmelkuchen und Milch lösten einander ab wie in einem Teufelskreis. Ein geschäftstüchtiger Anzeigenkunde fragte einst: »Was ist schlimmer als Krieg?« Darauf würden meine Cousine und ich ohne das geringste Zögern antworten: Orangen in den Händen kleiner Kinder.

Doch alles, selbst die Wartezeiten an den Bahnhöfen zwischen Limerick und Athenry, findet, *falls* man es überlebt, ein Ende, und gegen neun Uhr abends waren wir in Galway. Nicht unbedingt aus freien Stücken fanden wir uns in einem Pferdebus wieder, und wir waren so müde, dass das Einzige, was wir noch bemerkten, als wir im Galopp über den Eyre Square zu unserem Quartier holperten, der vertraute Galway-Geruch nach Torfrauch war. Dies ist wohl die geeignete Stelle, um den englischen Leserinnen und Lesern ernsthaft zu versichern, dass das Wort »peat« in Irland nicht für Heizmaterial verwendet wird, allenfalls vielleicht von angelsächsischen Touristen. Lassen Sie uns uns daher darauf einigen, dass wir, wenn wir »turf« sagen, das meinen, was die Engländer »peat« nennen, also Heizmaterial, und dass wir, wenn wir je »Pete« sagen, die Koseform von Peter meinen, ganz ungeachtet dessen, wie wir es aussprechen.

Am nächsten Morgen saßen wir spät bei einem gemächlichen Frühstück, zu dem uns die Schweine mit ihrem Geschrei ein Ständchen brachten, denn es war Markttag, und der Marktplatz war so voller Karren, in denen sich Schweine dicht an dicht drängelten, dass kein Durchkommen war. Andere Karren waren mit Torf bepackt, den man mit ägyptischer Präzision zu hohen Obelisken aufgetürmt hatte. Wir ließen den Blick über eine Herde Connemara-Ponys schweifen, die wie Schafe zum Verkauf herbeigetrieben worden waren, und meine Cousine ersann augenblicklich den romantischen Plan, für unsere Expedition durch Connemara ein solches Pony und einen kleinen Einspänner zu mieten.

»Das sind sehr robuste kleine Tiere«, sagte sie begeistert, »wir hatten früher einmal zwei, und die fraßen nur Gras. Natürlich haben sie nie hart arbeiten müssen, und ich erinner mich auch, dass sie jeden zu beißen versuchten, der sie einfangen wollte … aber ich glaub trotzdem, so ein Pony wär genau das Richtige.«

»Verzeihen Sie bitte, Miss«, sagte der Kellner, der unser Frühstücksgeschirr abräumte, »aber die Ponys da, die sind arg spitzbübisch, die sind an der Kutsche wirklich schwer zu bändigen, erst recht für Damen wie Sie. Die legen sich auch schon mal samt Kutsche und allem einfach auf die Straße, und dann wird's darüber auch leicht Nacht, bis sie wieder aufstehen und Sie weiterfahren können. Fürwahr, so ein Pony hat meinem Cousin mal fast das halbe Gesicht weggebissen, weil er das Vieh dazu bewegen wollt aufzustehen, damit die Postkutsche durchkonnte.«

Meine Cousine warf mir einen verstohlenen Blick zu und erhob sich in recht aufgebrachter Stimmung von ihrem Platz.

»Oh, ich denke doch, dass wir durchaus in der Lage sind, mit einem Pony fertigzuwerden«, sagte sie, indem sie plötzlich ihre Würde zurückgewann, von der, wie mir nicht entgangen war, seit ihrer Ankunft in Galway nichts zu spüren gewesen war. »Ist … ähm … irgendwo eine zweirädrige … ähm … Kutsche zu haben?«

»Sicher doch, Miss, und ein hübsches kleines Ding wär das für Sie beide, auch wenn beim letzten Mal einer von den Holmen an der Schere fehlte und …«

»Steht sie im Hof?«, fiel meine Cousine ihm streng ins Wort.

»Ja, Miss, aber der Tritt ist zu Boden gefallen.«

Hier verließ meine Cousine den Raum, und ich folgte ihr. Wenige Augenblicke später wurde die Kutsche in den Hof gerollt, damit wir sie inspizieren konnten. Sie ging augenscheinlich zum Teil auf einen vorsintflutlichen Brougham zurück, erinnerte aber auch ein wenig an einen verkehrt herum gedrehten Hansom, auch wenn der Urgroßvater wahrscheinlich eine Portechaise mit Verbindungen zu höchsten Kreisen gewesen war. Der Wagenschlag befand sich, wie bei einem Pferdeomnibus, hinten, der Boden der Kutsche lag ungefähr sechs Inch über der Erde, und die beiden Personen, die die Kutsche unter Schwierigkeiten aufnehmen konnte, mussten mit dem Rücken zum Pferd sitzen und würden zwischen den beiden riesigen Rädern, auf die sie durch die kleinen Seitenfenster eine verschwommene Sicht hatten, hin- und herholpern und -schaukeln.

»So, da ist sie!«, sagte der Kellner triumphierend. Er war uns nach unten gefolgt und polierte mit seinem Tellertuch nachlässig einen Teelöffel. »Und Jimmy«, er zeigte auf den Stallburschen, »kennt auch ein Pferd, das genau richtig dafür ist.«

»Nein«, sagten wir leise, »das geht ganz und gar nicht; wir wollen selbst fahren.«

Der Stallbursche versank in eine Pose dramatischer Grübelei.

»Hätten Sie was dagegen, einen Jaunting Car zu fahren?«

»Nein«, sagten wir.

Gleichermaßen dramatische Begeisterung seitens des Stallburschen und des Kellners. Ersterer hatte, so verwunderlich es auch klingen mag, einen Freund, und der war der einzige Mensch in ganz Galway, der genau das hatte, was wir suchten. »Machen Sie sich nur fertig«, sagte Jimmy, »und ich geh gleich los und hol ihn für Sie.«

Ungefähr eine halbe Stunde später standen wir auf den Stufen des Hotels, bereit für unsere Probefahrt. Auf dem Gehweg drängten sich unseretwegen die Bettelweiber von Galway – eine furchteinflößende Bande, zwischen deren Lippen ein ununterbrochener Strom von Segenswünschen und Flüchen hervorquoll, erstere auf uns gemünzt, letztere gegeneinander und gegen die Kinder gerichtet, die an ihren Rockschößen hingen. Wir schoben uns durch sie hindurch, bestiegen die Kutsche und erklärten, dass wir bereit seien loszufahren, doch es gab eine Verzögerung dadurch, dass ein Strick aufgetrieben werden musste, um das Hintergeschirr hochzubinden, und das bot den Bettlerinnen eine kostbare Gelegenheit. Meine Cousine wurde erkannt und mit großer Zärtlichkeit namentlich gegrüßt.

»Aha! Hab ich dir nicht gesagt, dass sie's ist?« »Aaaach, halt den Rand, Nellie Morris. Ich kenn ihre schönen großen Augen, seit sie'n kleines Wurm war.« »Scher dich nicht um sie, Schatz«, sagte eine tiefe Stimme auf einer Höhe mit dem Wagentritt, »deiner lieben kleinen Judy aus Menlo gibst'e doch sicher was?«

Dies sprach die liebe kleine Judy aus Menlo, eine entfernte Verwandte meiner Cousine, und auf ihre Beschwörung hin schnappten wir aus unseren Geldbörsen das, was zur Bestechung nötig war, und verteilten es in wilder Hast unter den Weibsbildern. Die meisten Menschen würden hauptsächlich etwas zahlen, um der fürchterlichen Gegenwart dieses schmächtigen, siebzigjährigen Albtraums von einer Frau zu entkommen, und sie ist sich ihrer bezwingenden Macht durchaus bewusst.

Die Kutsche fuhr mit einem Ruck an, der Kutscherbursche lief neben dem Pferd her und trieb es zu einem Trab an, dann sprang er auf den Kutschbock und schwang die Peitsche, bis es galoppierte und wir, begleitet von den bewundernden Ausrufen der Bettlerinnen, vom Eyre Square schaukelten. Das Tempo wurde beibehalten, bis wir schon ganz außer Sicht von Galway waren. An einem kaum merklichen Hügel wechselte das Pferd plötzlich in den Kriechgang, einer Beerdigung würdig, und sein Kopf verschwand zwischen seinen Vorderbeinen.

»Gib mir die Zügel«, sagte meine Cousine. »Diese Dorfburschen wissen einfach nicht, wie man fährt«, fügte sie halblaut hinzu und nahm dem Jungen auch schon die Leinen ab. Das Pferd, ein sandfarbenes Geschöpf mit rostbraun-schwarzer Mähne und Schweif, wandte den Kopf nach hinten und fixierte sie mit durchdringendem Blick, während es gleichzeitig das Tempo weiter minderte. Gekonnt setzte meine Cousine einen leichten, kurzen Hieb mit der Peitsche, woraufhin das Pferd zur anderen Straßenseite auswich, sodass der Wagentritt gegen einen Telegrafenmasten schrammte und ich mich gezwungen sah, rasch die Beine auf den Sitz zu ziehen. Doch wir gingen über den Vorfall hinweg und fuhren im selben Tempo bis oben auf den Hügel. Ein wohlgesetzter Tritt des Jungen trieb das Pferd zu einem Passgang an, und alles lief bestens, bis wir uns einer Pfütze am Straßenrand näherten.

»Siehst du, das Pferd geht sehr gut, wenn es ordentlich geführt wird«, setzte meine Cousine an und beugte sich lässig über die Kutsche zu mir herüber. Just als sie sprach, schlingerte die Kutsche und kam am Rand der Pfütze zum Stehen. Das sandfarbene Pferd hatte anscheinend Durst. Unter einigen Mühen wurde es wieder in die Mitte der Straße gezerrt, doch hinter der Pfütze weigerte es sich, auch nur einen einzigen Schritt zu tun. Mit der Miene von jemandem, der so etwas gewohnt ist, stieg der Junge ab.

»Wenn Sie ihn noch mal schlagen, legt er sich hin«, sagte er zu meiner Cousine. »Ich geh zu dem Haus da rüber und hol'n paar Nachbarn.«

Die Nachbarn – also sämtliche Bewohner des Hauses – kamen voller Begeisterung herbei und wandten sich, nachdem sie Steine hinter die Räder gelegt hatten, mit seltsamen Verwünschungen und mancherlei Stöcken dem sandfarbenen Pferd zu.

»Der schert sich nicht um Ihre Hetzerei«, schrie die Mutter nach einigen Minuten Plackerei. »Lass'n Se'n an der Pfütze trinken, so viel er will, dann zieht er Sie bis nach Amerika.«

Wir fanden, dass wir alles in allem lieber nach Galway zurückkehren sollten; und auch wenn der Junge uns versicherte, dass wir am Ende die Oberhand gewinnen würden, drehten wir um und gingen zu Fuß zurück in Richtung Stadt.

»Ich glaube kaum, dass das Pferd etwas taugt«, sagte meine Cousine, nachdem wir eine halbe Meile gegangen waren, und wandte sich mir zu. Ihr Gesicht war immer noch hochrot, weil sie sich so mit der Peitsche abgeplagt hatte. »Wir wollen ein lebhafteres Tier als dieses.«

Sie hatte den Satz kaum beendet, da erhob sich auf der Straße hinter uns ein Donnern, und begleitet vom Dröhnen eines rasenden Galopps und lautem Geschrei kam die Kutsche in Sicht, vollgepackt mit Männern. Sie schaukelte von einer Seite zur anderen, während das sandfarbene Pferd im Renngalopp auf uns zuhielt.

»Sie könn'n jetzt wieder einsteigen!«, rief der Junge, als sie sich uns näherten, »jetzt wird er folgsam sein.«

Die Kutsche hielt an, und die Freiwilligen stiegen ab und beteuerten lautstark und sogar ein wenig feierlich, das sandfarbene Pferd sei einfach perfekt.

Doch wir gingen zu Fuß zurück nach Galway.

II

Sollen wir zugeben, dass wir die erste Etappe unserer Reise schließlich mit der Postkutsche zurücklegten? Man hatte uns aus verlässlicher Quelle versichert, Oughterard, vierzehn irische Meilen von Galway entfernt, sei der Ort, an dem wir finden würden, was wir suchten, und mit schwankender, ungewisser Hoffnung erklommen wir die hohe Postkutsche und zwängten uns zwischen einen korpulenten Priester und einen englischen Touristen. Über uns ragten die Postkörbe und wahllos aufeinandergestapelte Gepäckstücke auf, verschnürt mit der Geschicklichkeit, die der irische Fuhrmann aus schierer Notwendigkeit entwickelt hat. Die Krönung war eine Gans, die mit ehrwürdiger Miene über den Rand eines riesigen Deckelkorbs in großem Erstaunen auf uns herabblickte.

Wir haben in unserer Hast gesagt, dass wir uns in Jaunting Cars niemals festhalten, doch wie das Dromedar zum Promenaden-Reitpferd, so verhält sich der Bianconi Car zu dem gewöhnlichen Jaunting Car seiner Spezies. Er ist so lang, dass er auf jeder Seite sechs Menschen Platz bietet, und wird von drei Pferden in einem Tempo gezogen, das weder Rücksicht auf Fahrspuren, Steine und scharfe Kanten auf dem Weg nimmt noch auf die Tatsache, dass der schwankende

Passagier außer seinen gleichermaßen schwankenden Mitreisenden nichts hat, woran er sich in Zeiten der Not klammern kann. Wir hielten uns mit aller Kraft an dem Priester und dem Touristen fest und zogen zumindest ein wenig Rückenstärkung aus der Gewissheit, dass wir, wenn wir von der Kutsche fielen, wie Samson andere mit in den Tod reißen würden. Doch irgendwie fallen die Menschen nicht von solchen Kutschen; sogar der ungeübteste Angelsachse sitzt und schaukelt und schlenkert mit einer Sicherheit, die ihn selbst überraschen muss, auf seinem schmalen Platz.

Eine irische Meile entspricht, grob gesagt, eineinviertel englischen Meilen, wir überlassen es also fähigen Leserinnen und Lesern, die Entfernung von Galway nach Oughterard gemäß dieses Verhältnisses korrekt zu errechnen. Es ist im üblichen Sinne keine besonders interessante Fahrt; in ihrer Eile, sich in aller Ausführlichkeit den Hotels und Fischgründen Connemaras zu widmen, übergehen die Reisehandbücher die Strecke in einem einzigen Atemzug; doch für das Auge, das von den anstößig glatten und pedantisch unterteilten Weiden Englands kommt und dessen Blick zum allerersten Mal darauf fällt, ist dieser erste Eindruck von Galway und seiner weiten Moore und rauen Felsen nachhaltiger als alles, was danach kommt. Wir selbst hätten viele bewegende Sätze über die verlassenen Häuser formulieren können, die mit ihren Holzgerippen inmitten der halb zerfallenen Hofmauern stehen, doch »unser Geist war mit Zweifel umwölkt«, und die eigentümlich vorgestülpte Unterlippe meiner Cousine verriet mir, dass ihr Trübsinn das äußerliche Zeichen für ein aufgewühltes geistiges Defilee der vielen Pferde war, mit denen sie in Oughterard bekannt war.

Die Nacht in Oughterard verbrachten wir in Miss Murphys behaglichem kleinen Hotel, und am nächsten Morgen machten wir uns wieder einmal auf die Suche nach einem Beförderungsmittel. Ein zweirädriger Einspänner war zutage gefördert worden – die Kutsche unserer heitersten Träume – ein Gouvernantenwagen, der ausreichend Platz bot für zwei Personen und eine annehmbare Menge Gepäck; doch das Pferd war ein Problem. Man hatte uns verschiedene Vorschläge unterbreitet, von denen einige an sich durchaus praktikabel gewesen wären, bei denen sich jedoch die eine Sache, bei der wir fest entschlossen waren, nämlich der Gouvernantenwagen, als schier unüberwindbare Hürde erwies.

»Nun, Miss, seh'n Sie, sie kommt grad eben erst von der Wiese; wir werden sie die nächsten Tage ein bisschen auf Schmalhans setzen, und dann passt sie gewiss auch bald in die Schere.«

»Es ist eine Schande, dass kein Tier so recht an Ihre kleine Kutsche da passen will, aber probier'n können Sie's gern mal mit ihr«, sprach der Besitzer eines großen Viehbestands, an den wir uns persönlich gewandt hatten.

Mit »ihr« war eine Ackerstute von kolossaler Körpergröße gemeint, die nach gewaltsamen Anstrengungen in die Schere des Gouvernantenwagens gequetscht wurde, und dann stand sie da, blickte uns traurig an und schlug mit ihrem fließenden Schweif, während die Holmen sich in ihre fetten Seiten gruben.

»Sitzen Sie jetzt auf, Miss, und fahren Sie aus dem Hof.« Meine Cousine stieg mit Leichtigkeit hinauf, denn der

Kutschtritt war dank der Tatsache, dass die Schere unnatürlich weit in die Luft stand, fast am Boden, und die Stute schritt mit stampfenden Hufen voran. Meine Cousine klammerte sich krampfhaft an das vordere Geländer.

»Ich rutsche raus!«, sagte sie mit plötzlicher Anspannung in der Stimme. Wäre es ihr in den Sinn gekommen, hätte sie sich am Schweif festhalten können, der wie ein dickes Glockenseil über ihr herunterhing, doch wie die Dinge standen, machte sie nach einem oder zwei Augenblicken qualvoller Unentschiedenheit einen eiligen, aber sicheren Abgang über den Schlag der Kutsche. Das Schicksal der Expedition hing zitternd in der Schwebe, und die Zuschauer, die sich um uns geschart hatten, setzten besorgte Mienen auf. Die Stute wurde unter einigen Schwierigkeiten aus den engen Holmen befreit, und es war, wie es war, die Holmen des Gouvernantenwagens waren auf dem Boden, und meiner Cousine und mir war das Herz bis in die Stiefel gerutscht. Da drang aus der Menschenmenge eine Stimme an unsere Ohren …

»Johnny Flaherty hat eine hübsche Eselin.«

»Ein besseres Maultier hat's in ganz Galway noch nicht gegeben!«, sagte eine andere Stimme. »Die bringt's fertig, jedes andere Pferd auf der Straße zu überholen.«

Es entspann sich eine aufgeregte Debatte, in deren Verlauf als stärkste Empfehlung vorgebracht wurde, dass sie die Tochter jener Dame war, deren majestätischer Körperbau dazu geführt hatte, dass wir nicht in den Genuss ihrer bewundernswerten moralischen Eigenschaften gekommen waren. Schließlich löste sich ein Teil aus der Gruppe, um die Straße hinaufzulaufen und wenige Minuten später mit Johnny Flaherty und einem langbeinigen, langohrigen braunen Tier zurückzukommen, das, als es näherkam, einen Blick voll griesgrämigem Argwohn auf uns und seine Mutter warf.

Es bestand nicht der geringste Zweifel, dass dieses Geschöpf zu dem Wagen passen würde, doch eingedenk quälender Erinnerungen an die Schandtaten von Maultieren und ihresgleichen fragten wir, ob es denn von freundlichem Wesen sei.

»Sie is'n bisschen sonderlich im Kopf, Miss«, sagte der Besitzer schüchtern, »aber solang Sie die Ohr'n nicht anfass'n, ist sie das ruhigste kleine Ding überhaupt. Zuuu-rück, Sibbie!«

Sibbie bewegte sich mit beinahe ungesunder Fügsamkeit rückwärts zwischen die Holmen der Schere und wurde im Handumdrehen angeschirrt, wobei die Zuschauer begeistert halfen. Dann wurde sie aus dem Hof geführt. Wir saßen mit Mr Flaherty auf, und bevor die Menschenmenge Zeit hatte, sich zu bekreuzigen, waren wir auch schon außer Sichtweite.

»Fulminant!«, keuchte ich, während der Wind zwischen meinen Zähnen pfiff, als Sibbie flink wie ein Wiesel zwischen den Holmen lief, die ihrer guten Mutter einen ersten Einblick darin verschafft hatten, wie es war, sich in ein enges Korsett zu zwängen. »Sie läuft ganz herrlich, die kleine Eselin! Aber wäre es jetzt nicht an der Zeit, umzukehren und unsere Sachen aufzuladen?«

Meine Cousine antwortete nicht, denn sie war voll und ganz mit dem Fahren der Kutsche beschäftigt. Doch etwas verriet mir, dass ihr derselbe Gedanke durch den Kopf ging. Sie lehnte sich steif nach hinten. Einer ihrer Handschuhe war an den Knöcheln gerissen. Johnny Flaherty streckte einen langen Arm aus und legte die Hand auf die Leinen.

»Sie ist begierig auf die Straße«, sagte er entschuldigend, während er das Maultier zum Stehen brachte, »aber ich leg ihr für Sie 'ne Kinnkette an.«

Wir wendeten und rollten zurück nach Oughterard, während in uns eine entschiedene Verehrung für Sibbie mit ihrer dezent braunen Hinterhand und ihren gertenschlanken Beinen aufkeimte. Wenn ich jetzt über all das nachdenke, erscheint es mir durchaus möglich, dass die Wochenmiete für sie ihrem Nettowert entsprach, aber zu der Zeit, da wir verhandelten, hatten wir das Gefühl, ihr Preis sei edler denn die köstlichsten Perlen.

Da dies ein wahrer Bericht über eine tatsächlich unternommene Expedition ist, erscheint es an dieser Stelle angeraten zu erklären, dass unser Gepäck aus einem Handkoffer, einer Reisetasche, einem gut bestückten Picknickkorb und einem großen und verlässlichen karierten Schirm bestand, den wir für den Betrag von drei Schilling in Oughterard erstanden hatten. Nachdem wir dem aufwändigen Verstauen des Gepäcks in dem Gouvernantenwagen beigewohnt hatten, gingen wir zu Mr Flaherty, um seine letzten Marschbefehle entgegenzunehmen.

»Geben Sie acht, wenn Sie am Hof der Flanigans vorbeikommen; da läuft sie gern rein; und wenn Sie unseren Hof passieren: Im Torweg hab ich 'nen Jungen mit 'nem Stock postiert, damit er sie raustreiben kann, falls sie in den Stall schießen will, und ich leg Ihnen noch 'nen Strick in die Kutsche für den Fall, dass Ihnen was kaputtgeht.«

Mr Flaherty wirkte ein wenig besorgt, als er uns diese Anweisungen erteilte, und als er den Strick holen ging, näherte sich meiner Cousine eine alte Frau, die uns mitleidig und voller Besorgnis beobachtet hatte, und fasste sie am Arm.

»Der Herr soll euch beschützen! Mehr sag ich nicht«, stöhnte sie. »Wenn's 'n Pferd wär, würd ich ja nichts sagen, aber so'n Maultier ist doch nichts Halbes und nichts Ganzes. Wahrlich, meine Liebe, Sie könn'n nie sagen, wann's in ein Sumpfloch läuft, wo's Sie doch nicht kennt, und auf den Straßen von Connemara ist nichts, was es aufhält, allein die

Gnade Gottes! Und überall links und rechts der Straße nur Wasser, bei Gott, tief wie ein Brunnen!«

Es war für uns äußerst schmerzlich, feststellen zu müssen, dass Oughterard die alleinige Leitung der Expedition der Eselin zuschrieb und uns als hilflos und vollkommen abhängig von ihrem Willen und ihrem Pläsir erachtete. Doch die Aufgeregtheit der alten Frau ließ uns ungerührt, und das Letzte, was wir hörten, als wir die Hauptstraße hinuntersausten, war ihre in schmerzvoller Wehklage erhobene Stimme.

Möglicherweise der Tatsache geschuldet, dass Mr Flahertys Junge in dem Bogengang, der zum Stall führte, die Mistgabel schwang, unternahm Sibbie keinen Versuch, »hineinzuschießen«, wie ihr Besitzer angenommen hatte, und nichts trübte unsere würdevolle Abreise. Vorsichtig rollten wir über die hochgewölbte Brücke und fuhren am Fluss entlang, der unter mächtigen Bäumen schwarz und eilends dahinfloss, während weiße Schaumkrönchen darauf tanzten. Auf der anderen Seite lagen Cottages mit ordentlich geschnittenem Efeu und Blumenbeeten, die in voller Blüte standen, anständig und ordentlich, wie es sich für eine Stadtrandsiedlung gehörte, romantisch durch die Kraft der Umgebung und etwas Altmodischem und Solidem in der Bauweise der Häuser.

»Dies ist die beste Siedlung ihrer Größe diesseits von Galway«, sagte meine Cousine mit einer gelangweilten Gleichgültigkeit, die, wie ich wohl wusste, nur die glühende Selbstzufriedenheit der Bewohnerin des Viertels kaschieren sollte. »Und die Siedlung hat sich ganz wunderbar entwickelt. Zum Beispiel das Armenhaus für die Witwen. Es ist noch gar nicht lange her, da sagte eine alte Frau zu meiner Großmutter: ›Das ist das Witwen-Armenhaus und keine einzige Witwe darin, bloß ein kleiner alter Mann‹, und jetzt platzt es schier aus allen Nähten vor Witwen … wenigstens, ich will …«

Ihre bemerkenswerten Erläuterungen über den Wohlstand von Oughterard fanden ein abruptes Ende, denn wir hatten – ganz im Gegensatz zu Sibbie – vergessen, dass wir uns dem Hof des überaus faszinierenden Mr Flanigan näherten. Mit der Spitzfindigkeit ihrer Art verbarg Sibbie, was sie vorhatte, unter übertriebener Willfährigkeit – ganz so wie der todbringende Alkohol vom süßen Sirup des Likörs überzogen ist –, bog dann in vollem Lauf ab und hielt, ohne mit ihren langen, ausdrucksstarken Ohren auch nur den geringsten Hinweis darauf zu geben, auf das Tor zu, vor dem man uns gewarnt hatte. Doch die Fügung war uns hold, das Tor war geschlossen. Aber wir ruckten beide auf äußerst schmachvolle Weise nach vorn, und es war einiges an ungebührlichem Herumkommandieren und Peitschenschwingen vonnöten, um sie von dem Paradies wegzuzerren, wo sie unbedingt sein wollte. Das war der Moment, in dem die Saat des Misstrauens in unsere Herzen gesät wurde, und wir fuhren mit einem Mangel an Zuversicht weiter, den zu bereuen wir danach niemals Grund hatten.

Ein kurzer, steiler Anstieg brachte uns aufs Moor hinauf, das den Eingang zu Connemara bildet; eine weiträumige, braune Landschaft voller Heidekraut und Moore, die nur von dem Fluss Oughterard mit seinen vielen in der Sonne glitzernden Biegungen vor dem Verdacht bewahrt wird, monoton genannt zu werden. Wie ein Band lag die flache Straße vor uns, bis sie zu einem weißen Faden schrumpfte. Die Hügel in der Ferne waren kaum mehr als vertrauliche blaue Hinweise auf das, was wir zu sehen bekommen würden, die Sonne schien, der starke Westwind ließ uns frohlocken, dass wir Gummibänder an unsere Hüte genäht hatten, und unser Hochgefühl kam in einem einzigen, voller Inbrunst hervorgebrachten Wort zum Ausdruck: Mittagessen.

Wir sind von sehr vielen Menschen gefragt worden, warum wir unsere Reise durch Connemara denn nicht auf Dreirädern unternähmen: Die Straßen sind so gut, die Postkutschen bieten Platz für den Transport des Gepäcks, und man kommt wirklich rasch und unkompliziert voran. Unsere Antwort darauf lautete stets: Und was ist mit dem Picknickkorb? Wer derlei Einwände erhebt, zieht nicht in Betracht, wie behaglich so ein Halt am Wegesrand an einem günstig gelegenen, pittoresken See ist, das Auspacken des Spirituskochers und seiner glänzenden Braut, des Teekessels, sowie der Tafelmesser zu sechs Penny das Stück, der Löffel zu zweieinhalb Penny, des Schmalzfleischs, der Bath-Olivers-Kekse, des Bovril-Fleischextrakts und des Burgunders. An und für sich haben wir nichts für Picknicks übrig und pflichten dem Barden der »Ballads from *Punch*« bei, denn auch wir finden, dass …

Die, die voll Verachtung die Dryade jagt,
Lästerlich mit leeren Flaschen und fliegenden Blättern,
Finden Zungen in Torten, Ameisen auf ihren Stiefeln,
Wespen im Wein und Salz in allem!

Doch eine lange Straße und ein zeitiges Frühstück ließen uns die Frage des Mittagessens mit ebenso großer Ernsthaftigkeit wie Aufrichtigkeit angehen, Eigenschaften, an denen es dem Barden mit seinen affektierten Lustbarkeiten mangelt. Unsere Rastplätze waren gewiss nicht derart, dass eine Dryade sie heimsuchen und es dort behaglich finden würde. An jenem ersten Tag hielten wir im Windschatten einer flachen Böschung, einer der wenigen Begrenzungen am Straßenrand, auf die wir in dieser Ödnis aus Heidekraut und graublauen Seen gestoßen waren, und bereiteten, ein wenig verlegen gegenüber möglichen Passanten, auf den Sitzen des Wagens unsere Speisen aus. Aus dieser Verlegenheit wurde bald eine unverfrorene Verächtlichkeit sogar gegenüber der vorüberfahrenden Postkutsche und dem brüderlichen Grinsen, mit dem der Kutscher uns über die Schulter bedachte. Wer schon einmal heimlich in einem überfüllten Eisenbahnabteil ein Sandwich heruntergeschlungen hat, hatte gewiss oft ganz plötzlich das Gefühl, dass solch eine Handlung doch unappetitlich und animalisch ist, und wird doch, falls er fest dabei geblieben ist, von einer hartherzigen Gleichgültigkeit erfasst worden sein. So war es auch bei uns der Fall.

Nach jenem ersten Mittagessen veränderte sich die Beschaffenheit der Dinge. Der Wind wurde schärfer, bis er uns den Regen ins Gesicht peitschte, die Wolken senkten sich auf die Hügel herab, die Seen überzogen sich mit einem schwarzen Gekräusel, bis sie aussahen wie ein Kastilianer Huhn, dessen Gefieder in die falsche Richtung gepustet wird. Und dann kam es zum ersten Missgeschick auf unserer Expedition. Ich wandte den Kopf, um in leichter Verwunderung das Ende eines eisernen Bettgestells zu betrachten, mit dem ein erfindungsreicher Bauer eine Öffnung in seiner Steinmauer geschlossen hatte, und dabei klappte mein Hut nach oben und flog wie ein lebendiges Wesen in Richtung des Sees, an dem wir vorüberfuhren. Ich folgte ihm mit so viel Tempo, wie ich zustande bringe, während meine Cousine brüllend vor Lachen in der Kutsche lag und das Vergnügen hatte, dabei zuzusehen, wie mein Hut mit dem *élan* von Marcus Curtius in ein Seerosenbeet am Ufer flog. Dort zog ich ihn, bleich, halb ertrunken, aber unbeschädigt und folgsam, heraus und verordnete ihm Einzelhaft am Boden der Kutsche. Ich setzte einen gestrickten Tam o'Shanter auf, und wir konnten unsere Fahrt nach Recess fortsetzen.

III

Angemessene schwarze Pfosten mit weißen Kappen auf beiden Seiten einer kleinen Zufahrt, eine fünf Pfund schwere Forelle, die zusammen mit einigen kleineren Vertretern ihrer Art auf den Stufen vor der Eingangstür lag, eine Gruppe Angler, die diese bewunderten, und ein feiner, dezenter Regen, dem niemand Beachtung schenkte – dies waren unsere ersten Eindrücke vom Hotel Royal in Recess. Sibbie wurde der Obhut eines Stalljungen anempfohlen, nicht ohne diesem nachdrücklich einzuschärfen, dass sie ein wenig »sonderlich« im Kopf sei, und dann schritten wir über die tote Forelle hinweg in eine kleine Halle, in welcher der Geruch nach nassen Regenmänteln und Angelgeräten die uneingeschränkte Vorherrschaft genoss.

Alles, was wir über die Hotels in Connemara wussten, hatten wir von einem Gentleman, dessen Erfahrungen etwa dreißig Jahre zurücklagen. Er hatte uns erklärt, dass bei der Ankunft in einem Hotel, welches das Schicksal ihm zugedacht hatte, seine bescheidene Bitte um etwas Nahrhafteres als Brot und Whiskey mit kaum verhohlener Empörung aufgenommen worden war. Ein verlorener Haufen Kinder war losgeschickt worden, um für sein Abendessen ein Huhn zu finden und einzufangen, und er hatte der Suche, der Jagd und dem Austricksen des gerissenen Opfers zugesehen. Gedämpft allein durch eine dünne Holztür, hatte er dessen Todesschreie aus der Küche mitangehört, und er hatte es sogar auf sich genommen, es zu essen, als es ihm endlich auf einem Küchenteller serviert wurde, braun und verschrumpelt wie »Sie« in ihren letzten Augenblicken und in ein wenig heißem Wasser als einziger Soße gekocht. Was die Schlafstätte anging, waren die Auskünfte unseres Freundes beinahe noch entmutigender. Er berichtete, während er speiste, habe er das Trampeln von Füßen und das Rücken von etwas Schwerem im Durchgang gehört. Darauf sei die Tür aufgegangen, und ein Federbett sei durch die schmale Türöffnung ins Zimmer gebracht und neben dem Tisch auf dem Boden ausgelegt worden. Dann erklärte man ihm, da er um ein Abendessen und ein Bett gebeten habe, sei dies nun das Bett für ihn. Es seien treffliche, saubere Federn, und er könne sie für acht Penny das Pfund haben. Unter großen Schwierigkeiten machte der Reisende den guten Leuten begreiflich, dass er zwar vorhabe, das Abendessen mitzunehmen, dass er bezüglich des Bettes jedoch nicht dieselbe Absicht hege; doch sein Gastgeber und seine Gastgeberin begriffen die Lage erst, nachdem er noch einmal sehr deutlich vorgebracht hatte, was er brauchte. Daraufhin wurde er in einen Raum geführt, der fast ganz von zwei gewaltigen Himmelbetten eingenommen wurde, und man gab ihm zu verstehen, dass man ihm, da eines der Betten für häusliche Erfordernisse reserviert sei, das andere anbiete. Er war kurz davor, das Angebot anzunehmen, als aus den Tiefen des Bettes ein Schnarchen aufstieg.

»Ach, das ist nur der Priester«, sagte die Dame des Hauses, »er ist der ruhigste Mann, der Ihnen je begegnet ist. Gott segne ihn! Er wird Sie gar nicht stören.« Solcherart waren die

Erfahrungen unseres Freundes, und auch wenn es möglich war, dass die Geschichte mit dem Alter an Geschmack und Körper gewonnen hatte, so sorgte sie doch auf jeden Fall dafür, dass wir uns mit banger Neugier darauf freuten, welches Los uns in Connemara erwartete.

Doch der erste Blick auf den langen Esstisch in Recess zerstreute alle unsere Hoffnungen auf die komische Verwahrlosung, die wir ob ihrer literarischen Qualität bereitwillig erlitten hätten; aber ich muss zugeben, dass das Bedauern, mit dem meine Cousine und ich vorgaben, unsere Suppe zu essen und an dem Abendessen mit seinen gesitteten fünf oder sechs Gängen teilzunehmen, nicht ganz aufrichtig war. Aus einem bestimmten Blickwinkel hätte man es durchaus eine Fisch-Mahlzeit nennen können, denn von der klaren Suppe bis zu den Himbeeren waren die Münder der Speisenden allein von einem Thema erfüllt: dem Überlisten der Tricks und Kniffe von Forellen und Lachsen. Mit am Tisch saß eine Gruppe Studenten aus Oxford, deren Blazer regenbogenfarben zwischen den schmutzigen Jagdröcken der anderen Speisenden aufleuchteten, junge Vikare, Majore mittleren Alters sowie ältere Gentlemen – ein älterer Gentleman zu sein ist an sich schon ein Beruf –, und alle unterhielten sich, ohne Ausnahme und ohne Pause, über Fische und das Angeln. An der Table d'Hôte nicht mit seinen Reisegefährten zu parlieren ist ein Eingeständnis des größten Versagens und Unvermögens, und zwar so sehr, dass ich, statt schweigend dazusitzen, meiner Freundin notfalls mit leiser Stimme Teile des Katechismus rezitieren würde. Zu einem solch extremen Verhalten waren meine Cousine und ich selten gezwungen, und bei dieser Gelegenheit wahrten wir den Anschein kultivierter Liebenswürdigkeit einander gegenüber auf eine Art und Weise, die uns selbst überraschte. Doch am Ende wurden wir von der Lautstärke der Gespräche überwältigt, die um uns herum tobten. Wir fanden die akademische Gesellschaft genauso unverschämt wie die Eselin; wir schwächelten und verstummten schließlich ganz.

Uns gegenüber saß ein äußerst edelmütiger älterer Gentleman, dessen Gesicht von der Farbe und der glänzenden Textur der roten Emaille von Aspinall's Royal Mail war, in lebhafter Konversation mit einem unreifen, jungen Burschen in einem rosaroten Blazer; und während der allgemeine Chor in den langen Zeitspannen zwischen den Gängen anstieg und abflaute, bildeten der durchdringende Bass und der pfeifende Tenor der beiden doch ein unermüdliches Duett.

»Ich versichere Ihnen, mein werter Herr«, begehrte der ältere ernste Gentleman unter beinahe jämmerlicher Nichtbeachtung des Altersunterschieds zwischen ihm selbst und seinem Nachbarn auf, »bei den Forellen hier ist es keine Frage der Fliege. Ich habe einen Mann mit einem Butcher immer wieder scheitern sehen, und gleich danach hat er denselben Butcher *vergnügt* einem Fisch hingeworfen, verstehen Sie, und hat ihn augenblicklich rausgezogen.«

»Hm«, erwiderte der Rosarote Blazer düster, indem er diese für uns überraschende Feststellung mit vollkommener Ruhe aufnahm, »*meiner* Erfahrung nach – und ich angele seit Jahren in diesen Gewässern – lässt sich mit einer voluminös gebundenen Jock Scott ...« Doch wir werden unsere Unwissenheit auf keinen Fall dadurch verraten, dass wir versuchen, die tiefgründigen Ausführungen des Rosaroten Blazers aus zweiter Hand wiederzugeben. Kaum hatte er sie der Welt kundgetan, verbarg er sein kleines, mückenzerbissenes Gesicht in einem Krug Shandygaff, während sein betagter Gefährte den Disput mit ernster Miene fortsetzte.

Am Tisch saßen nur zwei oder drei andere Damen, und sie weilten offensichtlich schon länger in dem Hotel, denn sie waren dazu übergegangen, ein Interesse an dem vorherrschenden Thema an den Tag zu legen, von dem wir uns nur schwer vorstellen konnten, dass es echt war. Sie hätten natürlich Enthusiastinnen sein können, doch ihre Blicke verrieten sie.

Am nächsten Morgen wurden wir vom Geschwätz der Angler in der Halle geweckt, gefolgt vom Rattern der Kutschen auf dem Kies, das uns verriet, dass sie zu ihren täglichen Unternehmungen aufgebrochen waren. Als wir eine Weile später zum Frühstück nach unten kamen, stellten wir fest, dass wir allein waren und das Hotel ganz allgemein in einem Zustand friedlicher Lethargie versunken war. Es war, wie die aufgeregten Stimmen in der Halle erklärt hatten, ein großartiger Tag zum Angeln. Das hieß, dass wir beim Blick aus dem Fenster zwei verschwommene Schemen ausmachen konnten, die wir für Berge hielten, und das Rauschen überquellender Flüsse hörten, die dank des Nebels so gut wie unsichtbar waren. Doch das Hotelbarometer stand hoch, und gegen zehn Uhr schöpften wir Hoffnung; um elf waren wir verzweifelt; und um zwölf wurden wir waghalsig und gingen auf unser Zimmer, um uns für einen Spaziergang fertigzumachen. Wir haben es bis dato versäumt, von einem wichtigen Gegenstand unserer Ausrüstung zu sprechen, und selbst jetzt, da ich mich daran erinnere, dass wir in einem Gebiet reisten, über das der Ausnahmezustand verhängt worden war, erwähne ich nur mit angehaltenem Atem die Tatsache, dass meine Cousine darauf bestanden hatte, einen alten, rostigen Revolver mitzunehmen. Sie hatte heimlich eine Schachtel Patronen gekauft, die mehrere Pfund wog, und hatte mich im letzten Moment gebeten, die Munition in der Reisetasche zu verstauen. »Für den Fall, dass verrückte Hunde und anderes auf der Straße sind«, hatte sie gesagt. In die Pistole in ihrem Lederfutteral hatte ich eingewilligt, doch die Blechschachtel mit Munition war nicht hinnehmbar, und wir einigten uns darauf, sechs Patronen in eine Lockenwickler-Schachtel zu legen, die dafür wie geschaffen war. Bis dato hatte es noch keine Gelegenheit gegeben, davon Gebrauch zu machen, doch als meine Cousine sich jetzt ihren Regenmantel überzog, bemerkte sie zögernd: »Meinst du nicht, dass es ein guter Tag für den Revolver wäre?«

Ich sagte, das könne ich nicht recht beurteilen, doch sie könne ihn mitnehmen, wenn sie wolle; und nachdem sie ihn und ein paar »Lockenwickler« in der Tasche ihres Regenmantels versteckt hatte, war sie bereit für die Straße.

In der Halle blieben wir stehen, um einen letzten rachsüchtigen Blick auf das Barometer zu werfen, das immer noch fröhlich auf »schön« stand (wir sind davon überzeugt, dass sein Konstrukteur ein eingefleischter Angler war), und an der Tür begegneten wir den beiden Hotelhunden: einem großen, seidig-schwarzen Geschöpf der Rasse, die im Allgemeinen dazu erkoren wird, Federwischer zu zieren, und einem grinsenden Foxterrier mit höflichen, ja sogar ausgezeichneten Manieren von einer bestimmten oberflächlichen Hotel-Art.

»Möchtet ihr mit den Damen einen Spaziergang machen?«, fragte ich in dem speziellen dummquatschenden Tonfall, den Hunde anscheinend attraktiv finden.

Der Federwischer betrachtete mich mit kalten Bernsteinaugen und schickte sich an, sich zum Schlafen hinzulegen.

»Na, dann kommt!«, sagte ich und fügte, als ich hinaus in den dichten, feinen Nebel trat, in noch überzeugenderem Tonfall »Katzen!« hintan.

Die Bernsteinaugen schlossen sich, und ihr Besitzer rollte sich mit einem müden Knurren zu einem tintig-schwarzen Haufen zusammen; während der Foxterrier, der eine schneidige Haltung einnahm, um seinen Charakter als Jäger hochzuhalten, so tat, als glaubte er, die Katzen, von denen ich gesprochen hatte, wären in der Küche, und in diese Richtung davonlief. Wir waren brüskiert und sinnierten, als wir davongingen, über den zersetzenden Einfluss des Hotellebens. Die ständig wechselnde Gesellschaft und Freundschaften für eine Stunde hatten den Federwischer zu einem ungehobelten Zyniker gemacht und aus dem Foxterrier einen verweichlichten, blasierten Faulenzer werden lassen. Derart moralisierend patschten wir die Straße hinunter, an der kleinen Post und am Telegrafenamt vorbei, die Clifden Road entlang. Zu unserer Linken lag der Lough Glendollagh, und zu unserer Rechten ragten die nackten Berge auf – wenigstens hatten uns die Reisehandbücher und der Kellner versichert, dass sie hoch aufragten, denn der Nebel gewährte uns nicht die Gelegenheit, uns selbst ein Urteil darüber zu bilden. Am gegenüberliegenden Seeufer erblickten wir im Wald, der bis ans Wasser reichte, das Hotel Glendollagh, und darauf – wir meinen, auf dem See – schwammen die Boote von einigen der Verrückten, die ihr behagliches Quartier im Morgengrauen verlassen hatten. Wir sahen nicht, dass sie irgendwelche Fische fingen; ja, wir waren zu dem Schluss gezwungen, dass wir einen verderblichen Einfluss auf die Angler von Connemara hatten, denn obwohl wir ihnen lange und oft zugesehen haben, konnten wir niemals etwas bezeugen, was auch nur annähernd so aussah, als würde ein Fisch an einem Haken aus dem Wasser gezogen.

Am Ende des Sees verließen wir die Hauptstraße und bogen in eine Straße, die in eine andere Richtung verlief. Sie war, wie alle Straßen in Connemara, gut und eben und in perfektem Zustand. Wie alle anderen Straßen verschmähte auch sie Begrenzungen oder irgendeine andere Art von Schutz, es sei denn, man will einen tiefen Graben hier und da oder einen See auf beiden Seiten als Beruhigung für den Kutscher bezeichnen. Ab und zu standen kleine schwarze Teufelskühe empört auf der Straße herum, weigerten sich, das nasse Gras zwischen dem nassen Heidekraut zu fressen, und richteten ihre ganze Aufmerksamkeit in einer Art und Weise auf uns, die es, in Verbindung mit ihrer äußerst abgefeimten Mimik und ihren Hörnern wie malaiische Krisse, ratsam erscheinen ließ, mit Steinen nach ihnen zu werfen, solange dazu noch Zeit war. Sie zogen sich unverzüglich zurück, womit sie die Tatsache anerkannten, die jedem bekannten irischen Tier früh eingetrichtert wird, nämlich, dass steingewordene Predigten unwiderlegbar sind. Wir waren zu einem langen, geraden Sumpfweg gekommen, begrenzt nur von dem unbestimmt vielsagenden Nebel, und wir spürten, dass in uns die Begeisterung für eine lange Wanderung erwachte, da hörten wir auf der Straße hinter uns ein seltsames Kläffen, und als wir uns umdrehten, sahen wir eine große, gestreifte Bulldogge in schwerfälligem Trab aus dem Nebel kommen. Es war niemand bei dem Hund, an seinem Halsband hing ein kurzer Strick, und sein Anblick war alles in allem so schrecklich, dass meine Cousine und ich uns mit der Landeswaffe ausstatteten und umsichtig zur Seite traten, um ihn vorbeizulassen. Er blieb augenblicklich stehen und starrte uns auf – so kam es uns vor – äußerst bedrohliche Art und Weise an.

»Vielleicht ist er verrückt!«, sagte ich. »Wo ist die Waffe?«

»In meiner Tasche«, antwortete meine Cousine leise. »Und ich kriege sie nicht raus. Sie hängt fest.«

»Na, da beeilst du dich besser«, erwiderte ich, »denn er kommt näher.«

Die Bulldogge bewegte sich unter seltsamen Grunzlauten langsam auf uns zu und sah sich aufgeregt nach dem Vieh um, das sich anschickte, ihn und uns zu umzingeln. Mit einer einzigen gewaltigen Anstrengung zerriss meine Cousine die Tasche ihres Regenmantels.

»Ich hab sie. Endlich!«, keuchte sie, legte mit zitternden Fingern eine Patrone ein und spannte die Pistole. »Sie ist schrecklich schwergängig, und ich weiß, dass sie nach oben reißt, aber trotzdem, es wird ihm Angst einjagen … Ich will ihn nicht verletzen.«

»Warte, um Himmels willen, bis ich hinter dir bin«, warf ich ein. »Jetzt.«

Es gab einen Knall wie bei einer Kanone, und ich sah, wie der Arm meiner Cousine gen Himmel flog, als wollte sie ein Taxi herbeiwinken. Im nächsten Augenblick flohen die Kühe in alle vier Himmelsrichtungen, doch die Bulldogge war weit davon entfernt, erschrocken oder verletzt zu sein; sie streifte durchs Heidekraut, um die größte Kuh der Herde zu verfolgen.

Wir hatten nicht erwartet, etwas so Entsetzliches zu erleben. Nicht nur war es uns nicht gelungen, dem Hund Angst einzujagen, wir hatten ihn auch noch dazu angestachelt, ein Verbrechen zu begehen.

»Er ist an Waffen gewöhnt«, sagte ich. »Er denkt, wir sind auf Kuhjagd.«

»Und jetzt ist er los, um das erlegte Wild herbeizuholen«, versetzte meine Cousine mit dumpfer Stimme.

Im nächsten Augenblick hatte die Bulldogge ihre Beute eingeholt, und im übernächsten zitterten uns die Knie vor Gräuel, denn wir mussten mitansehen, wie er sich in der Nase der Kuh verbiss und von dieser hin- und hergeschleudert wurde, während ihr Gebrüll die Luft zerriss. Sie kam wieder den Hügel herunter und warf dabei den Kopf von einer Seite zur anderen, während die Bulldogge mit der Beharrlichkeit einer Klette an ihrer Nase hing. Die Kuh setzte wie ein Jagdpferd über den Moorgraben und rannte die Straße hinunter, gefolgt von einer trampelnden Herde von Freunden und Sympathisanten, die wieder von den Hängen zusammengelaufen waren, als sie ihre Schreie vernommen hatten. Das ganze Abenteuer war so plötzlich und so unerwartet über uns gekommen, dass wir keine Zeit hatten, das widersinnige Gefühl, wir wären für die Missetaten der Bulldogge verantwortlich, wegzureden. Jetzt begreife ich, dass es das Vernünftigste gewesen wäre, wir wären hingegangen und hätten uns hinter den Felsen versteckt, bis alles vorbeigewesen wäre. Doch das kam uns natürlich erst danach in den Sinn. Tatsache ist, dass meine Cousine die Pistole in die andere, also die noch nicht zerrissene Tasche schob und ich so viele Steine mit den Händen aufnahm wie nur möglich. Dann gingen wir, so schnell wir konnten, weiter. Von Zeit zu Zeit erblickten wir über den wogenden Rücken und den peitschenden Schwänzen der galoppierenden Kühe den dunklen Körper der Bulldogge, die hoch über den Kopf ihres Opfers geschwungen wurde. Plötzlich machte die ganze *cortège* einen Bogen und raste eine schmale Landstraße hinauf, die zu einem Cottage führte, und bei diesem Wendemanöver stürzte die Kuh auf die Knie und blieb erschöpft liegen. Die Bulldogge lag, gleichermaßen erschöpft, hingestreckt daneben, biss aber immer noch fest zu. Der mutmaßliche Besitzer der Kuh erreichte die Szene just in dem Augenblick, da auch wir dort ankamen.

»Rufen Sie Ihren Hund zurück!«, brüllte er mit banger Stimme.

»Das ist nicht unserer!«, erwiderten wir keuchend. »Aber kommen Sie her, dann wehren wir ihn zusammen ab!« Die Bulldogge war offensichtlich erschöpft zusammengebrochen, was uns zu dieser todesmutigen Freundlichkeit verleitete.

Die einzige Reaktion des Mannes war, dass er einen großen Stein aufhob und auf den Hund warf. Als der Stein seine gestreiften Flanken traf, krachte es laut, doch der Hund war zu schwer getroffen, um uns noch etwas antun zu können. Zu unserer großen Erleichterung rappelte er sich auf und schlich an uns vorbei zur Hauptstraße, wo er sich in einem humpelnden Trab in die Richtung in Bewegung setzte, aus der er gekommen war, und augenblicklich im Nebel verschwand.

Der Mann bückte sich und untersuchte die zerfetzte und blutende Nase der Kuh, die mit weit aufgerissenen Augen und bebenden Flanken zu unseren Füßen lag.

»Der Teufel soll den Kerl holen, dem das Biest gehört!«, fuhr der Bauer auf. »Und wenn er nicht Ihrer ist, was geh'n Sie dann mit ihm spazieren, damit er meine Kühe jagt?«

»Wir sind ihm auf der Straße begegnet«, protestierten wir. »Wir konnten nichts dagegen tun, dass er uns folgte.«

»Aha! Dann gehört er einem der dreckigen kleinen Burschen in der Anglerhütte da unten!«, sagte der Mann. »Ich hab vor 'nem Weilchen 'nen Schuss gehört, und Sie könn'n mir glauben, den bring ich vor den Kadi.«

Wir tauschten einen schuldbewussten Blick.

»Ja, ich habe auch einen Schuss gehört«, sagte ich nervös. »Also, ich … ähm … ich denke, wir müssen jetzt weiter. Es wird spät, und … ähm … ich hoffe, die Kuh hat es nicht zu arg erwischt. Wie auch immer …« Meine Stimme senkte sich zu einem unverständlichen Murmeln, mit dem gewöhnlich eine wohltätige Gabe überreicht wird. »Nehmen Sie das und kaufen Sie ihr weiches Futter, bis ihre Nase wieder heil ist.«

Unsere Lust auf eine lange Wanderung hatte sich in Luft aufgelöst. Mit weiteren eiligen guten Wünschen und unter mancherlei Bedauern wünschten wir dem Mann einen guten Abend und eilten, zutiefst erschüttert, nach Hause.

PS: Wir würden gern den Besitzer dieser Bulldogge kennenlernen.

IV

Als Sibbie am nächsten Morgen zur Stalltür kam, sah sie so argwöhnisch und unliebenswürdig aus wie immer; der lange Tag im Stall hatte sie augenscheinlich nicht im Geringsten besänftigt. In ihrem klugen kleinen Kopf war sie wohl vielmehr zu dem Schluss gekommen, dass ihr an diesem Tag eine Reise von noch nie dagewesener Länge bevorstand. Wir starteten jedoch sehr prachtvoll mit einer gewöhnlichen Halbkreis-Kehre – wie ein Ladenjunge, der einen Großbuchstaben malt –, die Sibbie, wenn sie in Gesellschaft war, als sehr eindrucksvoll erachtete. Damit überrumpelte sie den Federwischer-Hund, der mit einem Quäntchen mehr als seiner üblichen, sorgfältig einstudierten Unerzogenheit mit dem Rücken zu uns dastand und vollkommen kalt und gleichgültig wirkte, und zwang ihn, eine äußerst demütigende Geschicklichkeit an den Tag zu legen, um ihren boshaften Vorderhufen zu entkommen. Der Vorfall rundete unsere letzten Eindrücke von Recess aufs Angenehmste ab, und in einem Tempo, das uns beinahe den Atem raubte und den Torpfosten wahrscheinlich in einem Zustand hysterischer Dankbarkeit darüber zurückließ, dass er verschont geblieben war, rollten wir auf die Hauptstraße.

Zwar regnete es nicht, doch der Tag war wohl fest entschlossen, so sehr nach Regen auszusehen wie nur irgend möglich, und das machte er ziemlich gut. Ein rauer Wind fegte tiefhängende Wolken über den Himmel, und die Berge versteckten, wie schon am Tag zuvor, ihre Köpfe und Schultern in dem abscheulichen Nebel, sodass nur ihre steilen Hänge zu sehen waren, von denen sich zornige weiße Sturzbäche tosend in die Tiefe ergossen wie senkrechte Kratzer auf einer Schieferplatte. In dem Versuch, schneller als jeder andere nach unten zu gelangen, hatte ein Tourist im Jahr zuvor an einem dieser Berge einen falschen Tritt getan, worauf sich von der Kante der Schlucht ein Heidekrautbüschel gelöst hatte und der junge Bursche mit hinuntergestürzt war. Man hatte die ganze Sommernacht nach ihm gesucht, und am nächsten Morgen hatte ein Schäfer ihn, tot und entstellt, am Fuß der Klippe gefunden. Drei oder vier Meilen fuhren wir pausenlos an kahlem Moor und felsigen Ausläufern vorbei, den Wind hart im Gesicht, bis wir zu einer Kreuzung gelangten, wo eine doppelte Reihe Telegrafendrähte von der einzelnen Reihe abzweigte, und die Postkutschenstrecke verließen, indem wir, wie es die Wegweiser rieten, der doppelten Reihe folgten. Der Wind brüllte uns jetzt in den Ohren, und Sibbies langer, fransiger Schweif, der ihr bis dahin über die Hinterhand geflossen und nach unten aus unserem Sichtfeld verschwunden war, drehte sich jetzt wie ein Wetterhahn und fegte vor dem linken Wagenrad zur Seite hin. Es war kein angenehmer Tag, um einen der touristischen Höhepunkte von Connemara zu besichtigen, doch es war der einzige und beste Tag, den wir uns leisten konnten. Abgesehen davon schien es nach allem, was wir von Ballynahinch gehört hatten, als wäre es in der Lage, einer ungebührlichen Stimmung besser standzuhalten als die meisten anderen Orte.

Es muss wohl kaum erwähnt werden, dass die neue Straße an einem oder mehreren Seen entlangführte; sämtliche Straßen in Connemara, die wir gesehen haben, strebten wie Otter dem Wasser zu und fanden es, wie es schien, mühelos; manchmal gelang es ihnen sogar hineinzutauchen. In einer verlassenen Senke an einem dieser Seen stießen wir auf eine kleine römisch-katholische Kapelle, deren geborstene Fenster mit Brettern vernagelt waren, während sich der Friedhof unter einigen windzerzausten Bäumen dahinter an den Hang duckte. Schiefe Holzkreuze oder auch einzelne aufrechte Pfähle markierten die Ruhestätten der Toten. In einem Land, wo es schwieriger ist, Bäume zu hegen als Wild, und wo Bäume auch viel seltener sind, erachtet man ein Stück Holz vielleicht als ehrenwerter als den Stein, der überall überreichlich zur Hand ist. Die Friedhofsbäume zitterten rheumatisch im Wind, sie waren schon so lange in eine Richtung gebogen worden, dass sie hart geworden waren und nicht mehr wehten; darunter wütete und seufzte das bleiche Wasser eines rauschenden Flüsschens. Selbst Sibbie wütete und seufzte, als wir anhielten, um uns ein wenig umzusehen, und als wir sie wieder antrieben, nahm sie mindestens die ersten zehn Yard des Anstiegs in vollem Galopp.

Dahinter fuhren wir über eine Anhöhe, und ganz allmählich kam Ballynahinch in Sicht, ein langer See in einem Tal, gesäumt von einer langen Baumreihe, und schließlich, auf einer bewaldeten Anhöhe, das Schloss, wie es genannt wird, ein großes, modernes Haus mit einem mit Zinnen bewehrten Dach, sehr vornehm und auch recht stattlich, aber davon abgesehen nicht weiter bemerkenswert.

Kurzum, es war nicht das, was wir erwartet hatten. Wir hatten sehr viel über Mary Martin gehört, die vor vierzig Jahren die Prinzessin von Connemara genannt worden war. Wir hatten einen gewissen Teil von *The Martins of Cro' Martin* von Charles James Lever gelesen, dessen Heldin sie war, und wussten aus anderen Quellen etwas über ihr riesiges Anwesen, dessen Niedergang während der Hungersnot und darüber, wie ihr Vater und sie den Ruin noch beschleunigt hatten, indem sie sich Geld borgten, um ihren hungernden Pächtern unter die Arme zu greifen, sowie über ihren tragischen Tod, nachdem sie alles verloren und Irland für immer verlassen hatte. Wir waren auf alles gefasst, von einem Morgen Giebel und Strohdächer bis hin zu einem Turm aus dem zwölften Jahrhundert mit einem Dutzend Räumen übereinander, und an jedem Fenster einen Soldaten oder Söldner, der Ausschau hielt, doch dieser herrschaftliche Wohnsitz mit Glasfenstern und zweifellos heißem Wasser bis hinauf in die Dachkammern schüttelte sämtliche Sentimentalitäten von uns ab wie Äpfel im Herbst. Schweigend fuhren wir weiter. Ich weiß, dass meine Cousine das Gefühl hatte, sie müsste sich entschuldigen.

»Ich glaube, ich hatte vergessen«, sagte sie, »dass Mary Martins Vater dieses Haus vor sechzig oder siebzig Jahren gebaut hat. Natürlich kann man da nicht erwarten, dass es alt aussieht.«

»Nein, natürlich nicht«, pflichtete ich ihr bei, »und selbst wenn ich es erwartet hätte, glaube ich nicht, dass es viel genützt hätte. Dieses Haus ist viel zu pflichtbewusst, um auch nur einen Tag älter auszusehen, als es tatsächlich ist.«

Während ich das sagte, erreichten wir das Tor, einen bescheidenen Eingang zu einem Nebenweg zum Haus, wie es schien, und Sibbie bog mit ihrem gewohnten Eifer, wenn es um Besuche ging, ein. Sie würde lieber ein Wirtshaus besuchen, einen Schweinestall oder eine Ruine ohne Dach, egal was, als auf der Straße zu laufen. Es war Zeit für ein Picknick;

und endlich hatten wir auch eine fantastische Aussicht. Wir betrachteten den See in seiner ganzen Länge und bewunderten, wie er sich zwischen bewaldeten Inseln hindurchschlängelte und wieder breitmachte. Die vom Nebel umwaberten Hügel gewährten uns in diesem Augenblick einen Hinweis auf seine Pracht, ja, es bestand kein Zweifel daran, dass Ballynahinch, selbst wenn es sich von seiner schlechtesten Seite zeigte – was es zweifellos tat – einen Besuch wert war.

Auf dem ersten Stück der Zufahrt kämpfte der Wind gegen uns an, zerrte an unseren Hutnadeln, hob die Decke von unseren Knien und blies uns das Haar in die Augen, doch an der ersten Biegung überkam uns ganz unvermutet eine große Ruhe. Zum ersten Mal auf unserer Reise befanden wir uns in einem ausgedehnten, unlängst gepflanzten Wald. Irgendein ortsansässiges Genie hat einmal gesagt, »Connemara macht, seit man die Telegrafenmasten aufgestellt hat, einen sehr bewaldeten Anschein«, und nach zahlreichen Fahrten, bei denen die Reihe der schwarzen Pfosten, die sich bis zum Horizont erstreckte und in der Ferne immer kleiner wurde, die einzige Unterbrechung in der kargen Landschaft war, verstanden wir allmählich, warum. Hier war auf jeden Fall eine kultivierende Hand am Werk gewesen, und wir verringerten die Geschwindigkeit in dieser grünen Oase und fingen an, bestärkt durch das Wissen, dass der gegenwärtige Besitzer dieser Ländereien weit weg war, über das Mittagessen nachzudenken. Meine Cousine beschwichtigte die von Fliegen heimgesuchte Sibbie mit ein paar Büscheln frischen Grases und holte unsere Zinnlöffel und andere feine Utensilien für den Mittagstisch hervor, während ich am Boden der Kutsche herumkroch und dem Spirituskocher gut zuredete, der in sehr unversöhnlicher Stimmung war. Es herrschte eine ganz bezaubernde Ruhe, zunächst nur hin und wieder von dem lauten Klatschen eines springenden Lachses im See unter uns und von Sibbies müßigem Kauen unterbrochen; dann stieß der Wasserkessel den ersten schmollenden Seufzer aus, und eine blaue Flamme schoss wie ein langer, winkender Finger darunter hervor. Das war eine seltsame Angewohnheit des Spirituskochers, er winkte uns quasi herbei, wenn der Kessel anfing zu brodeln, und bei dieser Gelegenheit führte er uns nicht an der Nase herum. Wir bereiteten uns eine heimelige Tasse Bovril-Fleischextrakt zu, wir verschlangen unseren Käse, wir zermalmten unsere Bath-Olivers-Kekse, und just als die Sitzbänke der Kutsche voller Tassen und Krümel waren und wir alles in allem ein wenig derangiert, hörten wir ganz in der Nähe Räder rollen.

Meine Cousine ließ augenblicklich die Absicht erkennen, über die Mauer zu springen, sich zu verstecken und mir ganz allein die ungeteilte Schande zu überlassen, doch hinter der Mauer fiel das Gelände zu steil zum See ab. Als sie sich entmutigt wieder umwandte, war ich recht froh zu sehen, wie zerzaust sie aussah und wie schief ihr Hut saß, und bevor irgendwelche Schritte zur Abhilfe unternommen werden konnten, waren die Philister schon über uns. Sie kamen in Gestalt von vier jungen Männern, die sich zusammen mit ihren Angelruten und Körben in einer Kutsche drängten und die, um ihnen Gerechtigkeit widerfahren zu lassen, nach einem ersten erstaunten Glotzen rücksichtsvoll den Blick von unserer Mahlzeit abwandten. Da die Straße so eng war, konnten sie jedoch nicht anders, als im Schritttempo an uns vorüberfahren, und in diesem Augenblick, während wir so taten, als wären wir in Unkenntnis aller Dinge im Himmel und auf Erden, stieg vor uns der Alptraum des vorangegangenen Tages auf – die Bulldogge. Der Hund lief dicht hinter der Achse der Kutsche und war, dem Himmel sei Dank, daran angebun-

den, doch durch die Speichen des Rades sahen wir, dass er uns mit blutunterlaufenen Augen voller Liebenswürdigkeit oder vielleicht auch Wiedererkennen ansah und dabei die Augen verdrehte, während sein krummer Schwanz steif hin- und herfuhr und seine schreckliche Nase verliebt in Richtung des Bath-Olivers-Kekses zuckte, den ich in der Hand hielt. Die Kutsche nahm wieder Fahrt auf, und der Hund, der zu einem schlurfenden Trab gezwungen wurde, um mitzuhalten, zerrte an seiner Kette. »Komm, Stripes«, rief einer der jungen Männer, und die Gesellschaft verschwand aus unserem Sichtfeld.

»Hast du ihn gesehen?«, fragte ich aufgeregt. »Ich glaube, er hat uns erkannt!«

»Selbstverständlich hat er uns erkannt«, erwiderte meine Cousine mit einer widerwärtigen Gleichgültigkeit, die alle Erinnerungen an ihren feigen Augenblick der Panik tilgen sollte, »aber er wird nichts sagen. Er weiß, dass wir ihn, wenn er uns wegen des Revolvers verrät, wegen der Kuh anschwärzen. Was mich angeht, tut es mir wirklich leid, dass er jetzt nicht hier ist«, fuhr sie fort, während sie ein Messer im Gras abwischte und es dann in die Erde stieß, um es zu polieren. »So ein Picknick ohne Hund ist gar kein richtiges Picknick. Als ich ein Kind war, haben wir beim Picknick die Messer immer am Hunderücken abgewischt, und dann haben die Hunde versucht, die Stelle an ihrem Rücken abzulecken ...«

Ich bin nicht zimperlich, aber an diesem Punkt machte ich dem Bericht meiner Cousine ein Ende, und wir setzten unseren Weg zum Haus fort. Hohe Rolltore in einwandfreiem Zustand gewährten uns Zugang zu einem großen, stillen Hof, der so ordentlich war, dass wir uns, als wir uns dort umsahen, fühlten wie der Mistkäfer von Hans Christian Andersen – ziemlich blass angesichts von so viel Reinlichkeit –, und einzig der vertraute Hauch nach Kuhstall und Schweinekoben hätte uns wiederbeleben können. Wir überließen Sibbie und ihren Futtersack einem Mann, der im Hof herumstand, und wollten als Nächstes fragen, ob wir ein wenig auf dem Anwesen spazieren gehen dürften, da öffnete sich am Haus eine Tür und heraus kam eine junge Frau von solch kolossaler Körpergröße und -gestalt, dass wir sie nur ehrfürchtig anstarren konnten. Sie lächelte uns mit der ganzen Huld einer Riesin an und erbot sich, als sie näherkam, uns herumzuführen. Wir bedankten uns bei ihr wie Kinder in der Sonntagsschule und folgten ihr kleinlaut zur Eingangstür, und dabei hatten wir, wenn wir sie ansahen, das Gefühl, es wäre einfacher gewesen, wenn wir auf ihre gewaltigen Schultern geklettert wären, denn von dort hätten wir im Nu einen Blick aus der Vogelperspektive auf das ganze Anwesen genießen können. Es schien zum Programm zu gehören, dass wir das

Innere des Hauses sehen sollten, und sie führte uns durch die Räume im Erdgeschoss: Billardzimmer, Speisezimmer, Salon, Bibliothek – alle behaglich und auf ihre Weise beeindruckend, aber leider ohne jegliche besonderen Gegenstände, über die man eine Bemerkung hätte machen können, während die Riesin dastand und uns mit einer, wie es uns schien, menschenfresserartigen Gier nach Beifall eine Tür nach der anderen aufhielt. Doch sie erwies sich als freundliche Riesin, und als wir bei der Aussicht, auch noch die obere Etage des Hauses zu besichtigen, unwillkürlich ein wenig lustlos dreinschauten, ließ sie sich erweichen und sagte, wir dürften uns jetzt auf den Ländereien umsehen.

Vor den Fenstern des Speisezimmers fiel der Hang steil ab zu dem See vor dem Haus und einem Wald, der seitlich davon lag, und als wir ein paar Stufen hinuntergingen, fanden wir uns auf einem schattigen Spazierweg am Wasser wieder.

»Dies ist Miss Martins Bank«, erklärte uns die Riesin, indem sie vor einem seltsam geformten und sehr unbequem aussehenden Steinblock stehen blieb. »Sie können sich draufsetzen, wenn Sie möchten.«

Wir folgten vorsichtig ihrer Einladung.

»Sehr schön«, sagte meine Cousine, als sie aufstand und einen Ohrenkneifer und ein paar tote Blätter vom vergangenen Jahr von ihrem Rock strich, »aber ich hätte gedacht, sie hätte eine schönere Aussicht bevorzugt. Diese Lorbeerbäume da, die nur zwei Yard weit weg stehen, sind natürlich sehr hübsch, aber man kann ja gar nichts anderes sehen.«

Ich sah Widerspruchsgeist in den Augen der Riesin aufblitzen und beeilte mich nahezulegen, dass die Lorbeerbäume seit den Tagen von Mary Martin vermutlich um einiges gewachsen seien.

»Auf jeden Fall hat sie da immer gesessen«, sagte sie, als wäre die Frage der Aussicht damit geklärt. »Vielleicht möchten Sie jetzt ein Stück durch den Wald spazieren, um sich diesen anzusehen?«

»Ich schätze, es würde ein langer Spaziergang werden, wollten wir durch so einen großen Wald wie diesen gehen?«, sagte ich überaus freundlich, da ich bemerkt hatte, dass ich mit größerer Gunst behandelt wurde als meine Cousine.

»Zu Fuß durch den ganzen Wald? Da wird's Abend, bevor Sie wieder rauskommen. Aber es gibt einen hübschen Weg zum Bootshaus, wenn Sie möchten.«

»Vielleicht könnten Sie mir sagen, wie viele Morgen dieses Anwesen hat?«, fragte meine Cousine in dem Versuch, ihr Eisen in meinem ganz persönlichen Feuer zu schmieden.

»Ich muss zugeben, dass ich das gar nicht so genau weiß.«

»Vermutlich ist es so groß, dass man leicht den Überblick verliert?«, fuhr meine Cousine mit dem faszinierenden Lächeln eines Menschen fort, der ein Gespräch bravourös in Gang hält.

»So wird's sein«, erwiderte die Riesin sinnfällig, fest entschlossen, auf alle Fälle mit der Meinung ihres Gegenübers Schritt zu halten. »Hier ist jetzt der kleine Weg, von dem ich erzählt hab. Finden Sie sich dann zurecht?«

Wir versicherten ihr, wir würden gewiss auch ohne ihre Hilfe zum Bootshaus gelangen, und so »gingen wir in aller Freundschaft auseinander«.

Als wir in der Einsamkeit weitergingen, verschmälerte sich der See an unserer Seite zu einem Fluss, einem Verbindungskanal zwischen diesem und dem größeren See dahinter, und das Wasser lief kräftig und still unter den Zweigen, die sich von beiden Seiten darüberbeugten und sich in der Mitte trafen. Der dunkle Spiegel reflektierte jeden einzelnen

Zweig – braune Stämme, grünes Laubdach und mancherlei Öffnungen, die grauen Himmel zeigten, bogen sich endlos unter unseren Füßen wie über unseren Köpfen. Irgendwann wurden wir trunken ob dieser doppelten Welt und hatten das Gefühl, unsere Blicke klebten instinktiv an dem silbernen Gleißen der glasigen Oberfläche oder dem goldenen Schimmern des seichten Wassers, das Zeugnis davon ablegte, wo die Illusion begann. Einmal oder zweimal gab es ein Klatschen, das in dieser Stille klang, als wäre ein großer Stein ins Wasser geworfen worden. Und natürlich schauten wir jedes Mal in die falsche Richtung und sahen statt des Aufblitzens eines zehn oder zwanzig Pfund schweren Fisches nur die großen Kreise auf der Wasseroberfläche, die sich in schneller Abfolge bis zum Ufer ausbreiteten. Nur ein einziges Mal, in Galway, sahen wir lebendige Fische ohne Einschränkung oder Behinderungen, als wir uns, nachdem es geklatscht hatte, in der Stadt Galway über die Brücke lehnten und die dunklen Rücken der Lachse, die den ganzen Tag reglos und träumerisch in dem klaren Wasser unter dem Wehr lagen, zu Hunderten hätten zählen können.

Nicht lange, und wir waren aus dem Wald heraus und kamen zum oberen See, wo wir, arg bedrängt von Fliegen und Mücken, am Waldrand entlangspazierten, bis wir zum Bootshaus gelangten. Dankbar sanken wir auf seinen breiten Stufen nieder, um eine Pause zu machen, und plauderten müßig darüber, wie abscheulich das graue Wetter und die Wolken waren, die die Spitze des gegenüberliegenden Berges verhüllten. Wir wussten zufällig, dass dort ein Berg sein musste, genauer gesagt, einer der Twelve Pins, doch nach allem, was wir sehen konnten, hätte er auch auf der Suche nach einem Ort, an dem es nicht so feucht war wie in Connemara, im Atlantischen Ozean schwimmen können. Während wir dort saßen und dem unvermeidlichen Angler zusahen, wie er das unvermeidliche Nichts fing, und die dunkle Wasserfläche in ihrer wunderschönen Umgebung des Waldes betrachteten, erzählte mir meine Cousine schläfrig das eine und andere über Mary Martin. Ich kann mich an ihren Vortrag nicht mehr in allen Einzelheiten erinnern, aber ich weiß wohl noch, dass Miss Martin einen Gast auf den Berg geführt hatte, der eigentlich vor uns in den Himmel hätte ragen sollen, dass sie ihm sagte, er solle sich den gewaltigen Horizont ansehen, und ihm dann erklärte, dass alles, was er sehen konnte, ihr gehörte.

Wenn das Wetter damals so gewesen wäre wie am heutigen Tag bei uns, wäre das keine besonders überwältigende Feststellung gewesen, denn sein Blick hätte in der Tat nur die Nebelschwaden und Miss Martins Schirm erfasst; doch unter den damals gegebenen Umständen, da die Berge und Moore bis in die blaueste Ferne deutlich zu erkennen waren und der weit entfernte Atlantik fünfzig Meilen Meeresküste umfasste, war diese Prahlerei wahrlich der Mühe wert gewesen. Vielleicht stand dieser Ausblick ihren schwindenden Sinnen noch am deutlichsten vor Augen, als sie auf der anderen Seite des Atlantiks und ohne Einkommen im Sterben lag; geflohen aus dem Land, in dem ihre Vorväter über siebenhundert Jahre lang prosperiert hatten.

Die Rückschau bekam etwas Schwermütiges, und uns wurde mit der Zeit sehr kalt. Draußen zu sitzen war eine für diesen Julitag zu starke Bewährungsprobe, und wir machten uns wieder auf den Weg zurück zum Haus. Als wir uns Mary Martins Bank näherten, erblickten wir zwischen den Bäumen einen bunten Farbfleck, der nach und nach zu einem scharlachroten Unterrock wurde, von einer alten Frau, die sich wie ein zerfleddertes Häuflein auf dem Stein niedergelassen hatte, um sich auszuruhen, wie einen Schal um den Kopf getragen. Als wir näherkamen, steckte sie etwas ein, das wie eine schwarze Pfeife aussah, und setzte zum üblichen Bettlerinnengejammer an, und als meine Cousine nach einigem Herumtasten eine bescheidene Münze hervorholte, wurden die bereitwillig dargebrachten Segenswünsche von bereitwillig dargebrachten Tränen abgelöst, die aus abscheulich entzündeten Augen rannen und über ihre gelben, faltigen Wangen rollten. Es kam uns in den Sinn, sie zu fragen, ob sie sich an Mary Martin erinnere, und im Nu versiegten die Tränen.

»Ob ich mich an sie erinner?«, sagte sie und wischte sich mit einer ausgefransten Ecke des roten Unterrocks mit einigem Geschick die Augen. »Ich erinner mich an sie so gut wie an Sie beide, die ich grad anschau!«

»Wie sah ihr Gesicht aus?«, fragte meine Cousine in ihrem breitesten Dialekt.

»Oh, in der Tat. Sie war so prächtig, dass man gar nicht genau sagen kann, wie sie aussah! Sie war schön und weiß und barmherzig, aber vorn im Mund hatt sie 'nen vorstehenden Zahn. Aber was heißt das schon? Fürwahr, wenn sie mit von der Partie war, hätten die feinen Damen von Connemara sich gleich begraben lassen können. Hat ihnen nicht geschadet. Und dann erzähl'n die Leut, sie wär so verrückt, wie Sie woll'n, im County Mee-yo unten gestorben, aber die meisten erzähl'n, sie wär in Ameriky gestorben. Oh, Ehre sei Gott, was für Zeiten!«

Wieder liefen die Tränen, und wieder sank sie unter dem roten Unterrock in sich zusammen. Wir ließen sie dort auf der Bank hocken, wo sie jammerte und Selbstgespräche führte. Als wir uns ein letztes Mal zu ihr umdrehten, konnten wir nicht mehr für sie tun, als zu hoffen, dass die Pfeife in ihrer

Tasche ausgegangen war. Der Tag schritt voran, und wir hatten noch eine Fahrt von zwölf Meilen nach Letterfrack vor uns. Alles in Betracht ziehend, besonders Sibbies Leistung als Kutschpferd, verschlossen wir unser Herz und brachen unverzüglich auf, ohne den Spaziergang von einer halben Meile zu unternehmen, um die wunderbaren Ställe zu sehen, deren Bau den Colonel 15.000 Pfund gekostet hatte, und die mit Blöcken des grünweißen Connemara-Marmors gepflastert waren. Wir vertrauten darauf, dass unsere beabsichtigte Bewunderung diesem teuren Marmor in irgendeiner Form übermittelt wurde, trotz eines unschönen Sprichworts über gute Absichten, eine gewisse Pflasterung und das Ziel, zu welchem ein solcherart gepflasterter Weg führt.

V

Kurz vor vier Uhr bogen wir von der Ballynahinch Avenue auf die Straße nach Clifden. Just in dem Moment, als Sibbie zur Abreise fein gemacht wurde, hatte sich im Hof ein junges Pferd losgerissen, und Hufklappern und Peitschenknallen, die darauf folgten, hatten Sibbie mit ihrem altjüngferlichen Zartgefühl so aufgewühlt, dass sie sich geweigert hatte, den Stall zu verlassen. Schließlich hatten wir einen erlauchten Einfall gehabt, und sie war rückwärts hinausgeführt worden. In einer Mischung aus Missmut und Entsetzen war sie vom Hof losgelaufen; und auch jetzt flatterten ihre Ohren noch wie Schmetterlingsflügel, und sie legte einen, wie wir fanden, ungesunden Hang zu galoppieren an den Tag. Der eingefallene Hafersack lag zu unseren Füßen; sie hatte am Mittag eindeutig mehr zu fressen bekommen, als gut für sie war, während wir uns in den Wäldern von Ballynahinch die Füße vertreten hatten. Zu unserer Linken lag der breite See, der kalt und geheimnisvoll durch die wabernden Nebelschwaden aufschien, und über uns, ebenfalls zu unserer Linken, erstreckten sich die langen Hänge voller Moor und Heidekraut nach oben und wurden immer steiler, bis sie die Erhabenheit richtiger Berge entfalteten.

»Wenn ich denken würde, das Wetter könnte mich nicht hören«, bemerkte meine Cousine, »würde ich sagen, es klart auf. Es sieht beinahe so aus, als fiele Sonnenlicht auf die Leibchen der Kinder da vorn.« Eine bezaubernde Schar kam uns entgegen, um uns zu begrüßen; rund ein halbes Dutzend Kinder, Jungen und Mädchen gleichermaßen in Kittel aus dem typischen Galway-Flanell in stumpfen Rot- und gebrochenen Weißtönen gekleidet, vor ihnen her spazierten ein paar Kühe, und mitten unter ihnen ritten drei Kinder auf einem langmütigen Esel, der von den übrigen mit Stöcken angetrieben wurde. Wir waren so sehr damit beschäftigt, die Köpfe in ihre Richtung zu drehen, um die kunstvolle Einheit des Bildes besser würdigen zu können, dass wir Sibbies gefährlich nach vorn gestellten Ohren keine Beachtung schenkten. Es hätte doch niemand ahnen können, dass sie während ihrer kurzen Vertrautheit mit der »Hautevolee« schon eine einer feinen Dame würdige Neigung zur Abscheu beim Anblick eines achtenswerten armen Verwandten entwickelt haben könnte; doch so war es. Sie warf einen einzigen entsetzten Blick auf das himmelschreiende Spektakel, sprang quer über die Straße, zog die Kutsche im Bogen hinter sich her, nur um Haaresbreite an dem schwarzen Moorgraben vorbei, und floh in gestrecktem Galopp in die Richtung, aus der wir gerade gekommen waren.

Meine Cousine und ich waren im ersten Augenblick wie erstarrt vor Überraschung sowie von der plötzlichen entsetzlichen Nähe des Moorgrabens, der gastfreundlich bereit war, uns alle aufzunehmen und uns zu erledigen, ohne sich etwas dabei zu denken. Sibbies starker kleiner brauner Rücken hob und senkte sich in gemeinem Tempo, und ihr Kopf war gar nicht mehr zu sehen, denn sie hatte ihn zwischen die Vorderbeine gesenkt. Die Telegrafenmasten verschmolzen zu einem

einzigen schwarzen Streifen, die Seen schwammen an uns vorbei wie Gedanken in einem Traum, und es schien sinnlos, auszusteigen und zu ihr nach vorn gehen zu wollen; denn es war offensichtlich, dass Sibbie auf der Flucht war. Der Gouvernantenwagen fand wohl Gefallen an der Sache und sprang und hüpfte auf eine Weise, die wir – angesichts seines Alters und seiner Profession – recht ungebührlich fanden, hinter Sibbie her. Ich brauche an dieser Stelle wohl nicht zu erwähnen, dass ich fuhr. Genauer gesagt, war ich gefahren, und jetzt strengte ich mich mächtig an, genau das Gegenteil zu tun. Doch nachdem ich mir schon vergeblich zwei Blasen zugezogen hatte, sah ich mich schmachvoll genötigt, meiner Cousine eine der beiden Leinen zu übergeben. Wir hielten uns also jede an einer Leine fest und lehnten uns in der Kutsche weit nach hinten, womit wir eine ordentliche Hebelkraft entwickelten, indem wir die Leinen über die Kante des Picknickkorbs zogen. Mich schaudert bei dem Gedanken, was hätte passieren können, wenn sie gerissen wären. Zwei Menschen hätten sich wie Feuerräder geschwind über das Heck des Gouvernantenwagens gedreht, und was Sibbie angeht … Doch die Leinen hielten, und auch wenn wir aufgrund mangelnden Einvernehmens zunächst in wildem Zickzack von einer Straßenseite zur anderen schwankten, konnten wir mit vereinter Anstrengung allmählich doch etwas erreichen, und Sibbies Ohren kamen peu à peu wieder in Sicht. Immer höher kamen sie, bis sie ihr über dem Rücken lagen und ihre lange Nase in hilflosem Protest gen Himmel zeigte, während ihr Galopp widerstrebend langsamer wurde.

Natürlich war mir bei der ganzen Sache schon recht früh der Hut davongeflogen, doch sonst war nichts passiert. Ich reichte meiner Cousine wortlos meine Leine und stieg vom Wagen.

»Das war zweifellos äußerst unterhaltsam«, sagte ich, »aber ich werde die Zügel an dem Teil hier jetzt so tief festschnallen, wie es nur geht.«

Und das tat ich. Ich finde es schrecklich, wenn Menschen in einer Notsituation nichts anderes tun, als zu lachen, weil sie glauben, damit mutig zu wirken.

Als ich Sibbie wendete, sah ich in fast einer Viertelmeile Entfernung ein Kind an einem Telegrafenmasten stehen und eine weiße Scheibe in den Händen halten, von der ich mir sicher war, dass es nur mein Hut sein konnte, und mit großer Freude sah ich auch, dass die anderen Kinder mit den Kühen und dem Esel die Straße verlassen hatten und den Hügel hinaufstapften. Mit vor Dankbarkeit überfließendem Herzen, dass »Earl Percy«, also die Postkutsche mit ihren englischen Touristen, unsere »Malaise« nicht mitangesehen hatten, fuhren wir in einem verhaltenen Trab wieder zurück, und Sibbie hielt offensichtlich genauso wie wir Ausschau nach etwas, wovor sie guten Gewissens scheuen konnte. Misstrauisch beäugte sie das Mädchen mit dem Hut, was nur dadurch beschwichtigt werden konnte, dass ich aus der Kutsche stieg, während der Hut hineingeschmuggelt wurde, und ich sie führte – ein Prozess, bei dem es sich stets empfiehlt, ein Kind bei der Hand zu nehmen, um ihm Vertrauen einzuflößen.

Es war ein langer Weg von rund sechs irischen Meilen zurück zu der Abzweigung, die uns, wie man uns dargelegt hatte, nach Letterfrack bringen würde, und der kränkliche Sonnenschein hatte sich schon wieder in Watte gehüllt und für die Nacht zurückgezogen. Wenn meine Cousine einen Fehler hat, dann den, dass sie glaubt, sie besäße »ein Auge für die Landschaft«, ein Talent, das für denjenigen, der es zu besitzen glaubt, große Gefahren birgt. Leider hatte sie, bevor wir aufbrachen, ein Messtischblatt studiert und sich die Lage von Ballynahinch, Recess und Letterfrack eingeprägt, und jetzt, da sie mit dieser Situation konfrontiert war, protestierte ihr Auge für die Landschaft angesichts der Vorstellung, wir sollten zwei Seiten eines Dreiecks folgen – wozu wir im Großen und Ganzen als Nächstes aufgerufen waren – statt nur einer.

»Das ist doch lächerlich«, fuhr sie hitzig auf, »fast bis nach Recess zurückzufahren, um über diese ›neue Verbindung‹ nach Letterfrack zu gelangen, wo ich mir doch beinahe *sicher* bin, dass ich auf dem Messtischblatt ein hübsches kleines Sträßchen gesehen habe, das uns irgendwie durch die Berge zu der Straße nach Kylemore bringt.«

Die Verwendung der zärtlichen Verkleinerungsform »Sträßchen« hätte mich warnen müssen, dass meine Cousine mich für ihre Idee zu begeistern versuchte, und auch wenn ich mit aller Kraft bemüht war, mein Herz gegen ihren Vorschlag zu verschließen, war der Gedanke an eine Abkürzung doch überaus verlockend.

»Es müsste noch ein bisschen weiter voraus sein«, fuhr sie fort, »an einem kleinen See. Und du siehst ja, dass es schon ziemlich spät ist.«

Jetzt begreife ich, dass dies der Augenblick war, in dem ich mich energisch gegen den Plan hätte stellen und die altehrwürdige Bemerkung hätte machen müssen, für Abkürzungen hätten wir keine Zeit. Doch ich ließ den Augenblick vorüberziehen, und als wir an eine schmale, doch allem Anschein nach ausreichende Bergstraße gelangten, die auf überzeugende Art nach links abbog, erlagen wir gemeinsam ihrem Zauber. Für eine Meile oder so war sie wirklich sehr hübsch. Wohl ging mir durch den Sinn, dass es heikel werden könnte, wenn wir auf etwas träfen, das größer war als eine Schubkarre, denn der Gouvernantenwagen vereinnahmte leicht den ganzen Raum zwischen den gewohnten Moorgräben, doch da uns die Gegend bis dahin recht menschenleer erschienen war, machten wir uns darum keine großen Sorgen. Die Straße wurde immer steiler und steiniger, je weiter wir vorankamen, doch Sibbie plagte sich tapfer ab. Der Stolz, dass sie durchgegangen war, wirkte gewiss noch in ihr nach und spornte sie an, wie es keine Peitsche vermocht hätte. Die Watte, in die sich die Sonne zurückgezogen hatte, hatte indes den ganzen Himmel überzogen und hüllte auch die Bergspitzen ein, als wären sie kostbare Juwelen, was uns, da sie von Kopf bis Fuß mit grauen Felsplatten gepanzert waren, wie eine überflüssige Fürsorglichkeit erschien. Wir gelangten weiter und immer weiter in die Hügel hinein, und je höher wir kamen, desto stärker wurde der Regen. Es fühlte sich an, als wäre im Himmel eine wichtige Leitung geplatzt und wir würden uns dem Ort der Katastrophe nähern. Der

Drei-Schilling-Schirm tat sein Bestes; er krümmte den Rücken gegen die Flut wie ein alter Droschkengaul und hielt meine Cousine beachtenswert trocken. Doch dem Picknickkorb erging es sehr schlecht, und auch wenn wir voreinander kein Wort darüber verloren, so verlor doch der Glaube an die Abkürzung in uns an Überzeugung.

Derweil verengte sich die Straße vor uns auf eine Art und Weise, die nichts mit den Gesetzen der Perspektive zu tun hatte; immer dichter wuchs das Gras, und Felsen von der Größe, die man gewöhnlich in den höchsten Steinkreisen antrifft, lagen so nahe der Fahrspur, dass das Kutschieren zusehends schwieriger wurde. Eine verwildert aussehende Frau, die über ihrem roten Haar statt eines Capes einen groben Unterrock aus weißem Flanell trug, patschte mit barfüßigem Gleichmut durch die Nässe und blieb stehen, um uns mit offenem Mund in unverblümtem Staunen anzugaffen, was auf uns nicht gerade beruhigend wirkte.

»Sollen wir sie nach dem Weg fragen?«, schlug ich vor.

»Das wird nichts nützen«, antwortete meine Cousine düster, »wir müssen jetzt weiterfahren. Es ist zu eng zum Wenden. Lass uns zu den Cottages da vorn fahren und dort jemanden fragen.«

(Womit das Vertrauen in die Abkürzung einen letzten Seufzer ausstieß und erstarb.)

Wir hatten eine Art kleines Plateau im Herzen des Hügellandes erklommen, und am entfernten Ufer des kleinen indigofarbenen Sees, um den sich der Weg wand, standen zwei Cottages. Wir brachten Sibbie dazu, in Trab zu fallen, und hielten auf das nächstgelegene zu. Das Bellen des zwangsläufig dazugehörigen Köters hatte einen jungen Mann aus dem Haus gelockt. Meine Cousine fuhr näher, um mit ihm zu sprechen.

»Sind wir hier richtig nach Kylemore?«

»Nein.«

»Wohin führt diese Straße?«

»Zur Witwe Joyce da hinten.«

»Und da endet sie? Weiter können wir nicht?«

Der junge Mann sah uns an wie ein früher Römer Romulus und Remus betrachtet haben mochte.

»Ja, ich weiß ja nich, wie Sie auf'n Beinen sind, aber für'n Wagen oder so ist da kein Durchkommen.«

In stummer Verzweiflung blickten wir einander an, doch meine Cousine erhob sich noch einmal über die Wellen. (Diese Metapher ist äußerst passend, denn wir hätten nicht nasser sein können, selbst wenn wir ertrunken wären.)

»Wo ist das nächste Hotel?«, fragte sie mit dem ganzen Ernst eines Kronanwalts bei der Vernehmung.

»In Recess. Aber das schaff'n Sie heut Abend sicher nich mehr.«

»Jetzt sei ein guter Junge und überleg mal, ob's hier irgendwo jemanden gibt, der uns für eine Nacht beherbergen würde.«

Der verzweifelte Rückfall in den Dialekt tat Wirkung.

»Na, also, ich weiß ja nich, aber die Witwe Joyce hätt sicher nichts dagegen. Da war ein englischer Gentleman, ein Major, den hatte sie zum Angeln ...«

In welcher Eigenschaft der englische Major beim Angeln eingesetzt worden war, danach erkundigten wir uns nicht; was uns anging, hätten sie ihn auch als Floß verwenden können; zu viel mehr fühlten wir uns jedenfalls nicht mehr in der Lage.

Wir fragten die Witwe Joyce nicht, ob sie uns beherbergen könne. Wir betraten einfach ihr Haus und blieben dort. Wir hatten schon ziemlich viel über die spanischen Schönheiten gehört, derer es, wie es hieß, in Connemara im Überfluss gab, doch die Witwe Joyce war das erste Exemplar, das uns zu Gesicht kam. Sie war eine kleine, blasse, vergeistigte Frau mit großen, braunen Augen und dunklem, glänzenden Haar, das sich unter einer schneeweißen, rüschenbesetzten Haube versteckte. Sie hörte sich unsere Geschichte mit schmeichlerischem Interesse und voller Mitgefühl an, und wir hatten kaum zu Ende erzählt, da liefen die meisten ihrer elf Kinder schon in verschiedene Richtungen davon, um alles für uns und »das Pony« zu richten. Übrigens entging es nicht unserer Aufmerksamkeit, dass Sibbie während der ganzen Reise stets vorrangig behandelt wurde. Woraus wir nur die delikate Schlussfolgerung ziehen konnten, dass wir viel zu kultiviert und aristokratisch waren, um uns mit so etwas Gewöhnlichem wie einer Eselin zu vergleichen.

In dem großen Kamin flackerte ein reizendes, helles Torffeuer, und Mrs Joyce bestand gastfreundlich darauf, dass wir uns auf kleine Hocker nah an die Herdstelle setzten und dort rösteten, bis der Dampf, der aus unseren Kleidern stieg, zeigte, dass dieses Opfer durchaus nicht vergebens war. Inzwischen wurde der geheiligte Ort, bekannt als »Hinterzimmer«, für unseren Empfang vorbereitet. Zwar hätten wir die Küche mit dem sauberen Stampfboden und dem lodernden Feuer vorgezogen, doch Mrs Joyce wollte kein Wort davon hören, dass wir dort speisten.

»Der Meejer hat freilich sein Essen immer ›im Hinterzimmer‹ zu sich genommen«, sagte sie. Und uns blieb nichts anderes, als diesem vortrefflichen Beispiel zu folgen.

Wir hatten dem *Meejer* – also, dem Major – wahrlich sehr vieles zu verdanken. So erfuhren wir etwa, dass er es gewesen war, der ein Luftloch in das hermetisch versiegelte Fenster gebrochen hatte. »Und fürwahr, er hat uns wohl das

Geld gegeben, um eine neue Scheibe einzusetzen, aber das haben wir danach nich gemacht. Das hier ist ein sehr rückständiger Flecken.« Mit seinem Sinn für Schicklichkeit hatte der *Meejer* die Musselinvorhänge angeordnet, die das Innere vor den Blicken unhöflicher Gaffer schützten. Der *Meejer* war auch für die Anschaffung von Krug und Waschschüssel verantwortlich und von »zwei wunderschönen, sauberen Laken, in denen nie kein anderer geschlafen hat als er«. Ja, alles, was es dort an Zivilisation gab, war seinem segensreichen Einfluss zu verdanken, und so erhoben wir uns und sprachen einen Toast auf den Major aus. Unser Abendessen war eine vortreffliche Mahlzeit, die sich aus den Vorräten des Picknickkorbs und dem, was die Witwe Joyce auftischte, zusammensetzte. Die einzige Schattenseite war, dass die Witwe, nachlässig gegenüber den Grundsätzen des *Meejers*, wie sie gestand, die Teekanne »zum Ziehen auf die Kohlen« gestellt hatte. Das Ergebnis war eine Brühe, die mir augenblicklich Übelkeit bereitet und meine Cousine qualvoll wachgehalten hätte, bis sie am nächsten Morgen gestorben wäre. Folglich mieden wir den Tee.

Das »Hinterzimmer« war ein kleiner, weißgetünchter Raum mit einem Stampfboden, ebenso sauber, wenn auch nicht ganz so trocken wie in der Küche. Ein großes Himmelbett füllte das eine Ende aus, und ein rot angestrichener Kleiderschrank, ein quadratischer Tisch, eine riesige Kommode mit den Waschutensilien darauf und zwei oder drei Stühle vervollständigten das Mobiliar. Auch wenn die Polsterung von recht einfacher Natur war, mangelte es augenscheinlich nicht an Sinn für Dekoration. Die Wände waren verschwenderisch mit schrillbunten religiösen Drucken behängt; und zwei oder drei Bögen einer illustrierten Angelfliegen-Liste hatten über dem Kamin einen Ehrenplatz neben dem Hausheiligen der Witwe – die jüngeren Joyces betrachteten die prachtvollen Lachsfliegen wahrscheinlich als Abbilder neumodischer Engel. Auch die aufgehängten Kleider der Familie, der männlichen wie der weiblichen Mitglieder, trugen, wenn vermutlich auch ungewollt, zur Dekoration des Raumes bei, denn sie nahmen ein wenig Gewicht von den Bettpfosten und verliehen den Zimmerecken eine interessante, leicht geheimnisvolle Aura. Der größte Teil des Raumes hatte eine grobe Bohlendecke, und nahe der Tür bemerkten wir eine Leiter, die auf den Dachboden führte. Wir waren besorgt gewesen, was die Unterbringung der Witwe und ihrer Familie anging, denn wir wussten nicht, welche Pflichten dem Himmelbett in dieser Nacht erspart blieben, und als die Geisterstunde näher rückte, es zehn Uhr wurde und das leise Murmeln der Joyces immer noch nicht verstummte, hatten wir gerade den Entschluss gefasst, zu fragen, welcher Art die familiären Vorkehrungen sein würden, da klopfte es an der Tür.

»Ich bitte die ehrenwerten Damen um Verzeihung, Miss«, sagte unsere Gastgeberin mit leiser, höflicher Stimme, »aber hätt'n Sie was dagegen, wenn meine Kinder und ich rauf auf den Speicher gingen?«

Wir sagten, nein, ganz im Gegenteil, und nach einigem Flüstern und Kichern vor der Tür defilierten die Joyces, angeführt von den jüngeren Söhnen des Hauses, denen die Witwe und die Töchter folgten, in einer langen Prozession die Leiter hinauf. Das letzte Paar stämmiger, roter Beine verschwand in der Luke, das Rascheln und Klopfen über unseren Köpfen verstummte allmählich, und meine Cousine und ich sahen uns mit der ernstesten Situation unserer ganzen Expedition konfrontiert – und das schließt die Bulldogge und das durchgegangene Pferd durchaus ein. Die Angst, wir könnten dabei erwischt werden, hatte uns bis dahin davon abgehalten, eine gründlichere Inspektion, wie sie uns am Herzen gelegen hätte, durchzuführen. Doch jetzt sahen wir uns groß an, »in wildes Schweigen staunend tief versenkt … auf Dariens Felsenhöhen«. Dann sagte meine Cousine …

»Ich schau nach.«

Mit steifer, nervöser Hand schlug sie das Bettzeug um. »Sieht alles recht sauber aus«, konstatierte sie schließlich. »Mag sein, dass die Laken länger nicht gewaschen wurden, aber ich glaube, ausgeschüttelt haben sie sie. Ich kann nur einen Krümel entdecken und ein benutztes Wachszündholz.«

Kein unbedingt ermutigender Bericht, doch es hätte schlimmer sein können. Was man von den Leiden jener Nacht wahrlich nicht behaupten kann. Nach unserer Inanspruchnahme des Bettes hätte man nicht nur *ein* benutztes Streichholz einsammeln können, sondern derer zwanzig. Zur Erklärung dieser Umstände möchte ich nur eine Zeile aus dem reizenden Duett für Bass und Tenor aus »The Lily of Killarney« zitieren …

Den Weg zu leuchten, meiner Liebe zu entfliehen.

VI

Aus den Darlegungen des letzten Kapitels werden intelligente Leserinnen und Leser wahrscheinlich schon geschlossen haben, dass wir in jener Nacht nicht besonders gut schliefen.

»Nicht dass ich ihnen das bisschen missgönne, was sie abbeißen«, führte meine Cousine in einer der langen wachen Phasen während der Nacht an, in der sie ihre Kerze zum neunzehnten Mal anzündete, »aber dass sie dieses andauernde Trampeln einfach nicht lassen können!«

Selbst als der größte Teil dieser Feinde entweder gefressen oder erschlagen worden war, fanden wir nicht den Schlaf, der seine weichen Harmonien auf dem Dachboden über unseren Köpfen summte, sondern warfen uns zwischen Federn und weichen Kissen hin und her und erstickten schier darin. Es muss wohl gegen zwei Uhr am Morgen gewesen sein, und ich war mittels verschiedener Taktiken gerade eingeschlafen, da wurde ich ein weiteres Mal geweckt, diesmal davon, dass jemand krampfhaft meinen Arm gepackt hatte.

»Rühr dich nicht!«, flüsterte meine Cousine so leise, dass es auch ein Traum hätte sein können. »Hör mal!«

Obwohl wir in den wohlduftenden Tiefen der weichen Kissen vergraben waren, drang ein verstohlenes Tapsen an unsere Ohren, als näherte sich uns jemand barfuß.

»Ich weiß nicht, was es ist, aber es ist unter dem Bett herausgekommen«, hauchte meine Cousine, »und ist zweimal durchs Zimmer getappt – um Geld zu suchen, wie ich annehme!«

Die Schritte verstummten für einen Augenblick, dann kam ein zartes Rauschen auf das Bett zu, und im nächsten Augenblick hatte sich etwas unter lautem Flattern und Rascheln auf uns herabgesenkt und ruhte schwer, mit dumpfem Schnattern, auf unseren begrabenen Leibern (denn ich muss wohl kaum erklären, dass wir beide unter die Bettdecken geflüchtet waren).

»Ich glaube, es ist doch nur die Gans!«, sagte ich, sobald ich mich soweit erholt hatte, dass ich wieder einen Ton herausbrachte.

»Nur die Gans!«, erwiderte meine Cousine mit geballter Rage. »Ich wüsste nicht, wieso ich da dankbar sein sollte. Und woher weißt du, dass es nicht der Gänserich ist? Ich ersticke hier gleich, aber ich weiß, dass das Vieh mich picken würde, wenn ich unter den Decken hervortauchte. Ich wünschte bei Gott, es *wäre* ein Einbrecher. Die picken jedenfalls nicht.«

Das war unbestreitbar; genauso wie die Tatsache, dass der Vogel schleunigst entfernt werden musste. Die Gans hatte sich in eine Position manövriert, die für sie wahrscheinlich zufriedenstellender war als für mich, und ihrem Gewicht nach zu urteilen, wozu ich durchaus in der Lage war, musste sie ein bemerkenswert starker und kräftiger Vogel sein.

»Halt die Streichhölzer bereit«, sagte ich und sammelte mich für die Anstrengung. Dann bog ich den Rücken durch, bis die Gans denken musste, sie säße auf einem Kamel, um gleich darauf wogend zusammenzusacken. Ein Quaken, ein Flattern, und in der nächsten Minute fiel das Licht eines Streichholzes auf eine monströse Graugans, die in schmerzlicher Verwunderung auf dem Boden neben dem Bett stand.

Zum Glück ließen sich die Joyces nicht in ihrer Nachtruhe stören, und zu unserem großen Glück stand der Drei-Schilling-Schirm in Reichweite des Bettes. Wir öffneten ihn als Schutz vor einem Angriff, gegen den wir in unserem zu diesem Zeitpunkt dünnen Gewand kaum gewappnet waren, und scheuchten die stattliche Gänsedame behutsam, aber resolut zurück in die Küche, gingen wieder ins Bett und schliefen friedlich, bis der übliche grässliche Bauernhoflärm einsetzte. Darüber müssen wir uns hier nicht weiter auslassen. Das Kriegsgeschrei der Hähne, die strapaziöse Selbstzufriedenheit der Hühner über eine Meisterleistung, der es, wenngleich sie an sich durchaus löblich ist, doch an Originalität mangelt; das Quieken der Schweine und ihr ungeduldiges Schnüffeln und Klopfen an der Küchentür; alles, alles war gleichermaßen grässlich, und wir waren fast außer uns vor Verzückung, als sich das erste Paar Joyce-Beine herabsenkte, das uns verriet, dass die Familie mit den Füßen voran nach unten kam.

Meine Cousine und ich sind erfahrene Reisende, und wir haben zwei Besitztümer, ohne die wir niemals auf Tour gehen: einen Spiritusbrenner und eine faltbare Gummibadewanne. Ich bin felsenfest davon überzeugt, dass meine Cousine, wenn man uns sagte, vor der Tür stünde ein Feuerwagen, der darauf wartete, sie in den Himmel zu tragen, nach oben laufen würde, um die Gummibadewanne und den Spiritusbrenner zu holen. Danach muss ich wohl kaum erwähnen, dass die beiden Gegenstände uns auch nach Connemara begleitet hatten. Dabei möchten wir nicht für einen einzigen Augenblick unterstellen, dass es das Bad als Institution in diesen Gegenden nicht gäbe. Wir haben allen Grund anzunehmen, dass es sich hier großer Beliebtheit erfreut; doch eine traurige Erfahrung hatte uns gelehrt, dass, was Hotels angeht, das Zeitalter der Ritterlichkeit tot ist. Falls in irgendeinem Bereich etwas knapp ist oder ein Wettstreit herrscht – ob es um Zeitungen, grüne Erbsen oder Badewannen geht –, wurde die neueste Zeitung, die erste Portion und die letzte verfügbare Badewanne von den kriecherischen Bediensteten stets für den Unmengen speisenden und großzügige Trinkgelder verteilenden männlichen Reisenden reserviert. Wir hatten Augenblicke der Raserei, in denen dem Zimmermädchen ein gewalttätiger Tod drohte, das uns gerade darüber informiert hatte, dass »die letzte Badewanne im Haus für den Gentleman in Nummer 11 reserviert ist«.

Doch in solchen Momenten steigt in uns die süße Erinnerung an die Gummibadewanne auf und wir sinnieren darüber, dass ihr Rivale aus Zink uns sechs Penny oder einen Schilling gekostet hätte. Ihr sanfter Einfluss dämpft zusammen mit einem Spritzer kühlen Mangels unsere hehre Wut, und wir erdulden mit Gelassenheit, dass die Hotelangestellten andere Reisende bevorzugt behandeln; wissen wir doch auch, dass Vergeltung kommen wird für diejenigen, deren Pflicht es sein wird, das eigenwillige, wackelige Ding aufzustellen und zu befüllen, denn bei der kleinsten Kränkung seitens der Ungeübten wird es sich auf seine Art in eine schiere Ansammlung klaffender Mäuler verwandeln und sie ob ihrer geringschätzigen Behandlung ihrer Gäste mit Vorwürfen überschütten.

Bei der Witwe Joyce gab es heißes Wasser ganz unerwartet in Hülle und Fülle, und der Spiritusbrenner wurde nicht benötigt. Man gab uns zu verstehen, dass der *Meejer* stets laut und dringlich nach »sehr viel heißem Wasser« verlangt hatte, doch wie er seine Waschungen damit vornahm, können wir nicht berichten. Falls sie ihm kein Butterfass geliehen haben, gab es, so weit wir sehen konnten, keinerlei Behältnisse, die geeignet gewesen wären, die Pflichten einer Badewanne zu übernehmen, und ein Butterfass von solchem Fassungsvermögen hätte, so denken wir, einiges zu wünschen übrig gelassen. Doch wir waren unabhängig von solchen Notbehelfen. Der größte Nachteil einer Gummibadewanne ist ihr Hang überzuschwappen; doch auf einem gestampften Lehmboden ist ein wenig überschwappendes Wasser keine große Sache. Und es wäre auch alles gut gewesen, hätte meine Cousine nicht darauf bestanden, die Wanne durch das Luftloch, das der *Meejer* ins Fenster geschlagen hatte, zu entleeren. Sie tat dies namentlich aus Gefälligkeit gegenüber der Witwe Joyce, aber in Wirklichkeit, weil sie dachte, sie könnte den Inhalt über der Katze der Witwe ausgießen, die sich auf dem Fensterbrett sonnte. Ich fürchte, dass unser Picknickkorb am Ende tatsächlich mehr abbekam als die Katze – aber dieses Thema wollen wir nicht weiter vertiefen. Meine Cousine hat inzwischen begriffen, dass es eines ausnehmend hohen und kühnen Intellekts bedarf, um eine Gummibadewanne in Schach zu halten, selbst im Ruhezustand, dass jedoch nur wenige, sehr wenige fähig sind, sie aufzustellen, zu befüllen und wieder zu leeren.

Als wir an diesem Morgen nach draußen gingen, stellten wir fest, dass er »ein Geschenk Gottes« war, »ein perfekter Tag«. Nach dem Regen strahlte alles wie frisch gewaschen; der kleine See glitzerte, was das Zeug hielt. Winzige Lichtpunkte blitzten auf, bis es aussah, als wäre der ganze See mit funkelnagelneuen Stecknadeln besetzt, und die Berge hatten ihre Halbtrauer-Kostüme in Schwarz und Grau abgelegt und trugen bezaubernde Kleider in zarten Grün- und Lavendeltönen. Wir standen im Sonnenschein auf dem schmalen Streifen zwischen dem Cottage und dem See und warfen müßig ein paar Steine nach den Gänsen der Witwe, die vor dem Wind übers Wasser hüpften, angeführt auf ihrer Expedition von der kräftigen Störerin unserer Nachtruhe. Die Luft war erfüllt vom Rauschen der vielen Wasserläufe: Alle hellblauen Sturzbäche wurden in der Mitte von einer weißen Linie geteilt, und hinter dem Cottage stürzte sich ein kleiner überfressener Bach mit einem Tempo schäumend in den See, bei dem er nach allem, was er in der Nacht zuvor verschlungen hatte, eigentlich eine Magenverstimmung hätte bekommen müssen. Das Platschen des Inhalts der Gummibadewanne fügte, als die Witwe sie auf der Stufe vor der Haustür ausleerte, dem Akkord der Wassermusik die letzte Note hinzu.

Wir bekamen ein ausgezeichnetes Frühstück auf der Grundlage von frischen Eiern und warmem Griddle Cake mit einer leichten Beilage aus Schmalzfleisch. Als wir unsere bescheidene Zeche beglichen hatten, schirrte Pat James, der älteste Hoffnungsträger des Hauses, »das Pony« an. Dass »das Pony« Pat James hart zusetzte, um nicht zu sagen, ganze siebeneinhalb Mal, offenbarten uns die Rufe, die durch die

Stalltür nach draußen drangen, doch schließlich tauchte um die Ecke des Kuhstalls Sibbies mürrisches, affektiertes Gesicht auf. Pat James führte sie, und der Gouvernantenwagen taumelte hinter ihr durch die tiefen Furchen im Weg.

»Er ist sehr griesgrämig, Miss«, sagte Pat James in leicht tadelndem Tonfall, »er hat im Stall doch glatt versucht, mich zu stoßen, der Teufelsschelm.«

In Sybyllas strahlendem Auge war ein hämisches Glitzern, das uns verriet, dass Pat James die Wahrheit sagte, und da empfanden wir Mitleid mit ihm.

Wir nahmen allseits zärtlich Abschied von der Witwe Joyce und versprachen ihr, dem *Meejer* Grüße von ihr auszurichten, falls wir ihm in England begegneten, was sie für wahrscheinlich zu halten schien. Dann brachen wir in Begleitung von Pat James auf, der von seiner Mutter mit der Aufgabe betraut wurde, dafür zu sorgen, dass wir das erste holprige Wegstück sicher überwanden, auf, um zu »der großen Straße« zurückzukehren.

Der Junge war ein idyllisch pittoreskes Geschöpf von siebzehn oder achtzehn Jahren mit großen, sanften grauen Augen in einem sonnengebräunten Gesicht, mehrere Schattierungen dunkler als seine Augen, und einer überaus angenehmen Stimme. Sein Betragen hätte nicht besser sein können. Die Katze, über der meine Cousine niederträchtig die Badewanne auszuschütten versucht hatte, begleitete ihn. Manchmal bummelte sie mit betont unbeteiligter Miene hinter ihm her, während ihr Schwanz doch hin- und herzuckte, weil sie innerlich Ränke schmiedete, und manchmal schoss sie in kleinen wilden Sprüngen vorneweg und hielt dabei ihren Schwanz, der an ein Eichhörnchen erinnerte, in die Höhe, wobei sie eine etwas furchterregende Aura hatte, als würde sie von einer unsichtbaren Macht geführt. Pat James schämte sich offensichtlich sehr deswegen, und in solchen Momenten warf er mit Steinen nach der Katze, um seine Beschämung zu verbergen.

»Wir halten sie als Hund, Miss«, antwortete er auf unsere Nachfrage, »und jetzt hat sie sich angewöhnt, uns zu begleiten, wenn wir den Hof verlassen.«

Wieder warf er mit einem Stein nach der Katze, die sich der Stelle des Hofhundes bemächtigt hatte, was zur Folge hatte, dass die Katze genau vor Sibbies Nase über den Weg schoss und Sibbie mächtig erschreckte. Der Junge verließ uns nach ungefähr einer halben Meile, und als wir uns ein letztes Mal zu ihm umdrehten, saß er auf einem großen Stein und war mit seinem Filzschlapphut und seiner cremefarbenen Arbeitsjacke aus handgesponnener Wolle vor dem Hintergrund des klaren blauen Himmels ein Anblick, wie man sich ihn schöner nicht hätte wünschen können, während die Katze im Heidekraut zu seinen nackten Füßen schauerliche Sprünge tat.

»Am Ende«, bekräftigten wir einander, als wir in die Hauptstraße bogen und Sibbies lange Nase in Richtung Recess lenkten, »war es gut, dass wir uns verfahren haben, denn sonst hätten wir Pat James verpasst.«

Die Straße, der wir nun folgten, war als New Line bekannt und verband die Straße zwischen Recess und Clifden mit einer anderen Straße, die über den Kylemore Pass führte und weiter nach Letterfrack, wo wir die Nacht verbringen wollten. Sibbie war frisch und voller Bewegungsdrang, und die lange, flache Straße, die den kurvenreichen Ufern von Lough Inagh und Lough Derryclare folgte, spornte sie zu einem schönen und ungeahnten Eifer an. Auf den Seen schaukelten die üblichen Boote mit ihren kleinen, geduldig die Angel auswerfenden Gestalten, und wie es unsere Gewohnheit

war, zügelten wir die feurige Sibbie, um ihnen zuzusehen. Sie boten einen niederschmetternden Anblick, und wie gewohnt vereitelte unser kalter, aber keineswegs ausdrucksloser Blick ihnen jede Chance darauf, dass ein Fisch anbiss. Wir verließen sie also, während sie ihre Angeln schwangen wie Dubliner Droschkenkutscher ihre Peitschen, und fassten den Entschluss, wenn wir je dreißig Schilling am Tag für Fisch ausgeben wollten, würden wir dies an einem Marktstand tun.

Unser Weg führte uns durch ein langgezogenes, allmählich ansteigendes, heidekrautbestandenes, sumpfiges Tal. Die prächtigen Türme und Spitzen der Twelve Pins ragten hoch über den Seen zu unserer Linken auf, und zu unserer Rechten stiegen die letzten Ausläufer der Maamturks-Bergkette unmittelbar neben der Straße steil an. Es war ein absolut verlassener Ort. Überall in der Landschaft waren die kleinen schwarzgesichtigen Schafe, sie fleckten die Berge wie Reiskörner, und wir sahen, wie sie an Felsvorsprüngen entlang über lilafarbene Tiefen spazierten, an denen mehr als ein

Kletterer den Tod gefunden hat. Die kleinen schwarzen und gefleckten Kühe starrten uns, als wir vorüberfuhren, trotzig an, und der einzige Mensch, den wir auf der Straße trafen, war ein grauer, alter Dudelsackpfeifer, der aussah, als könnte er sich irgendwann im letzten Jahrhundert zwischen den Hügeln verlaufen haben und gerade erst auf die New Line gestoßen sein, als wir ihm begegneten.

Es war gewiss ein perfekter Tag und eine perfekte Fahrt. Der köstliche Bergwind, der durchsetzt war von den raffinierten Düften, die er Moor und Heidekraut entzog; die herrlichen Wolkenbilder auf den prächtigen Steilhängen der Twelve Pins; das Glitzern und Rauschen der braunen Wasserläufe unter den unzähligen Bogenbrücken; das intensive Blau der Seen, selbst das gelbliche Weiß der allmählich ansteigenden Straße – alle Elemente taten sich zusammen, um uns mit dem vagen, köstlichen Sehnen zu erfüllen, das nur durch ein Mittagessen, eine halbe Stunde früher als üblich, befriedigt werden kann.

Zwischen Recess und Kylemore erblickten wir nur ein einziges Zeichen der Zivilisation, und es war von einer vollkommen unerwarteten Art. Mitten auf einer Wiese am Fuß eines Hügels stand ein Haus mittlerer Größe mit Erkerfenstern, Giebeldach, Stuckarbeiten, hässlich ohnegleichen, und sah aus, als ob eine ordinäre Fee es leibhaftig von Brixton oder Clapham Rise hierhertransportiert hätte. Auf den ersten Blick wirkte es verlassen, doch als wir näherkamen, spazierte ein melancholischer alter Gaul aus einem baufälligen Schuppen und starrte uns an, und ein Jaunting Car, der an einer Seitenwand mit kunstvollem Giebel lehnte, verriet uns, dass er kein Ausgestoßener war. Als wir vorüberfuhren, kletterte eine Katze durch eine zerbrochene Fensterscheibe heraus, und ein Hahn kroch durch eine andere hinein, und dann tauchten plötzlich an drei Fenstern im ersten Stock die Gesichter von drei schmutzigen kleinen Mädchen auf. Die Haustür war geschlossen, und das magere, drahtige Gras um das Haus herum war nicht zertrampelt. Kein anderes Lebewesen zeigte sich, und wir können nur schlussfolgern, dass wir mitten in ein Märchen hineingestolpert waren. Das Haus war natürlich ein Werk der Zauberei, und die drei Prinzessinnen, die dort hinter Schloss und Riegel festgehalten wurden, würden bald von dem prinzlichen Hahn befreit werden, den wir dabei beobachtet hatten, wie er sich den Zutritt erzwungen hatte, während die böse Fee – natürlich die Katze – hinauskriechen und das Handtuch werfen musste (von dem, nebenbei gesagt, die Prinzessinnen sehr zu ihrem Vorteil praktischen Gebrauch hätten machen können).

Als wir in Sichtweite des Kylemore Passes kamen, verließen wir die New Line, und die Straße, auf der wir uns jetzt wiederfanden, schlängelte sich – wie es in Connemara üblich ist, wo die Straßen, anders als im übrigen Irland, nicht über die Rücken der höchsten vorhandenen Berge führten – am Seeufer entlang. Wir hielten in einer Kurve, um die Aussicht zu genießen und eine Skizze zu machen. Das ist der größte Vorteil, wenn man mit dem eigenen Eselskarren reist: Man kann weitgehend anhalten, wann und wo man möchte. Die einzige Ausnahme von dieser Regel ist, wenn der Esel, wie es in Ballynahinch geschah, zu viel Hafer gefressen hat.

Bei dieser Gelegenheit war der Esel durchaus bereit anzuhalten und begutachtete mit kaltem Kennerblick die unübertreffliche Aussicht, während sich die Abendwolken in dem engen Tal zwischen den steilen, baumbestandenen Hängen von Kylemore auf der einen Seite und den harten Felsen des Diamond Mountain auf der anderen Seite ballten und im Wechsel Licht und Schatten über den breiten See jagten, was

die sich abmühende Zeichnerin alles in allem beinahe um den Verstand brachte.

Mr Mitchell Henrys Anwesen, Kylemore Castle, steht mitten im Wald am Fuß des Kylemore Mountain, von der Straße getrennt durch einen kleinen See. Es ist eine bedeutende, eindrucksvolle Anhäufung von grauen Türmchen und Türmen, und gleich daneben spiegelt sich die weiße Turmspitze einer bezaubernden kleinen Kalksteinkirche zwischen den Bäumen im See und verleiht der ganzen Szenerie einen erstaunlichen Anstrich von Zivilisation – ja, Zivilisation und Fuchsienhecken sind die Leittöne von Kylemore nach Letterfrack, breite karmesinrote Wälle aus Fuchsien säumen die Straße, und gedeihliche landwirtschaftliche Gebäude walten über saftige Rübenfelder, bis die Straße wieder in das kahlere Hochland ansteigt, auf dem das Dorf Letterfrack liegt.

Uns ist noch keine Karte untergekommen, die Letterfrack die Ehre erweisen würde, es anzuzeigen, aber es ist trotzdem ein sehr schöner Ort mit einer Post und einem Telegrafenamt, einer Gewerbeschule und einer leidlich regelmäßigen Doppelreihe von verschiedenerlei Häusern. Unsere vielen Verzögerungen entlang des Weges durch Mittagessen, Zeichnen und so weiter hatten dazu geführt, dass wir später als üblich dran waren, und wir kamen gerade noch rechtzeitig für die Table d'Hôte in Mr O'Gradys von Fuchsien überwuchertem Hotel. Am Abend gab es einen wunderschönen Sonnenuntergang, und nach dem Abendessen spazierten wir hinaus, um vor dem Schlafgengehen noch so viel wie nur möglich zu sehen. Es war die seltsamste Gegend, die wir je besucht hatten. Ein langer, abschüssiger Streifen halb kultivierten Ackerlands, um den ringsum hohe, krude kegelförmige Berge aufstiegen. »Eine Landschaft, wie ein Kind sie zeichnen würde«, sagte meine Cousine. Diese mächtigen dunklen Zelte, die sich gewaltig vor dem roten Sonnenuntergang im Hintergrund abzeichneten, hatten etwas Vulkanisches und Bedrohliches an sich. Wir waren beinahe froh, dass der Abend von einem grauen Seenebel verschluckt wurde – denn das Meer befand sich, auch wenn es nicht zu sehen war, ganz in der Nähe – und wir zum Hotel zurückgehen mussten; während aus einem schemenhaften Cottage, das ein Stück von der Straße zurück lag, das durchdringende Jaulen einer Ziehharmonika in zum Wahnsinn treibender Wiederholung das erste Thema des »Sweethearts Waltz« darbrachte. Nur ein kleiner Vorfall ereignete sich noch auf unserem Rückweg. Plötzlich tauchten aus dem ganzen Grau drei Männer auf, und als sie an uns vorübergingen, drehte sich einer um und sagte: »Genoong i dhieri«, was in der Übersetzung »Gott sei mit dir« heißt.

Wir sagten kleinlaut: »Guten Abend«, und erst als wir in die Nähe des Hotels kamen, erinnerte sich meine Cousine, dass sie »Ge moch hay ritth« hätte antworten sollen, was die irische Methode ist, um »Danke, ebenso« zu sagen.

VII

Dass man Eier brät, hat seinen Grund, und der liegt vermutlich im Pochieren, doch allmählich haben wir das Gefühl, dass wir niemals das Prinzip ergründen werden, nach dem pochierte Eier in Hotels ausnahmslos halbgar serviert werden. Ob wir das Personal mit Beschwörungen bezirzten oder ihm Befehle erteilten, überall wurden uns dieselben fließenden und bebenden blassrosa Klumpen vorgesetzt, die auf das Einstechen mit dem Messer überall mit demselben verschwenderischen Auslaufen reagierten, sodass unsere Teller im nächsten Augenblick aussahen wie von einem Impressionisten gemalte Sonnenaufgänge – rote Speckstreifen, die sich in der weit auseinandergelaufenen orangefarbenen Pracht wälzten, während ein goldener Senfklecks, heiter wie Phoibos Apollon, alles überragte.

Auf alle Fälle war dieses Phänomen unser einziges Exemplar eines Sonnenaufgangs in Letterfrack. Als wir im Gastzimmer beim Frühstück saßen, trieb der Nebel sanft gegen die Terrassentüren und strich auf der Straße vorbei wie eine Prozession geisterhafter Ballkleider; die Möbel waren, wenn man sie berührte, klamm, und die Papierdekorationen im Kaminrost täuschten das Auge mit ihrer sinnlosen Eleganz und der Vorspiegelung sommerlicher Hitze. Die anderen Gäste, offensichtlich Habitués des Etablissements, nahmen das Wetter nur äußerst beiläufig zur Kenntnis und unterhielten sich mit einem Elan, der die Neuankömmlinge durchaus überraschte, über lokale Belange – darüber, wie sie einzeln oder gemeinschaftlich den Diamond Mountain hinaufkletterten und wieder hinunterpurzelten, über ihren Tee, ihre Sandwiches und ihre nassen Stiefel. Derweil verzehrten wir schlecht gelaunt unser Frühstück und besaßen nicht einmal genügend Selbstachtung, um uns zu unterhalten. Kurz darauf wurde unsere Niedergeschlagenheit noch verstärkt, als wir hörten, dass eine alte wunde Stelle an Sibbies Schulter am Tag zuvor während der Fahrt vom Kummet aufgerieben worden war, und dass wir, sofern nicht jemand, der »Jacks Vater« genannt wurde, das Kummet zusätzlich ein wenig aufpolsterte, an diesem Tag nicht nach Renvyle weiterfahren konnten, obwohl es nur vier Meilen entfernt war.

Die Aussicht, den Tag in dem Gastraum und dem kleinen Damensalon zu verbringen, riss uns aus unserer Antriebslosigkeit. Wir beschlossen, uns den Schaden mit eigenen Augen anzusehen, stiegen in unsere Gummistiefel und watschelten hinaus in den Hof, wo wir uns über einige praktische und anscheinend anerkannte Trittsteine den Weg zum Stall bahnten. Die kränkelnde Sibbie stand im dunkelsten Stand im Stall, tief versunken, der Welt den Rücken gekehrt, und als wir uns ihr vorsichtig näherten, bemerkten wir, dass sie das eine Auge, mit dem sie uns ansah, mordlustig so verdrehte, dass das Weiß in der Dunkelheit schimmerte, und wir sahen auch, dass sie ihren langen Glockenseilschweif zwischen die Hinterbeine geklemmt hatte. Wir kamen rasch überein, dass wir Jack Glauben schenkten, was die aufgeriebene Schulter anging, und zogen uns wieder in den Hof zurück. An der Tür zu einem anderen Stall stießen wir auf den Mann, dessen einziger Wesenszweck oder gar Beruf darin zu bestehen schien, Jacks Vater zu sein. Er saß auf einem umgedrehten Eimer, Sibbies Kummet auf dem Schoß, in der Hand eine riesige Nadel. Er erklärte, er sei dabei, auf beiden Seiten ein zusätzliches Polster anzubringen, ausgestopft mit Baumwolle, die er »von ihr, aus dem Haus« bekommen habe, weil sie »weicher als Heu« sei. Er hatte ein ernstes Gesicht mit einem grauen Kräuselbart, wie ein presbyterianischer Geistlicher von der liebenswürdigsten Art, und er blickte beim Sprechen mit einer Miene auf, die uns sogar noch weicher zu sein schien als die Baumwollfüllung. »Wenn das Kummet hier dem Pony noch mal wehtut, solang Sie durch Connemara fahr'n, könn'n Sie … könn'n Sie mich Amsel nennen!«

Diese großmütige Erlaubnis, unterstrichen durch den Zug, mit dem die große Nadel durch das Leder geführt wurde, war offensichtlich die stärkste Zusicherung, die dem Sprecher bekannt war, aber nichtsdestotrotz hatten wir das Gefühl, Jacks Vater mit dem infamen Namen Amsel zu bedenken wäre ein mittelmäßiger Trost, falls wir mitten in einer Wildnis aus Moor und Bergen feststellen müssten, dass an Sibbies Schulter wieder ein roter Fleck auftauchte. Doch wir schauten so angemessen beeindruckt drein, wie wir konnten, und kehrten in besserer Stimmung ins Haus zurück.

Erst am Nachmittag gewährte das Wetter uns die Gelegenheit, uns auf dem Weg zu machen, und selbst da erforderte es eine gehörige Portion Mut, unser behagliches Quartier zu verlassen und uns nach draußen in die schwere, feuchte Luft zu begeben. Die vulkanischen Bergspitzen, die sich am Abend zuvor vor dem grämlichen Feuer des Abendhimmels gezeigt hatten, hatten sich einmütig in einen Schleier gehüllt und sich öffentlichen Blicken entzogen, und die abfallenden

Wiesenflächen und Rübenfelder hätten fast nicht abscheulicher aussehen können. Unter diesen Umständen verließen wir Letterfrack ohne Gemütsregung und setzten unseren Weg nach Renvyle fort.

Nachdem wir eine Weile gefahren waren, stellten wir Vermutungen darüber an, ob man die Straße im Hinblick auf die Möglichkeit einer zukünftigen Eisenbahnstrecke mit derart zahlreichen Serpentinen erbaut hatte. Uns war nämlich, als müssten wir ungefähr alle hundert Yard aussteigen und durch den Matsch berganstapfen, weil unser Gewissen uns nötigte, Rücksicht auf Sibbie zu nehmen, während alle unsere anderen Gefühle jammernd dagegenhielten. Und oben hieß es dann wieder, in die Kutsche zu klettern, die nassen Reisedecken festzustecken und unter großen Mühen den Wagenschlag zu schließen. Sobald wir auf der anderen Seite hinuntergefahren waren, stieg vor uns aus dem Nebel schon ein weiterer Hügel auf. Als Nächstes fiel uns auf, dass wir auf jedem Hügel einem Eselskarren und einigen Jungtieren begegneten, die augenscheinlich von irgendeiner Messe oder einem Markt kamen. Bei diesen Gelegenheiten gab es zwei mögliche Verfahren. Die Kälber drehten sich um, flohen im vollen Galopp vor uns in die Richtung, aus der sie gekommen waren, und mussten unter sehr viel Geschrei und mancherlei Flüchen wieder zusammengetrieben werden, oder sie sprangen augenblicklich über den Zaun am Wegesrand und rannten in Panik durch die Felder. Die Eselskarren, in denen sich meist ein Schwein befand und eine alte Frau, die etwas auf Irisch schrie, hatten nur eine Methode, und die war, im kritischen Moment auf die falsche Seite des Weges zu wechseln und sich dann der Panik zu überlassen und sich nach Kräften zu bemühen, wieder auf die richtige Seite zu gelangen. Auf einer Strecke von drei oder vier Meilen kamen uns immer häufiger solche *rencontres* entgegen, bis wir schließlich, als sich der Nebel auf einer Anhöhe lichtete, sahen, wo sie herkamen. In der Senke zwischen den beiden Hügeln lag ein Dorf, dessen einzige Straße schwarz war vor Menschen, und auf den Straßen, die in den Ort hineinführten, drängten sich Vieh und Schweine. Mit anderen Worten: Wir waren auf die Fair of Tully gestoßen.

Meine Cousine und ich fragten uns, wie wir auf die andere Seite des Dorfes gelangen sollten. Würdevoll und umsichtig fuhren wir hinunter in den Ort und hofften, dass unser aristokratisches Auftreten uns den Weg freimachen würde; doch nach ein oder zwei Minuten waren wir zu der Schlussfolgerung gezwungen, dass das Landvolk nicht im geringsten beeindruckt war. Erst als Sibbies beleidigtes Gesicht mitten zwischen die Leute stieß, teilte sich die Menschenmenge, und selbst da konnten sich die meisten kaum eine Sekunde von den mit Feuereifer geführten Verhandlungen lösen, um uns mehr als einen flüchtigen, fassungslosen Blick zuzuwerfen. Ein Hindernis, das, wie uns eine Zeitlang schien, sogar dafür zu sorgen schien, dass wir gar nicht nach Renvyle gelangen würden, war ein Eselskarren, dessen Schere auf einem Fass aufgebockt war und als Verkaufsstand für Zuckerstangen, Stachelbeeren und ganze Stapel der großen Plätzchen bildete, die unter der Bezeichnung »Cracker« bekannt sind. Das Gedränge der vielen Kaufwilligen und ihrer Freunde an diesem Stand zwang uns zum Halten, und meine Cousine bat die, die uns am nächsten standen, mit höflich-würdevoller Stimme, zur Seite zu treten. Es gab eine Bewegung in der Menge und manche drehten sich um und starrten uns an.

»Heiliger Bimbam! Wer sind denn die?«, rief ein Mädchen aus, drückte nach hinten gegen den Eselskarren, wodurch einige »Cracker« hinunterfielen und durch den Staub rollten.

Die Krämerin, eine alte Frau mit vorstehenden Zähnen und einem ganz allgemein furchterregenden Aussehen, unternahm einen fruchtlosen Versuch, die Katastrophe abzuwenden, und schoss dann mit einer Wildheit zu uns herum, die von diesem Unglück befeuert und durch den langen Kampf mit kleinen Jungen gereift war.

»Der Teufel soll dich holen und die zwei da oben gleich mit!«, schrie sie. »Was haben die dreckigen Reisenden hier zu suchen und alles umzuschmeißen? Ah! Dich kenn ich«, dröhnte sie, an meine Cousine gewandt, mit donnernder Stimme, »und ich hab auch schon deine alte Mutter gekannt. Damals seid ihr in einem Bündel auf ihrem Rücken durchs Land gezogen und habt an jeder Tür geklopft und Kartoffeln erbettelt! Und wie großartig kommst'e jetzt daher, mit deiner Brille auf der Nase und deiner hübschen Matrosenmütze auf dem Kopf!«

Meine Cousine und ich hätten natürlich mit blassem Hochmut vorbeifahren sollen, als hätten wir diese erstaunlichen Bemühungen um eine erdichtete Lebensgeschichte nicht gehört, doch unsere Haut ist leider nicht von der Art, die leicht blass wird; ganz im Gegenteil, wir liefen puterrot an und brachen am Ende vor unbezähmbarem Lachen schier zusammen, in das die Menschenmenge mit ungeheuchelter Begeisterung einfiel und endlich Platz machte, damit wir weiterfahren konnten.

»Lass'n Sie sich von der nicht stören, Miss«, sagte ein Viehhändler aufmunternd, als er ein Kalb vor dem Kutschrad wegzog, »die würd auch noch ein Krähenhorst mit ihrer bösen Zunge belästigen; kein Jahrmarkt im Land, wo sie nicht so wie eben rumkrakeelt und sich zankt. Deswegen geben die Leute nichts auf sie und ihre Worte. Wahrlich, wie Shakespeare sagt: ›Eine wahre Lady erkennt man immer, wenn man sie sieht!‹«

Diese Galanterie war so wohltuend, dass wir nicht anhielten, um uns genauer nach der Herkunft des Zitats zu erkundigen, und den Jahrmarkt langsam verließen, indem wir an den bauschenden, schmutzigen Zelten vorbeirollten, wo Portwein und Whiskey ausgeschenkt wurden, sowie an einer kreischenden Kinderschar vor einer Schaustellerbude, bis wir das letzte Grüppchen Frauen in blauen Mänteln umfahren hatten und das letzte aufgebrachte Schwein zwischen Sibbies Vorderbeinen herausgezogen worden war.

Als wir hinter dem Dorf die nächste Steigung hinaufkrochen, blickten wir zurück und fragten uns, worin das Vergnügen liegen mochte, den ganzen Tag im Nieselregen in knöcheltiefem Matsch zu stehen, wie es viele tun, die weder etwas zu kaufen noch etwas zu verkaufen haben. Doch ein Jahrmarkt ist für sie nicht nur ein Ort, um Geschäfte zu machen, er ist eine *conversazione*, die sich von Sonnenaufgang bis Sonnenuntergang erstreckt und bei der das geschäftige Vergnügen am Handeln sich mit dem rein persönlichen Spaß, sich zu betrinken, vermischt.

Eine oder zwei Meilen Serpentinen weiter und wir wurden mit dem Anblick von Bäumen belohnt, was in Connemara in Bezug auf die Zivilisation das Pendant dazu ist, wenn jemand auf einem Schiff »Land in Sicht« ruft. Kurz darauf rollten wir unter den Bäumen hindurch zum Eingangstor eines Landguts. Wir folgten einer langen Avenue (wenn wir in Irland »Avenue« sagen, meinen wir eine Allee, was nicht unbedingt bedeutet, dass die Bäume über dem Weg einen Tunnel bilden), das Rauschen des Meeres in den Ohren, und uns wurde bewusst, dass wir auf einem Streifen Land waren wie dem Schlachtfeld von Lyonesse.

»Auf der einen Seite lag der Ozean und auf der anderen ein großes Gewässer; und der Mond war voll.«

Wir folgten dem Seeufer und hätten das schäumende Plätschern an den Gestaden leicht für die salzigen Lippen der Gezeiten halten können, wäre nicht der hohe Streifen Schilf gewesen, welches das Ufer säumte und sich steif im nebelfeuchten Wind schüttelte. Doch wir kamen dem Meer mit jedem Augenblick näher. Wir tauchten zwischen den Bäumen heraus, und endlich kam das Meer in Sicht. Gleichzeitig erreichten wir unser Ziel, ein langes, graues, zweistöckiges Haus mit niedrigen elisabethanischen Fenstern und hellen, wettergegerbten Mauern, vollkommen unerwartet und ganz und gar einzigartig, zumindest in diesem Teil von Irland.

Wer Galway kennt, kennt den Namen Blake; und wer die Berichte der Parnell-Kommission gelesen hat, wird sich an Mrs Blake erinnern, deren Aussage von beiden Seiten als außergewöhnlich erachtet wurde. Renvyle House, an dessen eisenbeschlagener Eichentür Sibbie jetzt fröhlich zum Stehen kam, war über viele Jahrhunderte das Heim der Blakes gewesen. Jetzt, im hohen Alter, ist es das Heim eines jeden Touristen, der an seine Türen klopft. Die schweren Zeiten und die Unruhen haben Renvyle hart getroffen; so hart, dass Mrs Blake zu dem Zeitpunkt, als der Kampf mit der Land League

vorüber war, nicht in der Lage war, sich hinzusetzen und friedlich ihren Sieg zu genießen. Sie musste, ganz im Gegenteil, aufstehen und ihre ganze Kraft darauf verwenden, die Ruine wieder aufzubauen, die dieser Sieg mit sich gebracht hatte. Für eine Frau, die dermaßen geächtet wurde, war ihr Plan ein waghalsiger; doch er wurde voll und ganz umgesetzt. Bald tauchten in den Zeitungen und Reisehandbüchern Anzeigen auf, dass Renvyle auf die Liste der Hotels in Connemara gesetzt worden war, und auf der langen Avenue am See war bald der Lärm des Verkehrs, »das emsige Hin und Her« von Kutschen, zu vernehmen, wie in den alten Zeiten, als noch niemand etwas von »exklusiven Geschäften« und Isolationsbeschlüssen wusste.

Wir können hier nicht viel über die Schwierigkeiten sagen, mit denen sie fertig werden musste. Welcher Art sie auch immer gewesen sein mochten, sie waren überwunden. Es ist sowohl leichter als auch erfreulicher, über die Vorteile zu sprechen, über die sie verfügte. Das charmante, weitläufige alte Haus mit seinen unzähligen holzgetäfelten Schlafzimmern, die Seen, die vor Seeforellen nur so wimmelten, die Wälder und Felsen, in denen sich alle möglichen seltsamen Bestien tummeln – von Ottern und Seehunden abwärts – der unverdorbene Atlantik, in oder auf dem Touristinnen und Touristen sich vergnügen können, und jenseits der Bucht die höchsten Berge von Connemara, die die Reisenden betrachten können, während sie bequem auf einem flachen, weichen Sandstrand liegen, wie er – außer an Orten, wo er die einzige Attraktion ist, mit der man lauthals prahlt – selten zu finden ist. Wir hatten vorher schon von all dem gehört, wir waren es auch gewohnt, an Renvyle als ein Hotel zu denken, und doch: Als wir an der Tür klopften und ein ernster und anständiger Hausdiener erschien, verschwor sich der Anblick von allem und machte uns vergessen, dass wir Touristinnen waren, bereit, unser verbrieftes Recht auf »Bett und Tisch« wahrzunehmen, und wir hätten beinahe stotternd gefragt, ob Mrs Blake zu Hause sei.

VIII

Als die eisenbeschlagene Eingangstür des Renvyle House Hotel hinter uns geschlossen worden war, fanden wir uns in einer halbhoch getäfelten Halle mit Eichengestellen für Gewehre und Angelruten und langen Truhen aus Schwarzeiche an den Wänden wieder. Alles war altmodisch, ja, sogar mittelalterlich, dunkel und behaglich. Nichts deutete im Geringsten darauf hin, dass es ein Hotel war, außer vielleicht einige Briefe und Telegramme auf dem Kaminsims, und ich fürchtete allmählich ernsthaft, dass wir einen Fehler begangen hatten. Da bemerkte ich, dass die Brille meiner Cousine im Einsatz war, und als ich der Richtung ihres Blickes folgte, entdeckte ich die »Hotel- und Gaststättenordnung«, die in einem Rahmen an der Wand hing. Es war ein Schock und eine Erleichterung zugleich.

Unsere verschiedenen Besitztümer – vom Reisen inzwischen ein wenig schäbig und schmutzig – waren aus dem Wagen hereingebracht worden, und man sagte uns, dass im Salon der Tee bereitstünde. So folgten wir dem Diener durch zwei tiefe Türöffnungen in einen anderen Raum, ebenfalls mittelalterlich, ebenfalls getäfelt. »Was ist so selten wie ein Tag im Juni?«, fragt Mr Lowell in seinem Gedicht. Nichts, könnten wir selbstbewusst antworten, außer ein Kaminfeuer im Juli, und dort, in der Backstein-Feuerstelle, entdeckten wir mit diebischer Freude und ungläubigem Blick einen brennenden Torfhaufen, der den Raum mit einem warmen, trockenen Glühen erfüllte und als roter Widerschein auf das antike silberne Teeservice fiel, das in der Nähe auf einem Tisch stand. Für immer bezwungen waren unsere nebulösen Erwartungen an Hotelsalons und ihre Fetische, die reichverzierten Spiegel, die Uhren unter Glasstürzen und die Kaminverzierungen aus Alabaster. Wir streckten unsere schmutzigen Stiefel in Richtung Feuer, tranken Tee mit reichlich Sahne und fühlten uns versöhnt mit dem Verlust eines Wunschbildes.

Nachdem die Teetassen ein paar Minuten lang geklappert hatten, gab es unter dem gerüschten Volant des Sofas eine Bewegung, und zum Vorschein kam ein kleiner schwarzlohfarbener Kopf, dessen Miene große, aber liebenswürdige Neugier ausdrückte. Die hochgeschobenen Rüschen bildeten einen Kiepenhut um das kleine Gesicht und verliehen ihm einen altjüngferlichen Aberwitz, dessen sich sein Besitzer zum Glück nicht bewusst war. Wir lachten – eine Lieblosigkeit, auf die ein Ausdruck tiefer, aber liebenswürdiger Beschämung unsererseits folgte, begleitet von einem Klopfen auf dem Boden, das von missbilligendem Schwanzwedeln des kleinen Hundes kündete. Gleichzeitig hielten wir dem Tier ein Stück Butterbrot hin, und das Geschöpf, verwandt, wie es schien, mit den Häusern schwarz-lohfarbener Terrier und Dackel, kam augenblicklich äußerst manierlich heraus und nahm das von uns Dargebotene mit zuvorkommendem Benehmen und Freundlichkeit entgegen. Unverzüglich wurde uns dann ein Trick vorgeführt: Der Hund bettelte um Futter, indem er sich aufsetzte und mit den Vorderpfoten wedelte. Weitere Nachforschungen ergaben, dass der kleine Hund genau verstand, wie »vertrauen« und »entlohnt werden« miteinander verknüpft waren, eine Leistung, die das größte Problem bei der Hundeerziehung sein muss und den Hund im späteren Leben vielleicht auf freidenkerische Ideen über die unzweckmäßige Natur der Übung und die Oberflächlichkeit der höherentwickelten Wesen bringt. Darüber unterhielten wir uns angeregt und in aller Ausführlichkeit und hatten einiges Vergnügen daran, das kultivierte Betragen des Hundes in Renvyle mit dem gemeinen Zynismus des Federwischers und der blasierten Erschöpfung des Foxterriers in Recess zu vergleichen. Unter dem Einfluss der dunklen Mahagonitäfelung und eines niedrigen Queen-Anne-Fensters wurden wir sanft und nachdenklich und sanken in tröstliche Betrachtungen über unsere natürliche Neigung zu allem Kultivierten und Kunstvollen. Jedenfalls bin ich mir sicher, dass meine Cousine es so empfand; sie empfindet es so seit jenem katastrophalen Tag, an dem eine Chiromantikerin sich ihre Hand ansah und ihr erklärte, eine wohlgefällige Umgebung sei unerlässlich für sie.

Mir wurde gerade ein wenig gallig bei der Erinnerung daran, als sich an seinem Platz hoch oben an der Vertäfelung der Türknauf drehte und Mrs Blake hereinkam, um ihre Besucherinnen willkommen zu heißen. Dass meine Cousine aus demselben County stammte wie ich, schien ihr ein hinreichender Grund, uns als Freundinnen willkommen zu heißen, und vielleicht gab es uns während unseres Aufenthalts einen kleinen Vorteil über die gewöhnlichen Touristen, denn uns wurden vertrautere Freundlichkeiten und Gelegenheiten zum Gespräch zuteil.

Wir betrachteten Mrs Blake so eindringlich, wie die Höflichkeit es erlaubte, während vor unserem inneren Auge die breiten Spalten der *Times* auftauchten, in denen sich durch Verhör und Kreuzverhör die Geschichte dessen entfaltete, was sie in den ersten Jahren der Unruhen durchgemacht hatte. Angesichts ihres kultivierten, klugen Gesichts und ihrer zarten Statur war einige Anstrengung erforderlich, uns vorzustellen, wie sie einen Stock in die Hand nahm und Tag für Tag nach draußen ging, um die sich widerrechtlich auf ihrem Land befindlichen Kühe, Schafe und Pferde zu vertreiben, die regelmäßig wieder zurückgetrieben wurden, sobald sie ihnen den Rücken kehrte. Wir sprachen Mrs Blake nicht darauf an, doch wir dachten sehr viel daran, während wir mit ihr zusammensaßen und uns unterhielten und dabei die Erschöpfung in ihrem Gesicht und die Sorgenfalten über ihren liebreichen Augenbrauen bemerkten.

Einige Zeit verstrich, bevor wir nach oben gingen, um uns die beiden Zimmer anzusehen, die man uns zur Auswahl gestellt hatte. Beide hatten niedrige Decken und waren getäfelt, beide hatten niedrige, breite Fenster; ja, wir ersparen uns weitere Mühen, wenn wir ganz allgemein festhalten, dass in Renvyle alles breit und niedrig und getäfelt war. Das erste Zimmer lag auf der Vorderseite des Hauses und blickte über den Atlantik zu den verhüllten Geistern von Innis Boffin und Achill Island; ein schöner Ausblick an einem schönen Tag und auch an einem schlechten Tag beeindruckend; doch für uns war die Hauptattraktion des Zimmers das Himmelbett, eine Art prunkvolle obere Stube wie eine luxuriöse private Kammer mit vergoldeten Säulen und Schnitzarbeiten und einem darübergespannten Baldachin; etwas, was man mit Hilfe eines Katalogs in South Kensington bewundern kann. Wir hatten, als wir zwei lange Flure hinuntergeführt wurden, um uns das zweite Zimmer anzusehen, das Gefühl, dass es eine reine Formsache war und dass das goldene Bett einfach zu majestätisch war, um es auszuschlagen. Doch meine Cousine hatte ihre Brille noch nicht für die nächste Inspektion zurechtgerückt, da gerieten wir schon ins Wanken. Das andere Bett war aus Messing statt vergoldet, das war nicht zu leugnen; doch hier blickten die Fenster auf einen gewaltigen Gebirgskamm, der sich am Ausgang der Bucht auftürmte, Rosen kletterten bis zum Fenstersims, und in der Rasenfläche darunter befanden sich farbenprächtige Blumenbeete. Direkt unter dem Fenster schrie ein Pfau, und wir sahen ihm zu, wie er in Begleitung seiner bescheidenen Gemahlin seine Schwanzfedern über das Gras zwischen den Blumenbeeten schleppte, die Drahtzäune vor seinem plündernden Schnabel schützten. Ich glaube, das Zünglein an der Waage war der breite Fenstersitz in Verbindung mit den Bergen (der Pfau war auch ein Zünglein an der Waage, aber anders, eher allgemeiner und in Richtung hohes C, doch das ist, wie Mr Rudyard Kipling sagen würde, eine andere Geschichte). Wir verzichteten auf die Herrlichkeiten des prächtig wie das Neue Jerusalem vergoldeten Bettes und blieben, wo wir waren.

Es lag ein uneingestandener Friede in der Gewissheit, dass es kein Nachmittag war, um Sehenswürdigkeiten anzuschauen, sondern für inbrünstiges Schienbeinrösten am Kamin im Salon und für gemächliches, unsystematisches Einverleiben der *Times* der letzten vier Tage. Angler machen, wenn sie angeln gehen, wie es scheint, nicht nur Urlaub von ihren anderweitigen Pflichten, sondern auch von Zeitungen und setzen sich, was ihre Lektüre angeht, nichts Anspruchsvollerem aus als Magazinen wie *Field* oder *Land and Water*; jedenfalls waren diese und eine prähistorische *Illustrated London News* unsere einzige Gelegenheit gewesen, die Verbindung zur Außenwelt zu halten, seit wir sie verlassen hatten. Wie Königsboas verleibten wir uns jetzt langsam und genüsslich verlässliche Fakten ein und versanken dann in einer nachdenklichen Dumpfheit, menschenfeindlich entzückt über die Tatsache, dass wir zufällig zu einer Zeit hierhergekommen waren, wo keine anderen Gäste anwesend waren, und dass die Besitzerinnen und Besitzer der Briefe und Telegramme, die wir in der Halle gesehen hatten, noch nicht angereist waren, um Anspruch auf ihre Post und auf ihren rechtmäßigen Anteil am Kaminfeuer und an den Zeitungen zu erheben.

Unsere hervorstechendsten Erinnerungen an den Rest des Abends haben mit dem samtenen Wohlgeschmack der Hummersuppe beim Abendessen und der qualvollen Schüchternheit eines englischen Jünglings zu tun, der wie eine Maus in den Raum schlich, nachdem die wenigen anderen Gäste bereits Platz genommen hatten, und während der ganzen Mahlzeit weder den Blick hob noch die Stimme. Kaum hatte er aufgegessen, eilte er aus dem Raum und ward nicht mehr gesehen. Eine Dame, die neben uns saß, erklärte uns ungefragt, dass er das immer so mache und dass er seine Tage, soweit man vermuten konnte, damit verbrachte, in den Bergen herumzuschleichen. »Er ist so schüchtern«, schlussfolgerte sie, »dass er lieber ein Loch in seinen Teller kratzt, um das letzte Klümpchen Butter aufzunehmen, als mich zu bitten, ihm den Butterkühler zu reichen.« Es stellte sich heraus, dass sie Amerikanerin war und dass sie nach Renvyle gekommen war, um sich über die Vorzüge der Land League und anderer verwandter Einrichtungen zu informieren, was vielleicht der Grund dafür war, dass ihr solche Kleinigkeiten nicht entgingen. Von dem jungen Engländer schien sie jedenfalls recht viel aufgeschnappt zu haben.

Angesichts eines abfallenden, sonnenbeschienen Uferbereiches voller Kies, zahlloser, mit gelben Flechten bewachsener Felsen zwischen dem Ufer und einem purpurrot und smaragdgrün gestreiften Meer, eines langen, leeren Morgens und eines passenden Zieles gibt es keinen Grund, warum man je wieder aufhören sollte, Steine zu werfen. Damit beschäftigten meine Cousine und ich uns am Vormittag nach unserer Ankunft in Renvyle. Wir waren früh aufgebrochen und hatten Zeichenutensilien und Mittagessen eingepackt, fest entschlossen, mehrere Meilen Küstenlinie zu erkunden und mit der berühmten Burg von Grace O'Malley anzufangen und mit Nachmittagstee und wohlverdienter Ruhe zu enden.

Niemand kann diesen Seiten ein Zuviel an lokalen Informationen zum Vorwurf machen. Wir haben uns in dieser Hinsicht einer vornehmen Zurückhaltung befleißigt, was wir zum Teil der Tatsache zu verdanken haben, dass wir beide gleichermaßen eine Abneigung dagegen haben, Anweisungen zu geben, und zum Teil auch dem Umstand, dass wir einfach nicht in der Lage zu sein scheinen, irgendwelche Tatsachen zusammenzutragen. Wir haben Kellner gefragt und erfahren, dass sie aus Dublin stammten, und die ältesten Bewohner belästigt, um festzustellen, dass sie entweder taub waren oder »kein Englisch hatten«. Doch Grace O'Malley ist eine so herausragende Lady, dass man sie keineswegs ignorieren kann, und auch wenn unser Wissen über ihre Geschichte nur sehr oberflächlich ist, fühlen wir uns doch verpflichtet, wenigstens unser Bedauern darüber auszudrücken, dass es eine weibliche Suffragette, wie sie eine abgegeben hätte, in unserem Jahrhundert nicht gibt. Würde sie heute leben, wäre sie längst nach London in den County Council gestürmt, hätte sich mitten reingesetzt und wäre denen ordentlich aufs Dach gestiegen; und hätte die University of Oxford es ihr verweigert, einen Abschluss in einem Fach ihrer Wahl zu machen, hätte sie die Stadt zweifelsohne gebrandschatzt und sämtliche Professoren in Gefangenschaft genommen.

Doch unter der Herrschaft Elizabeths war ihre Tatkraft auf das lukrativere Geschäft der Piraterie beschränkt. Es ist bekannt, dass sie einen Gemahl hatte, doch er scheint keinerlei öffentliche Aufmerksamkeit beansprucht zu haben, außer nebenbei, wie etwa, als festgehalten wurde, dass »die Lady Grace O'Malley nach England fuhr, um einen Vertrag mit der Königin zu schließen, und ihren Gemahl mitnahm«. Eine ihrer Festen war dieser quadratische Turm, der so pittoresk auf die Gewässer der Renvyle Bay herabblickt; und uns wurde berichtet, dass sie bei den seltenen Gelegenheiten, da sie an Land schlief statt auf ihrem Schiff, ein Tau von ihrem Schiff an ihrem Bettpfosten festknoten ließ, und dem Kapitän den Befehl erteilte, daran zu ziehen, falls sich am Horizont irgendetwas für Piraten Vielversprechendes zeigen sollte.

Ich glaube, wir hatten angefangen, uns über die tatkräftige Grace zu unterhalten und darüber, wie sie wahrscheinlich in die moderne Politik eingreifen würde, als wir über die Felder zwischen Renvyle und dem Meer schlenderten. Jedenfalls verlockte etwas uns, als wir gerade einmal eine Viertelmeile vom Hotel entfernt waren, uns an diesem Hang voller kleiner runder Steine hinzusetzen, und dann präsentierte sich ein prunkendes Büschel Weißer Lichtnelken auf einem gelben Felsen unwiderstehlich als Ziel zum Steinewerfen. Während wir dies schreiben, sind wir uns bewusst, von welch enttäuschender Vulgarität das alles ist. Den Satz hätte das Wort »Zeichnung«, wenn nicht gar »Sonett« beschließen sollen; doch es bleibt die demütigende Tatsache, dass wir einfach nur dalagen und Steine auf die Lichtnelke niederprasseln ließen, bis wir sämtliche Kieselsteine in greifbarer Nähe aufgebraucht hatten und die nächsten drei Tage steife Schultern hatten und die Weiße Lichtnelke trotz allem immer noch prunkte. Wir krochen von diesem überaus faszinierenden Kiesstrand zu der Wiese darüber und streckten uns dort in erhitzter Verdrießlichkeit aus. Wie heiß die Sonne war! Wie blau und grün das Meer! Wie bezaubernd das purpurrote Glühen der Berge zwischen den grauen, stacheligen Stängeln der Disteln! Und wie vortrefflich nach einer Pause heilsamer Erstarrung das Mittagessen!

Doch nach dem Mittagessen erschien uns Grace O'Malleys Turm weiter weg denn je, und wir verzichteten auf die eifrigen Vorhaben, mit denen wir am Morgen aufgebrochen waren, und ließen uns am Strand entlang zu dem blassen Streifen Sand treiben. Wir bummelten wohlig über eine niedrige Landzunge, wo gelbe Sandhäufchen im rauen Gras die Eingänge zu den Kaninchenbauten anzeigten, und wir rutschten den lockeren Hang hinunter auf die harte, perfekte Oberfläche des Sandes. Seine cremige Glätte hatte etwas von der Romantik frischgefallenen Schnees, doch nichts von dessen Schrecken. Eine verrückte und kindliche Begeisterung ergriff von uns Besitz – laufen, Sandburgen bauen, planschen! Beinahe hätten wir wirklich geplanscht, achtlos gegenüber unserem Alter, unseren Unterkleidern und der Tatsache, dass niemand je so tief planschen kann, wie er möchte. Ja, wir beschlossen, dass wir tatsächlich planschen *würden*, und machten uns über die leicht abfallende gleißende Ebene auf den Weg zu der weit entfernten gischtsprühenden Wasserlinie. Hier und da spiegelte sich der blaue Himmel in Pfützen im nassen Sand, Achill Island war eine wolkige Möglichkeit am fernen Horizont, Croagh Patrick und Mweelrea ragten als gewaltige Gewissheiten in mittlerer Entfernung im Nordosten auf, und uns zu Füßen lag als entzückende Wirklichkeit rotes Seegras mit solch formeller Präzision flach auf dem Boden, dass wir beinahe erwarteten, im Sand darunter ihre lateinischen und englischen Namen hingeschrieben zu finden.

Noch fünfzig Yard und wir wären an der Wasserlinie gewesen, als wir plötzlich auf Fußspuren stießen, die in einer langen Linie unseren Weg im rechten Winkel kreuzten. Von der Größe her vermutlich von einem Mann und spitz in der Form, deuteten sie an, dass hier irgendwo ein Paar spionierender Augen sein konnte. Eine Ansammlung riesiger Felsen, die eine Prozession von Felsblöcken anführten, die wie ein Gletscher von den Bergen ins Meer floss, hätte leicht als Hinterhalt dienen können, und die Fußspuren führten, so weit wir sehen konnten, in ihre Richtung. Der Gedanke an einen heimlichen Beobachter traf uns beide im selben Moment, und wir ließen den Plan, im Meer zu planschen, augenblicklich und für immer fallen; wir beschlossen stattdessen, den Spuren zu folgen, bis wir den unwürdigen Verursacher in seinem Versteck aufgestöbert hatten. Kleine Löcher wie von einem Stock, der im Sand abgesetzt wird, begleiteten die Stiefelspuren, und an einer Stelle brachten mich bestimmte bruchstückhafte Bemühungen in Kunst und Literatur auf den Gedanken, dass der Stiefelträger in seinem Zufluchtsort zwischen den Felsen harmlos war. Plötzlich jedoch verloren die Spuren ihre beinahe selbstgefällige Gleichmäßigkeit und wurden länger und unregelmäßiger, als hätte ihr Besitzer eine wilde Flucht angetreten.

»Was habe ich dir gesagt?«, bemerkte meine Cousine. »Er ist weggelaufen, um sich zu verstecken, bevor wir ihn entdecken könnten!«

Wir erreichten die Felsen, und meine Cousine ließ den Blick, der ihrem Pincenez die zerstörerische Wirkmacht von Brenngläsern verliehen haben musste, über die mit Unkraut bewachsenen Felsspalten wandern, um einen Hinweis auf den Spion zu entdecken.

»Er muss auf der anderen Seite sein«, setzte sie an, da fiel unser Blick gleichzeitig auf einen kleinen weißen Gegenstand.

Ein Sandwich.

Es lag zwischen zwei großen Felsblöcken, die aneinander lehnten und gerade genug Platz boten, dass eine schlanke Person sich hindurchquetschen konnte. Wir schauten durch die Öffnung und sahen einen schmalen Streifen Sand und darauf ein einsames Stäubchen – der junge Engländer.

IX

Das Klappern der Mähmaschine weckte uns früh am Morgen des Tages, an dem wir das Renvyle House Hotel verlassen würden. Hin und her bewegte sich der Lärm mit einem verhaltenen Crescendo und Diminuendo, das unsere schlafenden Sinne langsam wachrüttelte und uns bewusst werden ließ, dass der Tennisplatz gemäht wurde und dass es Montag war und dass uns – endlich, nachdem unseren schlafschweren Augen gewahr geworden war, dass rosafarbene Rosen im Sonnenschein ins offene Fenster wippten – ein weiterer schöner Tag geschenkt worden war, an dem wir unsere Reise fortsetzen würden. Das Klappern der Mähmaschine wurde lauter und der Geruch nach frischgemähtem Gras wehte durchs Fenster herein, aufs Herrlichste vermischt mit den Kraftausdrücken des Gärtners gegenüber seinem Handlanger, während die Maschine über ihren schwierigen Parcours zwischen den Blumenbeeten gelenkt wurde. Als wir uns auf dem breiten Fenstersims hinauslehnten, war die Sache fast erledigt, und aus den Tragekörben eines Esels, der auf dem gekiesten Weg stand, den Kopf im Halbschlaf zwischen die Vorderbeine gesenkt, quollen das frischgeschnittene Gras und die abgeschnittenen Köpfe der Gänseblümchen. Wir starrten verwirrt auf den Esel. Oben auf seinem Kopf saß ein Schopf wie bei einem Houdan-Huhn, doch wir konnten glotzen, so viel wir wollten, seine Ohren konnten wir nirgends entdecken, und das war ein so erstaunliches Phänomen, dass wir nach unten gingen, um die Sache genauer zu inspizieren.

Es war endlich ein richtiger Sommermorgen, und die Sonne schien warm auf unsere unbedeckten Köpfe, als wir an dem glatten Tennisrasen mit den langen, abwechselnd grauen und grünen Streifen, die die Maschine wie mit dem Lineal gezogen hatte, vorübergingen und ein oder zwei Augenblicke im Schatten des mächtigen Bogens in der Fuchsienhecke stehenblieben, der zu dem altmodischen Gemüsegarten führte, und den Bienen lauschten, die zwischen den zahllosen blutroten Blüten über unseren Köpfen hin- und herflogen. Der Esel döste immer noch unter seinen Tragekörben, als wir uns ihm näherten und ohne den geringsten Zweifel mit eigenen Augen sahen, dass das Einzige an Ohren, was er besaß, kleine Ringe waren, nicht höher als Serviettenringe, aus denen dicke Büschel Wolle und struppiges braunes Haar sprossen. Just in diesem Augenblick näherten sich uns die Männer mit der Maschine, und wir baten sie um eine Erklärung.

»Die Ohren sind ihm in der Zeit der Unruhen abgeschnitten worden«, antwortete der Gärtner mit einer Stimme, die verriet, dass die Sache für ihn schon lange nicht mehr von Interesse war, während er den letzten Fangkorb voll Gras in die Transportkörbe leerte. »Er war damals ein verdammt guter kleiner Esel, wahrlich, das war er.«

Unsere Mienen verrieten wahrscheinlich unsere Gefühle, denn der Gärtner fuhr fort: »Ja, es war wirklich eine unschöne Sache, ihm so was anzutun, aber, wie auch immer, eines Morgens wurde er auf dem Feld gefunden und seine zwei

Ohren waren so dicht am Kopf abgeschnitten, als hätten sie sie ihm mit so einem Mäher da gestutzt.«

Mit einem Entsetzen, das den Gärtner offensichtlich zufriedenstellte, strichen wir mit den Händen über die verstümmelten Stümpfe. »Ein Ohr baumelte noch dran, als wir ihn fanden«, fuhr er fort. »Vermutlich dachten sie, damit könnten sie uns am meisten ärgern. Sie sind seit damals noch mal ein bisschen gewachsen, wie Sie seh'n können, aber nicht mehr viel, und die Fliegen machen ihn manchmal wahnsinnig.«

Mit wenig Appetit gingen wir zum Frühstück, tief in Gedanken darüber, welche schrecklichen Tatsachen zu den Umständen geführt hatten, unter denen wir, Touristinnen und Fremde, unsere Plätze im alten Speisezimmer in Renvyle einnehmen und uns an warmem Frühstückskuchen und Kaffee erfreuen konnten – Kaffee, der so vorzüglich war, dass das allein ausreichte, uns vergessen zu lassen, dass wir in einem Hotel waren –, als wären wir, und nicht die Blakes, seit Jahrhunderten seine Besitzerinnen.

Am Vormittag machten wir einen letzten Rundgang durch das Haus, die langen Flure hinauf und hinunter und in die unzähligen entzückenden getäfelten Räume hinein und wieder hinaus. Die Bibliothek hatten wir uns bis zum Schluss aufgehoben, und jetzt, da wir vor der ernsten Aufgabe standen, sie zu beschreiben, sagte unser Gewissen uns, dass wir nicht hinreichend sachkundig waren, um uns über historische Ausgaben und kostbare Einbände zu äußern. Es schien uns, dass sämtliche Bücher in den hohen Mahagonischränken, die wie Paravents im Raum standen, so alt und respektabel waren, dass sie unserem Urgroßvater gehört haben könnten; wir hielten gewiss eine zeitgenössische Ausgabe von Sir Walter Raleighs *History of the World* in den Händen, ganz zu schweigen von einem schrecklichen Traktat über das Foltern aus dem sechzehnten Jahrhundert mit Illustrationen, die immer noch für gute, praktische, verlässliche Albdrücke sorgen können, wenn die üblichen Sachen knapp werden. Doch aufgrund ihrer eindrücklichen, weil anschaulichen Beschreibung eines dicken Wälzers – einer auf Latein verfassten Abhandlung über Spanien mit prachtvollen, auf den weißen Pergamentumschlag geprägten goldenen Lettern und einem Datum vor langer Zeit um 1500 auf der vergilbten Titelseite – hat meine Cousine sich, nehme ich an, bei Leuten, die sie nicht besonders gut kennen, insgeheim einen Ruf als Bücherkennerin erworben.

Ich bin mir sicher, dass Sibbie wenig Dankbarkeit für das Zinksulfat empfand, das während ihres Besuches in Renvyle zur vollständigen Heilung ihrer wundgescheuerten Schulter geführt hatte. Wahrscheinlich hatte sie seit ihrer Einführung in die feine Gesellschaft noch nie drei ganze Tage in einem Stall verbracht, begeistert über die Gleichrangigkeit mit richtigen Pferden und mit mindestens zwei Fütterungen am Tag mit richtigem Hafer. »Bettler vertragen keine Wärme«, lautet ein in Irland altbewährtes Sprichwort, und es wurde bald offensichtlich, dass die moralische wie die körperliche Temperatur, in der Sibbie diese Tage verbracht hatte, für sie zu hoch gewesen waren. Als wir zur Eingangstür gingen, um das Verstauen unseres Gepäcks zu beaufsichtigen, fanden wir sie auf den Hinterbeinen, ein Stalljunge baumelte an der Gebissstange ihres Zaumzeugs, und flach auf dem Rücken vor ihr lag der ehrenwerte Butler, halb verborgen unter den Decken, die er auf dem Arm nach draußen gebracht hatte. Wir eilten zu seiner Rettung. Der Butler stand auf, Sibbie kam herunter, und wir entschuldigten uns für ihr schlechtes Benehmen.

»Oh, den da, den hat der Teufel angemalt!«, sagte der Stalljunge und sprach vermutlich nach dem Prinzip »Ein Penny für einen einfachen Bogen, zwei Penny für einen kolorierten«. »Er wollt mir heut doch glatt ins Gesicht beißen, und ich hab doch bloß seinen Stand ausgemistet! Fürwahr, ich hatt wahrlich kaum Zeit, über die Seitenabtrennung zu klettern, bevor er mich verletzt hätte.«

Die Missetäterin hatte das Erscheinungsbild eines aufgeschwemmten Würstchens auf Haarnadeln, und nachdem wir dem gastfreundlichen Renvyle House voller Bedauern Lebewohl gesagt hatten und in einem prahlerisch leichten Galopp die Avenue hinunterfuhren, versprachen wir uns, dass wir die zarte Eigenschaft des Mitgefühls nicht durch den philanthropischen Unsinn, bergan zu Fuß zu gehen, übertreiben würden.

Unsere Route führte zwei oder drei Meilen über die alte Bekannte, die Serpentinenstraße, und dann bogen wir nach links ab, um der östlichen Küstenlinie zu folgen. Es war auf ihre Art keine schlechte kleine Straße, doch kaum waren wir ein kleines Stück darauf gefahren, vermochte sie es, Sibbies Überschwang ein wenig zu dämpfen; ja, wie ein Fähnrich einst über Madeira sagte: »Die Landschaft war reizend, aber sehr steil.« Die Küste stieß lange, felsige Finger ins Meer, und wir fuhren quasi über die hochragenden Knöchel – das ist, wenn auch nicht besonders pittoresk, doch die zweckmäßigste Beschreibung, die wir Ihnen von dieser Etappe unserer Reise geben können. Die Bläue des Meeres, die Vielfalt und Farben der unzähligen großen und kleinen Buchten und Wasserläufe und die ehrwürdige Größe des zu unserer Rechten thronenden Lettergash Mountain beschreiben zu wollen, wäre ein aussichtsloses Unterfangen und eines, das den Leib müde machen würde. Lassen Sie uns lieber von Dingen sprechen, über die wir etwas zu sagen haben, über die Hunde, die vor den Hütten lauerten und deren Angriffe es ratsam erscheinen ließen, einen Haufen Steine in der Kutsche mitzuführen, und die obendrein die beim Üben mit den Weißen Lichtnelken verbrachte Zeit rechtfertigten; über den Schattensteinbrech und die prächtige Graue Glockenheide, die die Felsen vortrefflich zierten; und zu guter Letzt darüber, dass all diese Vergnügungen eine Sache der Vergangenheit sind. In diesem Landstrich herrschte die verderbliche Gepflogenheit, uns in Versuchung zu führen, an einer rücksichtsvollen Zuflucht vorbei in den Graben zu fahren, um sodann zu einer eifrigen Verfolgungsjagd anzusetzen. Bei einer solchen Gelegenheit waren meine Cousine und ich nach einer wilden Verfolgungsjagd von einer halben Meile verzweifelt, wie wir der Sache ein Ende bereiten könnten, und so fuhren wir einen moderaten Hügel hinauf, stiegen aus und gingen zu Fuß weiter in der Hoffnung, dass die Kutsche, die uns ratternd dicht auf den Fersen gefolgt war, jetzt an uns vorbeifahren würde. Doch das Gegenteil war der Fall, sie hielt ebenfalls an, und einer ihrer vielen Insassen rief in freundlichem Ton: »Ah! Sie sollten ihn nicht schonen, Ladys! Er kann Sie beide sehr wohl ziehen; ermuntern Sie ihn mit der Peitsche!«

Unser Ziel war Leenane (Leenahn ausgesprochen), doch man hatte uns geraten, die Hauptstraße zu verlassen und den Salruck-Pass zu besuchen. So umrundeten wir langsam die Flanke des Lettergash, wandten dem Meer den Rücken zu und fuhren landeinwärts in das inzwischen vertraute Land der Seen und des Heidekrauts. Man hatte uns versichert, eine Anglerhütte an einem See wäre für uns das Zeichen, dass wir die Nebenstrecke nach Salruck erreicht hätten. Hier war der See, und hier war die Anglerhütte; doch konnte dies die Nebenstrecke sein? Falls sie es war, dann war sie auf jeden Fall nicht besonders vielversprechend; ja, bevor wir uns ihrer steinigen Wildheit anvertrauten, stieg meine Cousine ab, um beim Landvolk Erkundigungen über ihren Zustand einzuholen, eine Aufgabe, bei der sie sich, wie sie annahm, hervortun würde. In diesem Fall bestand das Landvolk aus einem älteren Mann, der am Straßenrand Steine brach; und wie er schwitzte und meine Cousine anstarrte, während sie ihre Frage formulierte, war nicht ermutigend. Sie wiederholte ihre Frage. Er starrte zur Sonne hinauf, zog das Gesicht in Falten, bis es aussah wie ein in braunes Papier eingewickeltes Paket, um das die Schnur zu fest geknotet wurde, und antwortete: »Ich würd sagen, es ist ungefähr Viertel nach drei … oder so.«

»Nein«, sagte meine Cousine in äußerst schriller Tonlage, »ich wollte wissen, ob das die Straße nach Salruck ist?«

»Oh, gewiss … es wird'n schöner Tag, dem Herrn sei Dank.« Er wischte sich mit dem Ärmel über die Stirn. »Aber bald kommt Regen … morgen oder übermorgen. Letzte Nacht passte kein Daumen zwischen den Stern und den Mond, und es heißt, das ist ein schlechtes Zeichen.«

»Stocktaub«, bemerkte meine Cousine in einem »Gütiger Himmel gib mir Geduld«-Tonfall. Dann zeigte sie über den Hügel und schrie Wort für Wort: »Ist … Salruck … da … drüben?«

Das Echo warf die Frage kreischend von Fels zu Fels. Selbst Sibbie drehte sich mit ungerührter Überraschung um; doch der Steinklopfer hatte sie nicht gehört.

»Oh, geht's um *Forellen*?« In einem Ton, als hätte er jetzt endlich begriffen. »Zum Teufel, in ganz Connemara gibt's nicht so viele Forellen wie in dem See hier! Sie würd'n noch im Schnee hier stehn und zuseh'n, wie Captain Thompson sie rauszieht!«

»Vielen Dank«, sagte meine Cousine sehr höflich. »Auf Wiedersehen!«

Wir hielten es für besser, es mit der Nebenstrecke zu wagen, als uns weiter in Konversation zu versuchen. Es war die erste richtig schlechte Straße, auf die wir in ganz Connemara stießen, und sie war nur eine Meile lang, doch das reichte aus, um den ganzen Landstrich in Misskredit zu bringen. Eine halbe Meile gingen wir zu Fuß und schoben den Wagen von hinten an, um zur höchsten Stelle des Hügels zu gelangen, und dort lag ein gleichermaßen steiler Abstieg vor uns, bevor wir auf die Höhe einer kleinen, wie eine Pfeilspitze geformten Bucht kamen, die ihre lange, funkelnde Spitze zwischen die Berge von Salruck stieß. Sich wie ein behelfsmäßiger Bremsklotz hinten an eine Kutsche zu hängen, ist sowohl strapaziös als auch würdelos, und zwar so sehr, dass wir nicht gleich bis ins Tal hinunterfuhren, sondern auf einer flachen Stelle vor den Toren eines Jagdhäuschens anhielten und eine Frau fragten, wie der Rest der Straße sei.

»Wahrlich, ja, Gott weiß, die Straße ist unzuverlässig«, sagte sie mit einem mitfühlenden Blick auf unsere erhitzten Gesichter, »aber Sie könn'n sie nehmen.«

Wir bedankten uns bei ihr, entschieden uns aber, uns der Freundlichkeit des Jagdhäuschens anzuempfehlen, vor dessen Toren wir standen; und nachdem die Kutsche und Sibbie dort gastfreundlich Aufnahme gefunden hatten, waren wir frei, Salruck zu erkunden. Wir gingen zunächst durch einen Tunnel, der sich etwa zu gleichen Teilen aus Bäumen und Mücken zusammensetzte, folgten dann einer gegenläufigen Straße über eine Brücke, die den kleinen Fluss überspannte, setzten uns ans Meeresufer und schauten uns um.

Man kann auf der Stelle sagen, dass Salruck ein Ort ist, den man unfehlbar mit »Flecken« betiteln kann. Ein Flecken sollte bewaldet sein, geschützt und möglichst eingebettet zwischen Bergen liegen und möglichst einen Fluss oder wenigstens einen Bach von ansehnlicher Größe haben, der murmelnd oder plätschernd in eine Wasserfläche mündet, groß genug, um die Bäume zu spiegeln. Eine Kirche ist nicht unbedingt vonnöten, doch im Allgemeinen findet sich eine solche, und Salruck war selbst damit angelegentlich ausgestattet. Nachdem wir diese Theorie zu unserer vollen Zufriedenheit ausformuliert hatten, wandten wir uns unseren Pflichten als Touristinnen zu. Wir erklommen den heidekrautbewachsenen Salruck-Pass – eine schwierige, windige Kletterpartie – und betrachteten von oben den wunderschönen Killary Harbour sowie unzählige und unaussprechliche Berge und Inseln; wir stiegen auf einer von meiner Cousine vorgeschlagenen Abkürzung wieder ab, die derart steil war, dass wir uns in sitzender Haltung und in unangenehmem Tempo eine Art Gletscher hinabbewegten. Nachdem wir den Pass glücklich geschafft hatten, war klar, dass uns nur noch eines zu tun übrig blieb: der Friedhof. Unsere Wohltäter im Jagdhäuschen hatten uns erklärt, wie wir ihn finden würden, und ohne diese Hilfestellung hätten wir ihn sicher nie entdeckt. Er lag versteckt an der Flanke eines bewaldeten Hügels, eine grasbewachsene Karrenspur war die einzige Zufahrt, ein Haufen Äste in einer halb zerfallenen Mauer diente als Tor, und statt Tränen-Zypressen standen hohe Eschen und Ahornbäume dicht zwischen den lockeren Steinhaufen, welche die Gräber anzeigten. Auf den ersten Blick hätten wir sogar denken können, wir wären irgendwo falsch abgebogen und in einen steinigen Wald spaziert, doch eine kniende Gestalt verriet uns, dass wir keinen Fehler gemacht hatten. Die Frau stand auf, als wir auf dem gewundenen, ausgetretenen Pfad zwischen den Bäumen näher kamen, und wir erkannten sie wieder, denn es war die Frau, die wir eine Stunde zuvor auf dem Hügel getroffen hatten.

»Dies ist ein besonderer Ort, Ladys«, sagte sie mit lauter, fröhlicher Stimme. »Hierher kommen manche aus allen Ecken der Welt, um ihn zu sehen.«

Wir pflichteten ihr bei, dass es ein besonderer Ort sei, und tauchten unverzüglich in ein langes Gespräch. Wir fanden heraus, dass der hohe, quadratische Steinhaufen, etwa so hoch und so breit wie ein Billardtisch, ein Altar war, in dem nur Priester beigesetzt wurden; und sie wies uns auf einige Tonpfeifen und sogar ein kleines Häufchen Tabak unter einem Stein hin und erklärte uns, dass die Sachen von der letzten Beerdigung dort hinterlassen worden waren, und »jeder, der wie ich herkommt, um ein Gebet zu sprechen«, könne sich davon nehmen. Ja, sämtliche Gräber waren mit kaputten Pfeifen und leeren Behältnissen für den Tabak verunziert – überall lagen Blechdosen oder Holzkistchen, die meisten mit grellbunten Etiketten für Waren wie Colman's Mustard und Reckitt's Blue, beinahe haarsträubend in ihrer schäbigen, aufdringlichen Armseligkeit.

»Es gibt keinen in der ganzen Gegend, der nicht hier beerdigt wird,« sagte unsere Freundin, »und obwohl hier schon so viele beerdigt wurden, gib's hier weit und breit keinen einzigen Wurm und auch nichts, was einem Wurm ähnelt.«

Ein Stückchen unterhalb von da, wo wir standen, befand sich ein Kreis von Steinen, wie eine rudimentäre Mauer, um eine besonders heilige Stelle, und wir stolperten über den furchtbar unebenen Boden dorthin. Im Innern des Steinkreises war der Boden nackt und hart wie ein irdener Stampfboden, und in der Mitte befand sich ein kleines, rundes Loch, in dem Wasser schimmerte.

»Das ist die heilige Quelle von Salruck«, sagte die Frau und lehnte sich behaglich an eine riesige Esche. Ein Blitz hatte einige lange Äste halb vom Stamm gerissen, und diese hingen jetzt weiß und fransig über der kleinen Einfriedung. »Manchmal sitzen hier nachts über dreißig Leute um die Quelle und beten bis zum Morgen. Es gilt als hervorragende Kur für wehe Augen.« Dies mit einem mitleidsvollen Blick auf den Pincenez meiner Cousine. »Aber was bedeutet die Quelle hier schon gegen die Quelle draußen auf der Insel!«, fuhr die Landfrau fort, schob die Schultern in ihren Umhang und machte sich daran, uns vom Friedhof zu führen. »Mit der Quelle hier verhält es sich nämlich so, dass, wenn eine Frau auch nur einen einzigen Tropfen davon trinkt, das Wasser darin versickert, und zwar so lange, bis sie so trocken ist wie Ihre Hand! Ja, fürwahr, das ist so sicher wie das Amen in der Kirche. Vor langer Zeit einmal wollte die Schwester des Priesters keine Zeit verlieren und raus zu der anderen Quelle auf die Insel fahren, und da hat sie sich so viel Wasser aus der heiligen Quelle geholt, wie sie zum Teekochen brauchte. Ich sag's Ihnen, sie war noch nicht zu Hause, da war die Quelle schon trocken!«

Sie machte eine dramatische Pause, und wir stießen die gebotenen Laute des Erstaunens aus.

»Also, als der Priester das sah«, fuhr sie fort, »fing er an zu beten, und er hatte eine ganze Nacht und einen ganzen Tag nichts zu nagen und nichts zu beißen, weil ihm nichts anderes über die Lippen kam als Gebete. Keinen Heiligen im Himmel, ob groß oder klein, den er nicht angefleht hat wegen der Quelle da. Und danach hat er dann seine Bücher geholt und ist wieder ins Zimmer gegangen und hat drin gelesen, bis er schweißgebadet war. Oh, fürwahr! Es ist nicht bekannt, was er in all der Zeit litt, doch bevor die Nacht hereinbrach, lief das Wasser in die Quelle, als ob man sie mit einem Teekessel füllte, und seit jener Zeit ist die Quelle niemals mehr ausgetrocknet. Wie man mir berichtet hat, hat der Priester seiner Schwester eine harte Bußübung auferlegt, aber trotz allem wurde er danach von den Feen geschlagen, bis er dabei beinahe ums Leben kam, so neidisch waren sie darauf, auf welche Art er das Wasser wieder zurückgebracht hatte. Der Fluch der Krähen soll die Mücken treffen!«, fuhr sie plötzlich zornig fort und schlug nach den Stechmücken, die wie ein Kranz um ihren Kopf genauso herumschwirrten wie um uns. »Zum Teufel, so bin ich ja noch nie gebissen worden.«

Wir hatten schon eine ganze Weile mit vergeblicher Raserei auf sie eingeschlagen, und am Ende ihrer Geschichte flohen wir von dem Friedhof und gingen zurück zur Chaussee.

Die Gastfreundschaft des Jagdhäuschens endete nicht bei Sibbie. Die Wirtin erwartete die beiden Fremden, die sich, zerzaust und von Mücken zerbissen, dem Tor näherten, um sie zu begrüßen, und bat sie mit äußerst zutraulicher Liebenswürdigkeit ins Haus, um ihnen den Nachmittagstee zu servieren, nach dem ihre Seelen schmachteten.

X

Wir sind Julius Caesar, dem Herzog von Wellington oder General Booth nie begegnet, doch wir sind überzeugt, dass keiner von den dreien mit einem derart kriegerischen Betragen oder einer derart unerschrockenen Seele aufwarten konnte wie der Typ des sportbegeisterten Vikars im Urlaub. Zu dieser Erkenntnis gelangten wir mit der Zeit an der Table d'Hôte in Leenane, und dort kam uns auch der nächste Gedanke, der damit in Zusammenhang steht, nämlich, dass, was bissige Grausamkeit und ungestümes Verhalten angeht, das Ginger-Ale der Mäßigung Brandy-und-Soda bei weitem vorzuziehen ist. Uns gegenüber saßen drei Vikare von der Nicht-Brandy-und-Soda-Art, und unsere Gläser waren mit zwei Flaschen Ginger-Ale von der Nicht-Vikare-Art gefüllt; und so wurden uns, nach Lage der Dinge, das Betragen und die Gewohnheiten beider Klassen gemeinschaftlich aufgezwungen. Falls unsere Betrachtungen unglaubwürdig erscheinen, sind wir nicht bereit, sie zu verteidigen; sie entstanden unter dem blendenden Nebel der Tränen, die jedem brennenden Schluck Ginger-Ale auf den Fuß folgten.

Die Vikare waren, wie bereits gesagt, drei an der Zahl; und sie repräsentierten drei der führenden Typen ihrer

Klasse – der Dunkle mit dichtem Schnurrbart, der mit rotem Backenbart und der glattrasierte Sportler. Die beiden Erstgenannten saßen zusammen und krakeelten über einem Rotwein, den sie zwischen ihren Handtellern wärmten und über dem sie mit unbekümmerter Fröhlichkeit und schmatzenden Lippen geheimnisvolle Anspielungen auf abenteuerliche Tage in Cambridge machten. Der dritte saß ein Stück abseits von ihnen inmitten einiger Studenten aus Oxford, mit denen er Reminiszenzen austauschte und die er aus der Höhe seiner drei Trimester Vorsprung mit wilden Geschichten darüber unterhielt, wie er nur knapp Proktoren oder Bulldoggen entkommen war, und insbesondere über die Abscheulichkeit eines gewissen Greene in Pembroke bei einem Frühstück, zu dem ein Mann eingeladen hatte, der »von zu Hause einen großen Kuchen« geschickt bekommen hatte. Die Geschichte war lang und reichlich durchsetzt mit nur für Eingeweihte verständlichem Studentenjargon, doch wir bekamen mit, dass Greene, der, wie der Vikar es nachsichtig nannte, »ein wenig beschwipst« gewesen war, den noch nicht angeschnittenen Kuchen aus dem Fenster auf einen Polizisten warf, auf dessen Helmspitze er aufgespießt wurde. Wir haben seither mit echtem Bedauern erfahren müssen, dass die Polizei in Oxford keine Spitzen auf ihren Helmen trägt; doch wir halten an den wichtigsten Fakten fest und bezeichnen, wenn wir die Geschichte weitererzählen, den Polizisten als Freiwilligen. Die kräftige Stimme des Erzählers bahnte sich den Weg in den lauten Strom des Anglerlateins, der ganze Tisch pausierte über dem Stachelbeerkuchen mit Vanillesoße, um zu lachen, und selbst die Vikare aus Cambridge ließen sich zu einem anteilnehmenden Lächeln herab. Sie waren einen guten Teil älter als die Burschen aus Oxford, und es schien uns, als hätte die überlegene Modernität und das Aroma der

Oxforder Geschichten eine bedrückende Wirkung auf sie. Still und leise tranken sie fürderhin ihren Rotwein aus und unterhielten sich in gedämpftem Ton über Taschenkameras und Sicherheitsniederräder.

Es mutete uns seltsam an, dass wir in diesem Hotel – wie in der Tat auch in allen anderen, in denen wir logierten – das Gefühl hatten, fast die einzigen Vertreterinnen unseres Landes zu sein, und als wir uns in Gedanken dem Gewirr englischer Gesichter und dem Durcheinander englischer Stimmen zuwandten, die in den letzten vierzehn Tagen unsere Mahlzeiten begleitet hatten, drängten sich uns zwei schmerzliche Schlussfolgerungen auf: erstens, dass die Iren kein Geld haben zum Reisen, und zweitens, dass es allein dem Einfluss und der Unterstützung der Engländer zu verdanken ist, dass sich die Hotels in Connemara von dem primitiven Federbett-und-Hühnchen-Status, auf den wir in einem früheren Kapitel hinwiesen, weiterentwickelt haben. Das heißt zugegebenermaßen nicht, dass Federvieh eine Sache der Vergangenheit ist. Täglich schallen durch Connemara die Schreie unzähliger Hühner, die ihrer Eier beraubt wurden, und in jeder Hotelspeisekammer hängen Unglückliche am Strick, »denn die Angler müssen essen«. Hühnchen und Hammelfleisch, Hammelfleisch und Hühnchen – dazu Lachs und Forelle, fett und frisch, nach denen London sich die Finger geleckt hätte, waren das Leitmotiv der Table d'Hôtes in sämtlichen Hotels, und alles war durchweg so köstlich, dass wir nach nichts anderem verlangten.

Der ganze nächste Tag war nass, durch und durch nass. Die prächtigen Berge von Mayo auf der anderen Seite der Bucht sahen aus wie in weißes Musselin gehüllte Elefanten, und das Meer, das vor dem Hotel gegen die Uferböschung schlug, war schwer und schlammig und alles in allem kein schöner Anblick. Wir saßen trübselig im Damensalon, ein empörtes Auge auf den Regen, das andere in noch tieferem Groll auf den ganz und gar unausstehlichen Mann gerichtet, der am Abend zuvor mit einem Buch vor dem Kamin Stellung bezogen und sich, wie es schien, seither nicht mehr vom Fleck gerührt hatte. Aus dem Rauchsalon auf der anderen Seite des Flurs wehte in Abständen das trostlose Zupfen eines Banjos herüber; meine Cousine las eine Ausgabe von *Pilgerreise zur seligen Ewigkeit* aus dem Bücherbestand des Hotels; es herrschte ganz allgemeine Trübsal, und ich ertappte mich dabei, dass ich eine Zeichnung, die an einem schönen Tag entstanden war, fast mechanisch mit einem heftigen Niederschlag versah.

Gegen Abend kam eine gefährliche Mordlust in uns auf, und wir zogen unsere Regenmäntel an und machten uns mit einer Entschlossenheit zu einem Spaziergang auf, die ein wildes Entzücken darin fand, nasse Füße zu bekommen. Dieser Spaziergang verlief vollkommen ereignislos – es sei denn, man wertet die schwankende Tiefe der Pfützen und das anstrengende Klammern an einen Regenschirm als Ereignisse –, doch wir kehrten trotz allem besänftigt und zufrieden mit uns zurück und fanden zusätzlichen Trost in einem wolkigen Blick durch die Terrassentüren des Rauchsalons auf Blazer und Beine in weißen Flanellhosen, die in verschiedenen Haltungen träger Verdrossenheit im Raum verteilt waren. Bevor unser Blick durchs Fenster fiel, hatten wir das melancholische metallene Hicksen des Banjos gehört, doch gerade als wir vorbeigingen, verstummte es, und ein verstohlener Blick ergab, dass der sportliche Vikar hingestreckt auf einem Sofa lag, das Banjo auf die prächtig gestreifte Schärpe gestützt, die er zwischen dem klerikalen schwarzen Sergerock und der unkanonischen Flanellhose trug.

»Die Hand lässt seufzend die Violensaite klingen;
Braune Gesichter hören auf zu singen,
Traurig vor Lust, die ihre Völle fand.
Wohin schweifen ihre Augen, wenn vom geschwellten Mund
Die dünnen Pfeifen sinken und sie schmollen …?«,

zitierte meine Cousine, deren Kenntnis von Rossetti allenfalls schludrig genannt werden kann.

»Ich glaube, die Augen sind in Richtung des Oughterard-Regenschirms geschweift«, behauptete ich, als wir den übelriechenden Karostoff des Schirmdachs in der Halle zusammenrollten. »Seit sich der Stoff von zwei Speichen gelöst hat, sieht das Ding aus wie eine zerzauste Scheuerfrau und ist auch genauso attraktiv.«

Als wir an diesem Abend zu Bett gingen, tropfte der Regen immer noch schwer aus den Wasserspeiern, und bei dem deprimierend frühen Aufwachen, das auf ein frühes Zubettgehen folgte, war es das Erste, was an meine Ohren drang. Das Hotel lag verlassen, als wir nach unten kamen; und im Gastzimmer duftete es köstlich nach verschwundenem Frühstück. Die Angler hatten sich offensichtlich in einem Anfall von Verzweiflung davongemacht, um ihren Geschäften nachzugehen. Der Kellner war beim Thema Wetter durchaus zugeknöpft; er rühmte es weder, noch fluchte er darüber, vielmehr brachte er mit unangenehmer Heiterkeit seine Hoffnung zum Ausdruck, dass es besser werden würde, während wir doch tief im Herzen wussten, dass er sich sicher war, dass es das nicht tun würde. Wir beobachteten ihn missgünstig, als er mit Tellern hin- und herging und auf einem Beistelltisch in langen Reihen ganze Bataillone von Gabeln auslegte. Was bedeutete ihm schon das Wetter, mit seinen Hausschuhen und seinem Abendanzug und der absoluten Gewissheit dessen, was er von jetzt bis zum Schlafengehen zu tun hatte? Wir wären dankbar in die Küche gegangen und hätten der Köchin unsere Dienste angeboten oder uns sogar der Stiefel angenommen, doch stattdessen mussten wir in den verabscheuten Damensalon gehen, um dort den Trugschluss der Feststellung zu betrauern, dass Satan mit Unbeschäftigten stets Unheil zu schaffen weiß.

Doch am Nachmittag klarte es, zögerlich und trübsinnig, aber dennoch gewissenhaft, auf, und wir baten darum, Sibbie aus dem Stall zu holen, denn wir wollten sehen, wie viel vom Land noch über dem Wasserspiegel lag. Wir fuhren die Straße nach Westport hinunter, bis wir die letzte lange Kurve der Killaries hinter uns gelassen hatten. Unser Blick über ein bewaldetes Tal fiel auf rauschendes Wasser und tosenden Schaum oberhalb der Mündung des Erriff River, die das von den Anglern bevorzugte Angelrevier markierte. Wir baten einen Mann, Sibbie ein paar Minuten zu halten, während wir nach unten gingen, die schmale Angelbrücke betraten und einem einsamen Angler zusahen, der seine Fliege mit der gewohnten systematischen Anmut – und mit dem gewohnten vollständigen Ausbleiben eines Ergebnisses – warf, bis wir das Gefühl hatten, es wäre freundlicher, wenn wir wieder gingen. Die Mücken waren vielleicht nicht ganz so groß und so unersättlich wie ihre Verwandten in Salruck, doch an diesem Abend beim Abendessen hörten wir, es seien immerhin so viele gewesen, dass sie sämtliche im Hotel logierenden Angler am Vormittag vom Fluss vertrieben hatten. Und als wir den Tisch hinunter in die Gesichter blickten, die alle aussahen, als wären sie im ersten Stadium der Genesung nach einer Pockenerkrankung, bekamen wir eine Vorstellung davon, wie sehr sie gelitten haben mussten. Ein Jugendlicher, dessen Mückenbisse so zahlreich waren, dass man schon den Eindruck bekam, sie wüchsen zusammen, erklärte uns, er habe sich in einer Art Raserei zu Boden geworfen und mit seinem Regenmantel zugedeckt. Doch die Mücken waren durch die Knopflöcher hineingekrochen und hatten sich an ihm gütlich getan, als er reglos dalag.

Wir setzten unsere Fahrt nach Westport fort, den Fluss auf der einen Seite und auf der anderen prächtige grüne Berge, gesprenkelt mit Tausenden von Schafen; die Straße war steil, doch wir hielten die lange, schimmernde, graue Steigung durch, ohne dass wir irgendeine bestimmte Absicht hatten außer der, zu sehen, was auf der anderen Seite lag. Wir fanden es schneller heraus als erwartet, denn plötzlich tauchten über der Hügelkuppe, wo die Straße den Rücken gen Himmel bog, drei umhertollende junge Pferde auf. Bei ihrem Anblick wendeten wir Sibbie scharf und flohen den Hügel hinunter. Die jungen Pferde kamen mit fliegenden Mähnen und Schweifen hinter uns her galoppiert, und Visionen, dass uns schon wieder ein Zugtier durchgehen würde und wir aus dem Wagen fallen und von unseren Verfolgern am Ende niedergetrampelt werden würden, ließen uns Sibbie mit der Peitsche auf eine Art und Weise »ermuntern«, die kaum notwendig gewesen wäre, denn sie streckte ihre langen Beine zum Galopp, dass die Kutsche nur so von einer Seite zur anderen schaukelte. Es schien, als würden die Pferde uns nicht einholen; und als die Bäume der Astleagh Lodge näher und immer näher kamen, blitzte von unserem inneren Auge ein Kopf-an-Kopf-Sieg an der Hoteltür auf und was für ein Geschenk des Himmels so ein Spektakel für den Rauchsalon sein würde. Doch dem Rauchsalon war vom Schicksal bestimmt, dieses Geschenk nicht zu erhalten, denn so plötzlich, wie die Verfolgungsjagd begonnen hatte, endete sie auch. Die drei Füllen preschten eine schmale Landstraße zu einem Bauerngehöft hinauf, und da bemerkten wir ein kleines Mädchen, das mit einem Stock in der Hand hinter ihnen herlief. Es war nur die Connemara-Version von Mary, die das Vieh nach Hause holte, in schnellerem Tempo geschrieben als üblich und mit einer zweifach erniedrigten laufenden Begleitung, von uns selbst dargebracht. Sibbie war noch nicht ganz beruhigt, selbst als wir das Hotel erreichten, und wir fuhren daran vorbei in Richtung Meer, bis wir an einen Punkt gelangten, von dem wir den ganzen auserlesenen Killary Fjord sehen konnten, und hinter den am weitesten entfernten, dunklen, überlappenden Anhöhen die dünne silbrige Linie des offenen Meeres.

»Frühstück um acht Uhr, bitte, und wecken Sie uns um Punkt sieben«, lauteten unsere letzten Worte an unserem letzten Abend in Leenane. Der finale Tag unserer Reise war gekommen, und uns blieben noch zwei Dinge zwingend zu tun. Wir mussten Delphi besuchen, und wir mussten die zwanzig irischen Meilen überwinden, die zwischen Sibbie und ihrem Zuhause in Oughterard lagen. Tatkraft und ein früher Aufbruch waren also erforderlich, und die Uhr schlug acht, als wir das Frühstückszimmer betraten in der Erwartung, unsere zwei Frühstücksgedecke in trauter Zweisamkeit an einem Ende einer langen Wüste von einer Tischdecke anzutreffen. Was wir vorfanden, war eine schlingende, lärmende Meute von Anglern, voller alltäglicher, gewohnter Tatkraft, gegen die uns die unsere vorkam wie ein sehr gezwungenes und exotisches Pflänzchen. Der Kellner, der tags zuvor um halb zehn unterwürfig und aufmerksam gewesen war, bedachte uns jetzt mit einem kalten, fahrigen Blick. Er war eindeutig derselben Meinung wie das entrüstete Hausmädchen, das erklärte: »Eine wahre Lady verlässt das Bett am Morgen nicht vor neun Uhr.« Ein Frühstück nach dem anderen wurde serviert, aber nicht für uns. Wir sahen unter Qualen zu, wie der sportliche Vikar die Stachelbeermarmelade aufaß, und die letzten warmen Frühstückskuchen waren verschwunden, bevor man uns unseren Kaffee und unsere Koteletts gewährte. Folglich kamen wir erst erheblich später, als uns lieb war, zum Anleger und stiegen in das Boot, das uns nach Delphi übersetzen sollte.

Das Wetter war grau und rau, und wir fragten die Bootsführer, was sie davon hielten, während wir im Schutz des westlichen Ufers durch die Bucht krochen, so dicht wie möglich an den mit Seetang bewachsenen Felsnasen, den auserkorenen Spielplätzen der Seehunde.

»Viel Wind isses nicht, aber was da ist, ist richtig stark«, sagte der Bootsachtersmann. »Fürwahr, wir werden kaum rüber nach Delphi kommen bei den Wellen, die reinkommen, sobald wir draußen im offenen Wasser sind.«

»Ach was, alles halb so wild!«, warf der Bug ein, der, seiner glühenden Gesichtsfarbe nach zu urteilen, das Temperament eines Sanguinikers besaß. »Ich würd sagen, 's wird 'n prächtiger Tag. Was mach'n da schon die paar Wellen?«

Wir kamen, als wir uns nach einer Ruderpartie von fast zwei Meilen von der Küste lösten, zu dem Schluss, dass sie sehr viel ausmachten, denn sobald wir uns der offenen See zuwandten, wurden wir mit voller Wucht von der vereinigten Kraft von Wind und Wellen getroffen. Die Brandungswellen waren so mächtig, wie man sie sich nur vorstellen kann, und das Vorankommen des Boots erschien uns wie eine Abfolge von Springer-Zügen beim Schach, zwei Züge in Richtung der Delphi-Küste und ein Zug, um das Boot mit dem Bug wieder in Richtung der heranrückenden Wellen auszurichten. Da dauerte es natürlich lange, um hinüberzukommen, und als wir endlich an Land waren, hatten wir noch einen Fußmarsch von zwei Meilen vor uns. Wenn es nicht tatsächlich ein »prächtiger Tag« geworden wäre, hätte uns der Mut verlassen, als wir merkten, dass uns die Stunden zwischen den Fingern zerrannen, und uns an die Strecke erinnerten, die wir am Nachmittag noch vor uns hatten.

Delphi hatte seinen Namen von einem Genius erhalten, der in dem See dort und den überhängenden Bergen eine Ähnlichkeit mit der Heimat des Orakels entdeckt hatte. Die Bootsführer konnten sich weder daran erinnern, wann der kleine See bekehrt und neu getauft worden war, noch daran, wer der Missionar gewesen war, doch Gerüchte sprachen von einem Bischof und einem Dekan der Irish Church, der, wenn sich ein alter Ortsansässiger richtig erinnerte, der Erste gewesen war, der die Zivilisation in die Killaries gebracht hatte, der die zauberhafte Anglerhütte an der Spitze des Sees erbaut und, gekleidet in Schuten und flaschengrüne Schleier, im See geangelt hatte. Wir waren noch keine fünf Minuten dort, da begriffen wir die Gründe für Schuten und Schleier und wünschten, wir wären gleichermaßen geschützt vor den blutrünstigen Mücken, die unsere Wanderung am See und unser Mittagessen am Fluss zur reinsten Tortur machten.

Doch die Mückenbisse sind abgeklungen, und wenn wir an unseren letzten Tag in Connemara denken, kommt uns die Erinnerung an die spiegelglatte Flussbiegung in den Sinn, in der sich die am Rand stehenden Wildblumen spiegelten, an den klassischen Hain mit Kiefern und schlanken, weißen Birken und an die leuchtende purpurrote Spiegelung des Berges, die tief in dem Fluss zu ihren Füßen lagen. Ein zweites Bild, das ebenfalls zu diesem Tag gehört, habe ich immer noch vor Augen, nämlich, wie die Matrosenmütze meiner Cousine in einer Böe, die uns erwischte, als wir auf dem

Rückweg die Killaries überquerten, wie ein hochschießender Fasan von ihrem Kopf aufflog. Sie wogte einige Minuten lang tapfer auf den Brandungswellen, doch am Ende füllte sie sich mit Wasser und sank sozusagen mit Mann und Maus, nämlich zwei sehr in Ehren gehaltenen Haarnadeln, bevor wir sie erreichten.

Dieser Moment war der Anfang vom Ende. Eines der wichtigsten Mitglieder der Expedition hatte uns verlassen, und die allgemeine Auflösung stand kurz bevor. Das Bedauern, mit dem wir unsere Hotelrechnung beglichen, galt nicht nur dem Geld, sondern war mit dem feineren Pathos des Lebewohls vermischt. Die Tasse Bovril, die wir zu uns nahmen, als wir die ersten fünf Meilen unserer Reise bewältigt hatten, war »stark wie die erste Liebe und rasend vor Bedauern«; es war der letzte Rest eines treuen und ergiebigen kleinen Topfes, und die Sparsamkeit verlangte, dass er bis auf den letzten Krümel ausgekratzt werden musste, als wir ihn das letzte Mal aus dem Picknickkorb holten. Pfefferkuchen, die wie Goldstücke gehortet worden waren, wurden *en masse* an eine vorbeikommende Landstreicherin verteilt, bevor ihr noch ein einleitender Segenswunsch über die Lippen gekommen war, und das letzte Stück Kümmelkuchen wurde der widerwilligen Sibbie ins Maul geschoben. Die Sparsamkeit von vierzehn Tagen wurde in einer Stunde freudloser, aber notwendiger Prasserei vergeudet.

Es war acht Uhr am Abend, als wir nach fünf oder sechs Stunden Fahrt vom hochgelegenen Moor vor Oughterard allmählich hinunter ins Tal rollten. Die Berge von Connemara lagen hinter uns, eingehüllt in das blasse, ferne Gewand, in dem wir sie anfangs kennengelernt hatten, und das Einzige, was uns an unsere Wanderungen in ihren Tälern erinnerte, waren der Gouvernantenwagen und die müde, aber immer noch unverzagte Sibbie. Doch auch sie würden uns nicht mehr lange gehören; die Tür von Murphy's Hotel würde bald unseren endgültigen Abschied bezeugen, und am nächsten Tag würden wir wie alle anderen Touristinnen und Touristen auch in der Postkutsche nach Galway schaukeln.

»Also, jedenfalls«, sagte meine Cousine, als wir uns über all das unterhielten, »haben wir Sibbie bekehrt. Ich habe in letzter Zeit mehrere Kleinigkeiten an ihr bemerkt, die mich sicher machen, dass sie uns mit strenger Zuneigung betrachtet. Und ich wage zu behaupten«, fuhr sie fort, »dass sie es verabscheuen wird, in ihr altes Leben und ihre alte Umgebung zurückzukehren.«

Während sie dies sagte, betrachtete meine Cousine Sibbie versonnen und schwang in den Straßen von Oughterard in einer Art melancholischer, überschwänglicher Geste die Peitsche. Nichts hätte ihren oder meinen Erwartungen ferner liegen können als der aalgleiche Sprung, mit dem Sibbie, just als diese wohlwollenden Überlegungen geäußert wurden, durch den Torbogen tauchte, der zu Mr Johnny Flanigans Stall führte. Und wir trauern seither immer noch darum, dass Mr Flanigan die bravouröse Kurve, mit der wir in seinen Hof einfuhren, nicht unseren Fahrkünsten zuschreiben konnte, da wir beide im Gouvernantenwagen zu Boden gefallen waren. In Wirklichkeit lauteten seine Worte:

»Also, jetzt hab ich doch zwei ganze Stunden lang draußen auf der Straße gestanden, damit ich da bin, um sie einzufangen, wenn sie das machen will. Soll mich der Teufel holen, dass sie just die Minuten gewählt hat, als ich rein bin, um mir im Haus an den Kohlen die Pfeife anzuzünden. So hat sie mich doch geschlagen. Aber Sie brauchen kein Wort zu sagen, sie hat Sie beide sicher ordentlich getriezt!«

Somerville und Ross – zwei Schriftstellerinnen auf Reisen

Somerville und Ross gehören zu den interessantesten Autor:innen der irischen Literatur, doch im deutschsprachigen Raum ist ihr Werk bisher kaum bekannt. Einzig ihr Roman *Die wahre Charlotte* erschien 1954 in einer deutschen Übersetzung von Elisabeth Schnack.[1] In ihren Erzählungen, Romanen und Reiseberichten spiegeln sich die gewaltigen politischen und sozialen Umbrüche in Irland zum Ende des 19. Jahrhunderts; dabei verbinden Somerville und Ross eine messerscharfe Beobachtungsgabe und eine stimmige Abbildung gesellschaftlicher Verhältnisse mit Leichtigkeit und Ironie im Ton.

Wer waren Somerville und Ross? Edith Œnone Somerville und Violet Florence Martin, die unter dem literarischen Pseudonym Martin Ross publizierte, gehörten beide dem anglo-irischen Landadel an, ihre Familien waren normannischen Ursprungs. Somervilles Familie kam im 12. Jahrhundert nach Irland, Martins im frühen 17. Jahrhundert. Das Stammhaus der Familie Martin war Ross House, Connemara, County Galway, wo die Martins im 18. Jahrhundert zu den größten Grundbesitzern im ganzen County zählten. Die Vorfahren von Edith Somerville lebten über acht Generationen in Drishane, Castletownshend, in West Cork.

Edith Somerville und Violet Martin waren Großcousinen – Cousinen zweiten Grades: Ihre Mütter waren Enkelinnen des Obersten Richters Charles Kendal Bushe (1767-1843) und seiner Frau Nancy Crampton (?-1857).

1 Somerville und Ross: *Die wahre Charlotte.* Deutsch von Elisabeth Schnack. Nachwort von Francis Magmanus. Zürich: Manesse 1954.

Irland stand seit 1541 unter englischer Herrschaft, und das Land war weitestgehend im Besitz englischer Landlords, doch im 19. Jahrhundert fand ein tiefgreifender Wandel statt, in dessen Verlauf der Landadel aufgrund der irischen Unabhängigkeitsbestrebungen an Vermögen, Macht und Einfluss verlor. Die Situation der irischen Pächter, die das Land bestellten und in bitterer Armut lebten, spitzte sich durch die Hungersnot von 1845 bis 1849 dramatisch zu. In der Folge verstärkte sich auch der politische Druck auf die Großgrundbesitzer. Im sogenannten »Land War« ab 1879 leisteten die Pächter teils passiven, teils gewaltsamen Widerstand gegen die englischen oder anglo-irischen Großgrundbesitzer. Die 1879 gegründete Irish Land League agitierte für die Anliegen der Pächter und kämpfte drei Jahrzehnte, bis sie ihr Ziel erreichte und Gesetze zugunsten der Pächter (Land Acts) erlassen wurden. Mit dem Wyndham Land Purchase Act von 1903 gelangte der irische Boden letztlich wieder in den Besitz der irischen Bauern.

Während der Hungersnot von 1847/48 war James Martin, Violet Martins Vater, so sehr darum bemüht, seine Pächter am Leben zu erhalten, dass er sich selbst damit in den Bankrott trieb. Und Robert Martin, ihr Bruder, der nach dem Tod des Vaters 1872 das Land erbte, erhielt nach 1879 keine Pacht mehr aus den Ross'schen Gütern.[2] Im Vergleich zu den Martins gehörten die Somervilles zu den kleineren Landbesitzern, doch auch in den Tagebüchern von Edith Somerville gibt es in den 1880er Jahren immer wieder Hinweise darauf, dass Pachtzinse zurückgehalten wurden, was die Familie sehr hart traf.

---

2 Gifford Lewis: *Somerville and Ross. The World of the Irish R.M.* Hammondsworth: Penguin Books 1987, S. 26.

Edith Œnone Somerville wurde am 2. Mai 1858 auf Korfu, Griechenland, als ältestes von acht Kindern geboren. Sie hatte zwei Schwestern, von denen eine mit zwei Jahren starb, und fünf Brüder. Ihr Vater, Colonel Thomas Henry Somerville, diente in Griechenland bei der britischen Armee, ihre Mutter war Adelaide Somerville, geborene Coghill. Ein Jahr nach Ediths Geburt übersiedelte die Familie nach Irland, und Edith wuchs in Drishane in Castletownshend, County Cork, auf, wo ein halbes Dutzend Familien des Landadels lebten, weitläufig und vielfach miteinander verwandt, darunter auch die Familie Coghill. Die Somerville-Geschwister wuchsen dort zusammen mit den Coghill-Kindern auf und wurden auch gemeinsam unterrichtet. Zwei Schuljahre absolvierte Edith Somerville auf dem Alexandra College in Dublin. Sie begann ihre künstlerische Ausbildung Ende der 1870er Jahre mit Zeichenunterricht an der South Kensington School of Art. Zu Beginn der 1880er Jahre folgte sie ihrem Cousin

Egerton Coghill nach Düsseldorf, wo sie Unterricht bei Gabriel Nicolet und Carl Sohn nahm, sowie nach Paris, wo sie die Académie Colarossi und die Académie Delécluse frequentierte, und sie studierte für ein Semester an der Westminster School of Art in Dean's Yard. In den 1880er und 1890er Jahren reiste sie immer wieder nach Paris, um ihre Zeichen- und Malkünste zu vervollkommnen – unter anderem in den Ateliers von Pascal Dagnan-Bouveret[3] und Raphaël Collin[4] –, obgleich ihre Familie es missbilligte, dass sie so viel Zeit dort verbrachte.

Violet Florence Martin kam am 11. Juni 1862 in Ross House, County Galway, zur Welt. Sie war das jüngste Kind von James Martin und Anna Selina Martin geborene Fox. Die Zahl ihrer Geschwister wird zwischen sieben und fünfzehn beziffert, es waren auf jeden Fall mindestens drei Brüder und vier Schwestern. Die Martins erhielten ihren Schulunterricht zusammen mit den Kindern der Pächter. Robert Martin, Violets Bruder, war bereits ein erfolgreicher Journalist in London, als er das Familienerbe antrat. Er schloss den Familiensitz und überließ die Verwaltung der Pachtgüter einem Agenten. Anna Selina Martin zog mit ihren Töchtern in das Stadthaus der Familie nach Dublin, wo Violet auf das Alexandra College ging und sich durch intensive Lektüre selbst bildete. Die Martins hatten viele Verwandte in Dublin und Zugang zur Gesellschaft der Hauptstadt. Robert Martin führte seine Schwester Violet ab 1882 in die Literatur- und Theaterkreise ein.

1888 kehrten Mrs Martin und Violet als Mieterinnen nach Ross House zurück. Das Haus war in einem schlechten

3 Maurice Collis: *Somerville & Ross. A Biography.* London: Faber and Faber 1968, S. 85.
4 Collis, S. 85.

Zustand, und da das Geld knapp war, übernahm Violet Martin viele Aufräumarbeiten selbst.

Kindheit und Jugend der beiden Großcousinen hätten unterschiedlicher kaum sein können. Edith Somerville war die Älteste einer großen Geschwisterschar, Violet Martin die Jüngste. Somerville wuchs in einer Familie auf, die Frauen ermutigte, selbstbewusst zu sein. Martin, als Jüngste, lief eher mit und war sich selbst überlassen. Sie galt als zurückhaltend und von schwächelnder Gesundheit. In einem Brief ihrer Schwester Edith heißt es: »(…) ein liebes, kleines Kind, aber im Kinderzimmer nahm man kaum Notiz von ihr (…). Ich glaube, die unbeachtete Kindheit hatte ihre Folgen. Sie lebte ihr eigenes, abgesondertes Leben.«[5] Während die extrovertierte, lebenslustige Edith Somerville in Drishane im Kreis ihrer Geschwister und ihrer vielen Coghill-Cousinen und -Cousins aufwuchs und sich an Theaterspielen, Tableaus, musikalischen und theatralischen Vorführungen, Ausritten, großen Familienessen und Picknicks, Malen, spiritistischen Sitzungen und zahlreichen anderen Aktivitäten erfreute, werden Kindheit und Jugend von Violet Martin als recht einsam beschrieben. Sie pflegte wenig Kontakt zu Gleichaltrigen, an den Abenden saßen Mutter und Tochter oft lesend am Kamin.[6] Doch sie hatte großes Einfühlungsvermögen und strahlte eine immense persönliche Anziehungskraft aus, ihrer Stimme wird eine hypnotisierende Wirkung nachgesagt. Sie besaß Charisma und Grandezza.[7]

1886 reiste Anna Martin mit ihren Töchtern Violet und Selina zu ihren Verwandten nach Castletownshend. Obwohl

5 Vorwort von Gifford Lewis in: E. Œ. Somerville and Martin Ross: *The Real Charlotte.* Nashville Sanders & Company 1999, S. viii. Dieses wie auch alle folgenden Zitate wurden von Elvira Willems übersetzt.

6 Vgl. Lewis, S. 67.

7 Vgl. Lewis, S. 69.

Edith Somervilles Mutter und Violet Martins Mutter Cousinen waren, hatte Violet Martin bis dahin noch so gut wie gar keine Bekanntschaft mit ihrer Somerville-Verwandtschaft gemacht. Im Januar 1886 trafen sich die 27-jährige Edith Somerville und die 23-jährige Violet Martin also zum ersten Mal. Während Edith Somerville zunächst wenig Interesse an der jüngeren Großcousine zu haben schien, empfand Violet Martin sogleich eine starke innere Verbundenheit.[8] Es war für sie sicher nicht ganz einfach, sich an das muntere Treiben in Castletownshend zu gewöhnen, doch es verging kein Jahr, und sie war dem Charme des Ortes für immer erlegen. Edith Somerville beschrieb dieses Jahr in der Autobiografie *Irish Memories* von 1917 als »den Angelpunkt meines Lebens, den Ort, an dem mein Schicksal und ihr Schicksal umschlugen«.[9] Erstmals erwähnte Violet Martin Edith Somerville am 27. Februar 1886 in ihrem Tagebuch – »Edith hat mit meinem Porträt angefangen«[10] –, doch 1886 und 1887 hielt Somerville sich wieder längere Zeit in Paris auf. Die erste gemeinsame Veröffentlichung von Somerville and Ross war ein Artikel über Handlesekunst in der illustrierten britischen Wochenzeitung *The Graphic* vom 11. Oktober 1886, den Violet Martin schrieb und Edith Somerville illustrierte. Im Verlauf des Sommers 1887 schlug Somerville Martin vor, zusammen einen Roman zu schreiben, was von Letzterer begeistert aufgenommen wurde.

Die Familie fand, es sei »der Witz des Sommers«[11] und setzte den beiden mit Spott und Hohn zu, was erst endete, als im Herbst 1889 *An Irish Cousin* veröffentlicht wurde.

8 Vgl. Lewis, S. 47 f.

9 E.Œ. Somerville und Martin Ross: *Irish Memories*. London, New York: Longmans, Green 1917, S. 122.

10 Zit. nach Collis, S. 28.

11 Lewis, S. 63.

Die beiden Frauen begannen ihre literarische Karriere also gegen den Widerstand der Familie. Edith Somerville beschreibt den Beginn des gemeinsamen Schreibens rückblickend in *Irish Memories*: »›Im Oktober 1887 begannen wir mit dem, was wir bald nur noch den ›Shocker‹ (...) nannten und unsere Familie ›den Unsinn der Mädchen‹ und was die Öffentlichkeit irgendwann als ›An Irish Cousin‹ kennen würde. Selten haben die Jungen und Leidenschaftlichen unter weniger zuträglichen Umständen als Autoren angefangen. Sie grollten uns aus vielerlei Gründen: Zeitverschwendung, die Anmaßung, ein solches Vorhaben anzugehen, vor allem aber, weil ihnen zwei Spielkameradinnen abhandenkamen. Sie nannten uns ›Shockers‹, ›Genies‹ (dies voll bitterer Ironie) und ›Geheimniskrämer‹ (ein geistiger Höhenflug meiner Mutter); und wenn man uns nicht gerade schmähte, behandelte man uns mit derselben missbilligenden Duldung wie einen Hofhund, der sich an einem verregneten Tag ins Haus schleicht.«[12] »Shocker« verweist auf »shilling shocker«, die im spätviktorianischen England äußerst beliebten Kriminalromane, die ursprünglich einen Schilling kosteten und sich durch reißerische Darstellung und einen entsetzlichen Stil auszeichneten. Doch die beiden machten sich den Begriff zu eigen, indem sie von sich selbst sagten, »wir shockern«, wenn sie sich zurückzogen, um zu schreiben.

Ihr Werk beweist, wie entschlossen diese beide Frauen waren, sich gegen die sozialen und familiären Erwartungen durchzusetzen. Außerdem mussten sie schließlich für ihren Unterhalt sorgen, denn das Vermögen der Familien war verloren beziehungsweise im Schwinden begriffen, Edith Somer-

12 *Irish Memories*, S. 148.

ville zunächst als Zeichnerin und Illustratorin, Violet Martin als Schriftstellerin.

Unter welchen Namen das Autorinnenduo veröffentlichen würde, war lange eine strittige Frage, denn Adelaide Somerville hatte etwas gegen die schriftstellerische Betätigung ihrer Tochter und wollte nicht, dass diese den Familiennamen dafür benutzte. So schrieb Somerville zunächst unter dem Namen Geilles Herring und dann unter Viva Graham, doch ab ihrem zweiten Roman – *Naboth's Vineyard* – setzte sie sich über die Einwände ihrer Mutter hinweg und publizierte unter ihrem eigenen Namen, E.Œ. Somerville. Violet Martin, die sehr stolz war auf ihre Familie, wählte ihren Nachnamen als Taufnamen und publizierte von Anfang an unter dem Namen Martin Ross.

Zwischen 1878 und 1882, als Somerville von zu Hause fortging, um Kunst zu studieren, gab es viele Auseinandersetzungen zwischen ihrer Mutter und ihr darüber, wie sie ohne Heirat für ihren Lebensunterhalt sorgen wolle. Am 30. November 1880 zeichnete Edith Somerville ein schwarzes Kreuz in ihr Tagebuch und schrieb: »Ich werde malen. Und ich werde arbeiten.«[13] Sie war fest entschlossen, für sich selbst zu sorgen, und verkaufte Bilder und Zeichnungen, Porträts, Landschaften, Grafiken und Illustrationen, womit sie auch ihre Studienaufenthalte in Paris finanzierte. Später wollte sie außerdem unbedingt das Heim der Familie, Drishane, halten, das ohne ihre Anstrengungen womöglich in fremde Hände gefallen wäre.

Beide Frauen hatten vor Beginn ihrer Zusammenarbeit bereits kürzere Veröffentlichungen aufzuweisen. In den 1880er und 1890er Jahre bestand eine große Nachfrage nach Artikeln, und Martin hatte politische Kommentare verfasst, während Somerville Bildergeschichten und komische Geschichten publiziert hatte.[14] Den jungen Frauen war bewusst, dass sie, was ihr weiteres Auskommen betraf, nicht auf die Familie zählen konnten. Sie mussten eine Möglichkeit finden, für sich selbst zu sorgen, und das Schreiben – für Zeitschriften und Zeitungen – war eine solche. Während Edith Somerville auch von ihrer Kunst hätte leben können, war das gemeinsame Schreiben für Violet Martin die Erfüllung: »Ich glaube, den zwei Shockern ist ein sehr außergewöhnlicher Glaube aneinander eigen, verbunden mit einer enormen

13 Zit. nach Lewis, S. 32.
14 Vgl. Lewis, S. 65.

Kritikfähigkeit; hinzu kommt, dass das gemeinsame Schreiben – wenigstens für mich – zu den größten Vergnügen gehört, die ich habe. Mit dir zusammen zu schreiben verdoppelt den Triumph und die Freude, nachdem es vorher die Mühe und die Furcht halbiert hat.«[15]

Die beiden Frauen gingen eine enge Lebens-, Arbeits- und Liebesbeziehung ein, die erst mit dem Tod von Violet Martin im Dezember 1915 endete. 26 Jahre lang schrieben sie zusammen, reisten und verbrachten, auch wenn sie die ersten zwanzig Jahre ihrer gemeinsamen Arbeit an verschiedenen Orten lebten, so viel Zeit wie nur möglich miteinander. Was nicht einfach war, denn besonders die älteren Schwestern von Violet Martin scheuten sich nicht, sie für alle möglichen Aufgaben herbeizurufen. So erboste sich Somerville im Juli 1895 fürchterlich darüber, dass »ihre scheußlichen Schwestern die arme Martin zurück nach Ross beordern wollen, und zwar aus dem einzigen Grund, *dass sie ein Schlafzimmer für Jims zwei Jungen herrichten soll!* Als wären Nanny oder gar Selina dazu nicht in der Lage – ich bin außer mir.«[16] Erst nach dem Tod ihrer Mutter 1906 zog Violet Martin endgültig nach Drishane. Doch in Drishane war immer so viel los, dass die beiden ihre gemeinsame Schreibzeit mühsam der Familie abringen mussten – und dennoch wurden sie oft gestört.[17]

Ob die beiden Cousinen eine lesbische Beziehung geführt haben, darüber streiten sich Biograf:innen und Forscher:innen. Während Maurice Collis in seiner Biografie von Somerville und Ross aus dem Jahr 1968 Edith Somerville als männerhassende Lesbe einer durch und durch heterosexuellen Violet Martin gegenüberstellt[18], bemüht sich Gifford

15 Violet Martin an Edith Somerville, 16. September 1889. In: *Irish Memories*, S. 134.
16 Zit. nach Lewis S. 224, Hervorhebung der Autorin.
17 Vgl. Lewis, S. 65.
18 Vgl. Collis. S. 32, 34 u.a.

Lewis[19] in ihren Publikationen 1985 und 1989, das Bild »zurechtzurücken«. Sie vertritt die These, Sexualität habe in der Beziehung der beiden Frauen keinerlei Rolle gespielt. Shawn R. Mooney entlarvt in einem Aufsatz von 1992 den Heterosexismus der Biograf:innen und plädiert dafür, genauer hinzuschauen und neue Fragen zu stellen.[20] Lilian Faderman hingegen vergleicht eine lesbische Beziehung mit romantischer Freundschaft: »›Lesbisch‹ beschreibt eine Beziehung, in der die stärksten Gefühle und die Zuneigung zweier Frauen aufeinander gerichtet sind. Sexualität kann ein großer oder kleiner Teil der Beziehung sein oder auch ganz fehlen. Die beiden Frauen verbringen vorzugsweise ihre Zeit miteinander und teilen die meisten Bereiche ihres Lebens. ›Romantische Freundschaft‹ beschrieb eine ähnliche Beziehung«.[21] Intime Freundschaften zwischen Frauen – ob Freundinnen, Schwestern oder Cousinen –, die einander in schwierigen Lebenssituationen beistanden, waren allerdings zu dieser Zeit auch zwischen verheirateten Frauen keine Seltenheit.

Für die beiden Cousinen ergab sich aus ihren Lebensumständen die Notwendigkeit, für ihren eigenen Lebensunterhalt zu sorgen, was gleichzeitig die Möglichkeit barg, ein unabhängigeres Leben zu führen, jenseits der Rolle als Hausfrau und Mutter. In der spätviktorianischen Zeit waren die Geschlechterrollen noch klar verteilt, die Frau hatte die untergeordnete Rolle inne, der Mann war laut Faderman immer »mehr von allem – er war älter, größer, stärker, reicher, klüger«.[22] Frauen mussten »von allem weniger sein als der Mann, mit dem sie den größten Teil ihres irdischen Lebens

19 Gifford Lewis a.a.O. (Fn. 2) und Gifford Lewis: *The selected letters of Somerville and Ross.* London: Faber and Faber 1989.

20 Shawn R. Mooney »›Colliding Stars‹: Heterosexism in Biographical Representations of Somerville and Ross.« In: *The Canadian Journal of Irish Studies,* Bd. 18, Nr. 1, 1992, S. 157–175, hier S. 172.

21 Lilian Faderman: *Surpassing the Love of Men. Romantic Friendship and Love Between Women from the Renaissance to the Present.* New York: Quill, William Morrow 1981, S. 17-18.

22 Faderman, S. 204-205.

verbringen würden. Ihr Alltagsleben war eine ständige Erinnerung an ihren subalternen Status.«[23] Frauen, die wie die beiden Cousinen von ihrer intellektuellen Arbeit leben konnten und wollten, hätten die angestrebte Selbstständigkeit und Selbstverwirklichung innerhalb einer Ehe kaum durchsetzen können. Diese klugen Frauen hatten gewichtige Gründe, keine Ehe einzugehen, sondern ihr Leben so zu gestalten, dass sie ihre beruflichen Ambitionen und ihrem Wunsch nach Selbstverwirklichung nachkommen konnten. Es hätte ihnen nichts Besseres passieren können, als sich kennenzulernen und die intensive Beziehung einzugehen, die sie so erfolgreich machte. Somerville und Ross fanden in der jeweils anderen die Gefährtin, mit der sie das Glück und die Rückschläge eines solchen Lebens teilen konnten. So schrieb Edith Somerville: »Der herausragende Umstand, wie mir scheint, zwischen Frauen, die von ihrer geistigen Arbeit leben, ist Freundschaft. Eine tiefe Freundschaft, die sich über alle Phasen und Aspekte des Lebens erstreckt, intellektuell, gesellschaftlich, finanziell. Alle unabhängigen und künstlerisch tätigen Frauen wissen das.«[24] In ihren autobiografischen Werken macht Somerville keinen Versuch, die Intensität ihrer Beziehung zu verschleiern. »Sie spricht von der Beziehung offen als von einem Bund, den sie und Violet wählten, wie andere eine heterosexuelle Ehe wählten.«[25]

Über ihr Kennenlernen schreibt Somerville: »Es war, wie gesagt, obwohl wir es damals kaum wissen konnten, für uns der Beginn einer neuen Ära. Für die meisten Jungen und Mädchen münden die wechselnden und doch unveränderlichen Flirts und emotionalen Episoden der Jugend in der

---

23 Faderman, S. 205.
24 *Irish Memories*, S. 326.
25 Faderman, S. 208.

Ehe. Für Martin und mich öffnete sich ein anderer Weg, und unser beider Leben erblühte, als wir uns begegneten.«[26] In ihren Briefen und Tagebüchern schreiben Somerville und Martin offen über ihre Liebe. Martin soll laut einer Freundin »›klare Ansichten‹ über die Sünden der sexuellen Unmoral«[27] gehabt haben, und Lilian Faderman ist überzeugt davon, dass viktorianische Frauen nicht derart offen über ihre Liebesbeziehungen zu einer anderen Frau gesprochen hätten, wenn diese auch sexueller Natur gewesen wären.[28] Doch, wie Edith Somerville nach Violet Martins Tod in einem Brief an ihren Bruder Jack schrieb: »Niemand außer uns kann je wissen, was wir einander bedeutet haben.«[29]

Unbestritten ist, dass Somerville und Ross literarisch äußerst erfolgreich waren, auch wenn ihre Stile ebenso unterschiedlich waren wie ihre Arbeitsweise. Diese Verschiedenartigkeit lässt sich auch auf die unterschiedliche intellektuelle Ausrichtung in den beiden Familien zurückführen. In Ross las man die Klassiker, es war ein Haus, in dem zwar fleißig gelesen wurde, in dem Lesen jedoch als rein private Beschäftigung galt. In Drishane dagegen wurde laut und intensiv über alles und jedes – auch über Bücher – diskutiert und gestritten. »Wir können ihre Persönlichkeiten in ihren Manuskripten aufspüren, Edith stürmt voran und bedeckt das Papier so schnell und achtlos, wie sie spricht; dann kommt Martin mit krakeligen, schraffierten Streichungen, winzigen Einschüben, langen Linien, die an eine Stelle am Rand führen, wo sie einen Absatz umschreibt.«[30] Violet Martin hatte sich einen weitschweifigen, übermäßig ziselierten Stil angewöhnt, der von Edith Somerville, deren eigener Stil prägnant und

26 *Irish Memories*, S. 125.
27 Geraldine Cummins, *Dr. E. O. Somerville*, S. 104, zit. in Faderman, S. 208.
28 Vgl. Faderman, S. 208.
29 Zit. nach Lewis, S. 185.
30 Lewis, S. 70.

geschmeidig war, gnadenlos kritisiert wurde.[31] Erst durch die kunstvolle Zusammenführung ihrer Stile entstanden großartige Texte. »Sie trugen einen Berg Fragmente zusammen, Gesprächsfetzen, Landschaftsbeschreibungen und Charakterskizzen, sichteten sie und formten daraus ihre Prosa.«[32]

Edith Somerville hatte ein Gefühl für Textur und Farbe. Ihre Spezialität waren Szenerien und Landschaften, während Martin eher die abstrakten und gedankenvollen Passagen verfasste. Doch im gemeinsamen Prozess war eines schließlich nicht mehr vom anderen zu unterscheiden. »Unsere Arbeit entstand im Dialog«, schrieb Somerville. »Die eine oder die andere – nicht selten beide gleichzeitig – machte einen Vorschlag. Über diesen wurde disputiert, vielleicht auch gekämpft, er wurde gutgeheißen oder überarbeitet; dann wurde er von derjenigen, die (ganz zufällig) den Stift hielt, niedergeschrieben, durchgestrichen und wieder eingefügt; bevor er schließlich ordentlich ins Manuskript übertragen wurde.«[33]

Wie intensiv dieser Prozess war, wird in Ediths Zeilen über die Entstehung des »Shockers« deutlich: »Die ganzen Frühlingsmonate über schrieben und überarbeiteten wir, schrieben den Text ins Reine und warfen die Reinschriften fort, die vor lauter Korrekturen vollkommen unleserlich geworden waren.«[34] Konnten sie nicht zusammen an einem Ort sein, wurden Entwürfe und Manuskripte hin- und hergeschickt.

Auf diese Weise verfassten Somerville und Ross zusammen fünf Romane, drei Bände über den *Irish R.M.*, drei Reisebücher, vier Sammlungen mit Kurzgeschichten und kurzen Reiseberichten und zahllose Beiträge und Artikel für Zeit-

31 Vgl. Lewis, S. 73.
32 Lewis, S. 93.
33 *Irish Memories*, S. 133.
34 *Irish Memories*, S. 134-135.

schriften und Zeitungen. Ihre ersten beiden Romane *An Irish Cousin* und *Naboth's Vineyard* wurden begeistert aufgenommen, die Kritik pries die lebensnahen Dialoge und die Bildhaftigkeit der Erzählung. Edith Somerville und Violet Martin schlugen Kapital daraus, indem sie – da der Journalismus ein verlässlicheres Einkommen versprach als das Schreiben von Romanen – mit dem Modemagazin *The Lady's Pictorial* einen Vertrag über eine Reihe von Reiseberichten abschlossen, die mit *Through Connemara in a Governess Cart* begann.

Als ihr populärstes Werk gelten die Erzählungen über den irischen »Resident Magistrate« *Some Experiences of an Irish R.M.* 1899, *Further Experiences of an Irish R.M.* 1908 und *In Mr Knox's Country* 1915, die in den 1980er Jahren sogar verfilmt wurden. Ihr Meisterwerk ist jedoch zweifelsohne der 1894 erschienene Roman *Die wahre Charlotte,* einer Geschichte über komplexe Intrigen und eine naive, töricht flirtende Heldin sowie ihre intrigante Gegenspielerin, der ein recht genaues Abbild des dem Untergang geweihten anglo-irischen Landadels inmitten der sich wandelnden sozialen und politischen Gegebenheiten des späten 19. Jahrhunderts ist. Die irische Schriftstellerin Anne Haverty schrieb am 8. März 2017 in der Irish Times: »(…) *Die wahre Charlotte* ist als Roman womöglich der beste irische Roman aller Jahrhunderte. Wie Anthony Cronin feststellt, ist *Ulysses*, der als ›der beste‹ gilt, ein ›fiktives Konstrukt‹, während *Die wahre Charlotte* ein beeindruckendes Beispiel für den klassischen Roman ist, wie er geschrieben wurde und manchmal noch geschrieben wird.«[35]

35 Martin Doyle: »An Irish writers poster: spot the difference. To mark International Women's Day we've created an antidote to the all-male Irish Writers poster, free for you to download: 12 writers choose their favourite authors« In: *The Irish Times* vom 8. März 2017.

Edith Somerville und Violet Martin waren zwar Töchter protestantischer Landbesitzer im Südwesten Irlands in der Mitte des 19. Jahrhunderts, doch sie waren von Kindesbeinen an vertraut mit Irisch denkenden, aber Englisch sprechenden Menschen. Sie waren in der irischen Welt zu Hause, besaßen ein großes Interesse an Sprache allgemein und stellten eine Art Wörterbuch der in ihren Familien verwendeten speziellen Wörter und Ausdrücke zusammen, das sie das *Buddh Dictionary* nannten. Vier Notizbücher füllten sie mit irischen Redewendungen und Ausdrücken aus dem hibernoenglischen Dialekt, die sie von Irisch sprechenden Menschen im Alltag und im Gespräch aufschnappten. Diese Notizbücher zeigen ihr großes Interesse am Hiberno-Englischen, das sie präzise transkribierten, analysierten und beschrieben und dessen kreative Möglichkeiten sie ausloteten.[36] Sie studierten die Sprache der Menschen, in deren Mitte sie lebten, und waren mit der irischen Sprache ebenso vertraut wie mit irischen Sitten und dem irischen Denken. Die sprachliche Besonderheit Irlands beschrieben sie folgendermaßen: »Irland hat zwei Sprachen; eine davon gehört ihm qua Geburtsrecht, die zweite ist angeblich Englisch, doch das ist ein Trugschluss; es ist ein von irischen Architekten mit englischen Backsteinen erbautes Gebilde, ganz anders als alles, was je in England konstruiert wurde (…), es ist eine biegsame und feinsinnige Sprache, in der mit jedem Atemzug die Seele ihrer Schöpfer zum Ausdruck kommt.«[37] So wie sie in ihren Geschichten keine Stereotype zeigten, sondern Charaktere, dramatisierten oder poetisierten sie die irische Sprache auch nicht, son-

36 Vgl. Anne Oakman: »Sitting on ›The Outer Skin‹: Somerville and Ross's *Through Connemara in a Governess Cart* as a Coded Stratum of Linguistic/Feminist ›Union Ideals‹«. In: *Éire-Ireland*, Bd. 39, 1&2, Earrach/Samhradh / Spring/Summer 2004, S. 110-135.

37 E. Œ. Somerville und Martin Ross: »The Anglo-Irish Language (A Consideration of Dr. P. W. Joyce's Book ›English as We Speak it in Ireland‹).« In: E. Œ. Somerville and Martin Ross: *Stray-Aways*. London: Longmans 1920, S. 184.

dern webten in ihre Texte, was sie tatsächlich an gesprochener Sprache aufschnappten.

Die Lebenswirklichkeit der beiden war eine Art Zwischenreich, eine Welt im sozialen und politischen Umbruch. Die beiden Frauen gehörten zwar der Oberschicht an, doch diese verlor an Macht und Einfluss, und die Not der irischen Pächter konnte ihnen nicht entgehen. Die Sprache ist die Brücke zwischen der anglo-irischen und der irischen Welt, und in ihren Texten spiegeln sie bis ins Kleinste die gesellschaftlichen Sitten, Umgangsformen und Gewohnheiten aller Klassen Irlands während dieser Umbruchphase.

»Die Welt, über die sie schrieben, wird nirgendwo sonst in der anglo-irischen Literatur beschrieben. Es ist eine flüchtige Welt, in der die im Niedergang begriffenen Anglo-Iren sich vorübergehend mit den wiederauflebenden Iren mischten, als wären der Salon, in dem die Männer fehlten, und die Dienstbotenquartiere durch die Umstände gezwungen worden, ein oder zwei Jahrzehnte zusammen in einem Wartesaal zu verbringen.«[38]

Im *Buddh Dictionary* sammelten Edith Somerville und Violet Martin ab dem Sommer 1886 »den Schaum auf der Oberfläche der Gespräche einiger Jahrhunderte eines Clans von gewalttätigen, erfinderischen anglo-irischen Menschen, die sich eine Generation nach der anderen mit Situationen konfrontiert sahen, in denen es der englischen Sprache an hinreichender Eindringlichkeit mangelte, und sie entweder nach Alternativen aus anderen Sprachen griffen oder solche erfanden.«[39] Ein Buddh war jede Person, die von Ediths und Violets Urgroßvater Charles Kendal Bushe abstammte, der als

38 Lewis, S. 11.
39 Edith Somerville, zit. nach Lewis, S. 49.

»Lord Chief Justice of Ireland ein gefeierter Redner gewesen war«[40]. Wie ungenau der Begriff »anglo-irisch« im Grunde ist, ist schon daran abzulesen, dass von den Familien, die laut Somerville und Martin in Castletownshend Buddh-Wörter verwendeten, die Hälfte keine englischen Wurzeln hatte. Die Martins und die Somervilles waren normannischen Ursprungs, England war für sie nur eine Zwischenstation gewesen. Somerville und Ross betrachteten sich als Irinnen, daran lassen ihre anti-englischen Kommentare in den privaten wie veröffentlichten Texten keinen Zweifel.

40 Lewis, S. 49.

Zwischen 1890 und 1893 unternahmen Somerville und Ross mindestens vier bedeutsame Reisen: durch Connemara (1890), nach Bordeaux (1891), nach Wales (1893) und nach Dänemark (1893). Die Veröffentlichung von Reiseerzählungen in Zeitschriften und in Buchform war eine effektive Möglichkeit, Geld zu verdienen und ihre literarischen Fertigkeiten zu verfeinern. Dabei hatten sie mit knappen Abgabeterminen für Zeitschriften zu kämpfen und wurden von den Herausgebern genötigt, stets einen humorvollen Ton anzuschlagen. Ihre Berichte halten sich nicht immer ganz an die Tatsachen, doch mit der Zeit entwickelten sie dabei einen ganz eigenen literarischen Stil. Von den in Zeitschriften veröffentlichten Berichten über diese Reisen wurden mindestens drei schließlich in Buchform publiziert, neben *Through Connemara in a Governess Cart* sind das *Beggars on Horseback – A Riding Tour in North Wales* und *In the Vine Country*, der Bericht über ihre Reise nach Frankreich. Alle Illustrationen und Skizzen in den Büchern von Somerville und Ross wurden von Somerville gezeichnet oder gemalt. Doch zu ihrer großen Verärgerung wurden viele der Reiseskizzen für die Veröffentlichung von verlagsinternen Illustratoren verändert, die ihre als zu realistisch empfundene bildliche Darstellung weiblicher Reisender «verfeinerten«.[41]

Die Reiseberichte haben alle den von den Zeitschriften gewünschten leichten Ton, doch der Connemara-Bericht weist noch etwas auf, was die anderen beiden nicht haben: Er ist eine ebenso subtile wie mächtige Auseinandersetzung mit dem kommerziellen Tourismus im Westen Irlands im späten 19. Jahrhundert.

41 Vgl. Lewis, S. 91.

Somerville und Ross bürsteten den Kitsch jener Zeit und das koloniale Bild Irlands, das in den damaligen kommerziellen Reiseberichten vorherrschte, sehr charmant, aber gnadenlos gegen den Strich.

Die boomende Tourismusindustrie, die wachsende Vorliebe der spätviktorianischen Gesellschaft für das angeblich Unverfälschte und »Primitive« und ein Hang zum Romantisieren machten den Westen Irlands um 1900 herum zum wilden, aber äußerst verlockenden exotischen Ort innerhalb des Landes. Der Westen verströmte irische Authentizität für die gelehrten Reisenden wie für die begeisterten Tourist:innen. Diese Reisenden waren erfüllt von ihrer anachronistischen Interpretation eines authentischen, »typischen« Irlands. Connemara wurde als wilder und doch pittoresker und unberührter Spiel- und Sportplatz unter freiem Himmel gehandelt.

Somerville und Ross porträtieren die Angler, die in Connemara zahlreich ihren Weg kreuzen, mit einiger Geringschätzung und als bemerkenswert erfolglos in ihrem sportlichen Tun und Streben, während die Landschaft ganz bewusst zu einem ergeben spektakulären Hintergrund wird, vor dem die Begegnungen zwischen Tourist:innen und Einheimischen im Mittelpunkt stehen.

Obendrein erkunden Somerville und Ross auf dieser Reise keine fremden Länder, um über sie zu berichten, sondern ihre Heimat. Zu Beginn ihrer Erzählung, als sie sich in London befinden, verfechten sie voller Selbstbewusstsein ihren Status als Irinnen. Doch auf der Reise zeigt sich, dass ihre nationale Identität durchaus nicht unproblematisch ist, was sich bereits andeutet, als sie in London den Entschluss fassen, nach Connemara zu reisen: »›Nach Hause!‹, sagte ich.« Doch damit ist keineswegs, wie die Leserin vermutet,

Irland gemeint, sondern zunächst nur ihr Quartier in Bayswater. Auch wird Connemara in der Folge nicht als »Zuhause« vorgestellt, sondern als das »Heimatland« der Cousine, das für diese darüber hinaus noch ein »heikles Thema« ist.

Dabei ist *Through Connemara in a Governess Cart* kein streng dokumentarischer Bericht: »Die Talente der Autorinnen liegen woanders: in ihrem gemeinsamen Interesse am Dialekt, ihrer gemeinsamen Faszination für das Kuriose und Außergewöhnliche, in ihrem Sinn für Humor und ihrem klaren literarischen Stil in Kombination mit einer eindringlichen Vorstellungskraft, die sie zu dem macht, was sie so einzigartig sind.«[42]

Die Lebensgeschichten der beiden Autorinnen machen deutlich, dass sie sich um finanzielle Unabhängigkeit bemühten und darum, ihren eigenen Lebensentwurf zu verwirklichen. Da liegt es nahe, dass sie sich auch bei den Suffragetten engagierten und für Frauenrechte demonstrierten. Edith Somerville wurde 1910 Präsidentin der Munster Women's Franchise League (MWFL), Violet Martin war eine ihrer Vizepräsidentinnen. Sie traten für die Bildung für Frauen als vorrangigste Strategie zur Verbesserung der Rechte der Frauen ein. In einer Rede vor der MWFL im Dezember 1912 vertrat Edith Somerville die Meinung, dass nur eine praktische Ausbildung »den schöpferischen Sinn von Frauen weckt und dazu führt, dass sie Dinge verbessern möchten, und sie kritisch macht«[43].

So verwundert es nicht, dass Somerville und Ross in ihrem Connemara-Bericht drei starke Frauen erwähnen, die

42 Vorwort von William Trevor in: E. Œ. Somerville and V. M. Ross: *Through Connemara in a Governess Cart.* London 1990, S. XV.

43 *The E. Œ. Somerville and Martin Ross Exhibition.* October–December 2006. Queen's University Belfast, Ausstellungskatalog, S. 11.

in der irischen Geschichte eine Rolle spielten: Mary Martin, Caroline Blake und Grace O'Malley. Diese drei schmücken und definieren die politische Landschaft des Westens neu, genau wie ihre Häuser die wilde Landschaft Connemaras zieren. Sie können als Vertreterinnen weiblicher Ermächtigung betrachtet werden, während sie gleichzeitig als Symbole für Verfall und Untergang stehen. Die Schriftstellerin Mary Martin (1815-1850), »Prinzessin von Connemara«, hatte ihr durch die große Hungersnot hoch verschuldetes Heim Ballynahinch verloren und war nach Amerika ausgewandert, wo sie kurz darauf bei einer Frühgeburt verstarb. Caroline Blake (um 1835-1919) hatte einen zähen und sehr öffentlichen Kampf mit der Land League ausgefochten und konnte ihren Familiensitz nur halten, indem sie ihn als Hotel weiterführte. Und die Piratenkönigin Grace O'Malley (1530-1603) steht für den anhaltenden gälischen Widerstand gegen die englische Herrschaft. Ihre Häuser stehen noch, jedoch nur als Ruinen (Curragh), Hotels (Renvyle) und leere »Schauplätze« für neugierige Tourist:innen (Ballynahinch), und Somerville und Ross können sich nur »mit dem ›Verlust eines Ideals‹ versöhnen, während sie durch die immer mehr von Geistern heimgesuchte Wildnis reisen«[44]. Auch die Erzählungen über diese drei Frauen sind also fest verwoben mit der irischen Geschichte, und wie Somerville und Ross sich den Häusern annähern und wie ausführlich sie beschreiben, was sie dort erleben, kann als subtiler Kommentar zu den historischen Ereignissen gelesen werden. Die etablierten touristischen Sehenswürdigkeiten nehmen sie dagegen nur oberflächlich im Vorüberfahren zur Kenntnis.

44 Oakman, S. 115.

Als Through Connemara in a Governess Cart 1893 als Buch erschien, standen die beiden Autorinnen noch am Beginn einer erfolgreichen literarischen Karriere, die so viel einbrachte, dass sie ihren Lebensunterhalt damit bestreiten und ein unabhängiges Leben führen konnten. Sehr viel Kraft, Zeit und Geld floss auch weiterhin in den Erhalt und den Unterhalt von Ross und Drishane.

Als Violet Martin am 21. Dezember 1915 infolge eines Hirntumors starb, war Edith Somerville so erschüttert, dass sie nicht an der Beerdigung teilnehmen konnte. Sie kommunizierte ab da in spiritistischen Sitzungen mit Martin, setzte mithilfe des »automatischen Schreibens« die »gemeinsame« literarische Produktion fort und veröffentlichte auch weiterhin unter ihrem gemeinsamen Autorinnennamen »E. Œ. Somerville and Martin Ross«. Edith Somerville starb am 8. Oktober 1949 und wurde neben Violet Martin auf dem örtlichen Friedhof beigesetzt.

Elvira Willems

Lough Muck, Connemara.

Glossar

S. 5 – **Großcousine** – im Englischen heißt es *second cousin,* wörtlich Cousine zweiten Grades. Im Folgenden wird in der Übersetzung nur noch Cousine verwendet, auch wenn der Originaltext immer wieder zwischen *second cousin* und *cousin* wechselt.

S. 6 – **Hansom** – Kurzform für Hansom Cab oder Hansom-Taxi, eine nach vorne offenen Zweisitzer-Kutsche mit einem erhöhten Kutscherplatz hinter dem Verdeck.

S. 7 – **Royal Irish Constabulary** – Königlich-irische Schutzpolizei.

S. 11 – **Jaunting Car** – zweirädriger, einspänniger Pferdewagen mit einem Sitz vorne für den Kutscher und zwei Längsbänken für Rücken an Rücken sitzende Passagiere.

S. 11 – ***en voyage*** – frz. auf Reisen.

S. 14 – **Brougham** – einspännige vierrädrige Kutsche.

S. 14 – **Portechaise** – frz. Sänfte.

S. 19 – **Bianconi Car** – Jaunting Car für bis zu zwanzig Passagiere, von vier Pferden gezogen. Der Begriff geht auf Charles Bianconi zurück, der ab 1815 in Irland ein ganzes Netz regelmäßig befahrener Linien außerhalb der großen Städte einrichtete.

S. 20 – **»unser Geist war …«** – Anspielung auf eine Zeile aus dem Gedicht »Morte d'Arthur« von Alfred Lord Tennyson (1809-1892).

S. 21 – **Gouvernantenwagen** – auch Tonneau oder Tonne genannt, zweirädriges Pferdefuhrwerk mit Heckeinstieg und zwei quer zur Fahrtrichtung befindlichen Sitzbänken.

S. 27 – **»Ballads from *Punch*«** – Warham St. Leger: »Ballads from *Punch,* and other Poems«, 1890.

S. 28 – ***élan*** – frz. Schwung, Elan.

S. 28 – Tam o'Shanter – flache Schottenmütze mit Bommel.

S. 28 – Marcus Curtius – ein Soldat, der laut Legende 362 v. Chr. den Opfertod starb.

S. 30 – »Sie« – vermutlich Anspielung auf die Figur der Mignon aus *Wilhelm Meisters Lehrjahre*, wo es im 8. Buch, 8. Kapitel heißt, »Mit welcher Inbrunst küsste sie in ihren letzten Augenblicken das Bild des Gekreuzigten …«.

S. 31 – Table d'Hôte – Speisetafel im Hotel, an der alle Gäste zusammen essen, preiswert, aber mit geringer Speisenauswahl.

S. 32 – Butcher – Nassfliege für die Flussfischerei auf Bach- und Meerforellen.

S. 32 – Jock Scott – Lachsfliege zum Fliegenfischen.

S. 32 – Shandygaff – Bier mit Ginger Ale.

S. 36 –Kris – Dolch mit gewellter Klinge aus Südostasien.

S. 39 – *cortège* – frz. Prozession.

S. 43 – Mary Letitia Martin (1815–1850) – irische Schriftstellerin, die die »Prinzessin von Connemara« genannt wurde.

S. 44 – Charles James Lever (1806-1872) war ein irischer Schriftstellerin. Sein Werk *The Martins of Cro' Martin* London erschien 1856.

S. 48 – Der Mistkäfer – ein Märchen des dänischen Schriftstellers Hans Christian Andersen (1805-1875).

S. 50 – »gingen wir in aller Freundschaft …« – aus dem Gedicht »Wanderers« von Charles Stuart Calverley (1831–1884).

S. 53 – Mee-yo – Mayo.

S. 59 – Messtischblatt – topografische Karte im Maßstab 1:25.000.

S. 62 – Kronanwalt – Ehrentitel, der im Vereinigten Königreich und einigen Ländern des Commonwealth nur an besonders erfahrene und erfolgreiche Anwälte verliehen wird.

S. 66 – »In wildes Schweigen ...« – Zitat aus einem Sonett von John Keats: On First Reading Chapman's Homer (dt. Auf Chapmans Homer, in: Marie Luise Gothein: John Keats. Leben und Werke, Halle a.S. 1897, Bd. 2, S. 280).

S. 66 – The Lily of Killarney – die berühmteste Oper von Julius Benedict (1804-1885), die 1862 in Covent Garden uraufgeführt wurde und die auch im *Ulysses* von James Joyce und in Djuna Barnes' *Nachtgewächs* vorkommt.

S. 70 – dämpft ... unsere hehre Wut – aus dem Gedicht »Elegy written in a Country Churchyard« von Thomas Gray (1716-1771).

S. 72 – »ein Geschenk Gottes, (...) ein perfekter Tag« – Zitat aus dem Gedicht »A Day of Sunshine« von Henry Wadsworth Longfellow (1807–1882).

S. 72 – Griddle Cake – eine Art kleiner Pfannkuchen.

S. 78 – Mitchell Henry – Der Politiker Mitchell Henry (1826-1910) ließ zwischen 1863 und 1868 Kylemore Castle erbauen.

S. 81 – Phoibos Apollon – »der Leuchtende«, Beiname Apollons, des Gottes des Lichts.

S. 82 – Habitués – frz. Stammgäste.

S. 85 – ***rencontres*** – frz. Begegnungen.

S. 85 – Fair of Tully – Mart/Jahrmarkt im Dorf Tully.

S. 87 – *conversazione* – ital. Unterhaltung, Gespräch, Konversation.

S. 88 – Lyonesse – legendäres Land in der britischen Mythologie.

S. 88 – »Auf der einen Seite lag ...« – Zitat aus dem Gedicht »Morte d'Arthur« von Alfred Lord Tennyson.

S. 88 – **Parnell-Kommission** – eine Sonderkommission Ende der 1880er Jahre, um Vorwürfe von Verbrechen des irischen Parlamentariers Charles Stewart Parnell zu untersuchen.

S. 88 – **Mrs Blake** – Siehe auch Nachwort, S. 150.

S. 88 – **Land League** – Die Irish Land League (ILL, irisch Conradh na Talún) war eine politische Organisation des 19. Jahrhunderts in Irland, die die Situation armer Bauern verbessern wollte.

S. 89 – **»exklusive Geschäfte«** – euphemistische Bezeichnung für das Boykottieren während des Land War 1879–82.

S. 91 – **»Was ist so selten …«** – erste Zeile des Gedichts »From The Vision of Sir Launfal« von James Russel Lowell (1819–1891).

S. 93 – **Queen-Anne-Fenster** – Fenster, deren unterer Teil nach oben geschoben werden kann und deren oberer Teil mit Sprossen unterteilt ist.

S. 93 – **Chiromantikerin** – Wahrsagerin, Handleserin.

S. 94 – **Innis Boffin** – Inis Bó Finne oder Inishbofin, Insel der Weißen Kuh.

S. 95 – **Rudyard Kipling** – (1865-1936), britischer Schriftsteller und Dichter, u. a. *Das Dschungelbuch.*

S. 97 – **Grace O'Malley** – (1530-1603), irische Piratin, s. auch Nachwort, S. 150.

S. 100 – **Pincenez** – frz. bügellose Brille, Kneifer.

S. 105 – ***History of the World*** – Der von Sir Walter Raleigh verfasste erste Band der »History of the World« erschien 1614.

S. 111 – **Killary Harbour** – Bei dem zwischen Galway und Mayo befindlichen Killary Harbour handelt es sich um den einzigen Fjord Irlands.

S. 112 – Colman's Mustard – scharfes Senfpulver aus England in knallgelben Dosen.

S. 112 – Reckitt's Blue – Wässcheblau in rotweiß gestreiften Packungen.

S. 117 – »denn die Angler müssen essen« – Anspielung auf das Gedicht »The Rape of the Lock« von Alexander Pope (1688-1744), dt. »Alexander Popens Lockenraub« von Luise Gottsched, erschienen 1744.

S. 118 – *Pilgerreise zur seligen Ewigkeit* – *The Pilgrim's Progress* (bzw. *The Pilgrim's Progress from This World to That Which Is to Come*) ist ein 1678 veröffentlichtes christliches Erbauungsbuch des Baptistenpredigers und Schriftstellers John Bunyan (1628-1688). Die erste deutsche Übersetzung erschien wohl 1685.

S. 119 – »Die Hand lässt seufzend ...« – Die Verse stammen zum Teil aus dem Gedicht »By Giorgione. In the Louvre« aus den »Sonnets for Pictures« des britischen präraffaelitischen Dichters und Malers Dante Gabriel Rossetti (1828-1882).

S. 120 – »dass Satan mit Unbeschäftigten ...« – Anspielung auf das Gedicht »Against Idleness and Mischief« aus *Divine and Moral Songs for Children* von Isaac Watts (1674-1748), das Charles Dickens auch in *David Copperfield* zitiert.

S. 125 – »stark wie die erste Liebe ...« – leicht modifiziertes Zitat aus dem Gedicht »Tears, Idle Tears« von Alfred Lord Tennyson.

Main Street, Clifden, Co Galway

Literatur (Auswahl)

E. Œ. Somerville and Martin Ross: *The Real Charlotte.* Vorwort von Gifford Lewis. Nashville: Sanders & Company 1999

Somerville und Ross: *Die wahre Charlotte.* Deutsch von Elisabeth Schnack. Nachwort von Francis Magmanus. Zürich: Manesse 1954

E. Œ. Somerville and Martin Ross: *In the Vine Country.* London: Vintage 2001

E. Œ. Somerville and Martin Ross: *Irish Memories.* London, New York: Longmans, Green 1917

E. Œ. Somerville and Martin Ross: *Stray-Aways.* London: Longmans 1920

Edith Œnone Somerville and Martin Ross: *Through Connemara in a Governess Cart.* London: W. H. Allan & Co. 1893

E. Œ. Somerville and V. M. Ross: *Through Connemara in a Governess Cart.* Vorwort von William Trevor. London: Virago Press 1990

Maurice Collis: *Somerville & Ross. A Biography.* London: Faber and Faber 1968

Martin Doyle: »An Irish writers poster: spot the difference. To mark International Women's Day we've created an antidote to the all-male Irish Writers poster, free for you to download: 12 writers choose their favourite authors.« In: *The Irish Times* vom 8. März 2017

Lilian Faderman: *Surpassing the Love of Men. Romantic Friendship and Love Between Women from the Renaissance to the Present.* New York: Quill, William Morrow 1981

Gifford Lewis: *The selected letters of Somerville and Ross* London: Faber and Faber 1989

Gifford Lewis: *Somerville and Ross. The World of the Irish R.M.* Hammondsworth: Penguin Books 1987

Shawn R. Mooney »›Colliding Stars‹: Heterosexism in Biographical Representations of Somerville and Ross.« In: *The Canadian Journal of Irish Studies,* Bd. 18, Nr. 1, 1992, S. 157–175

Anne Oakman: »Sitting on ›The Outer Skin‹: Somerville and Ross's *Through Connemara in a Governess Cart* as a Coded Stratum of Linguistic/Feminist ›Union Ideals‹«. In: *Éire-Ireland,* Bd. 39, 1&2, Earrach/Samhradh / Spring/Summer 2004, S. 110-135

Julie Anne Stevens. *The Irish Scene in Somerville & Ross.* Vorwort von Robert Tracy. Dublin, Portland: Irish Academic Press 2007

Julie Anne Stevens: *Two Irish Girls in Bohemia. The Drawings and Writings of E.Œ. Somerville and Martin Ross.* Dromore, Bantry: Somerville Press 2017

The E. Œ. Somerville and Martin Ross Exhibition. October–December 2006. Queen's University Belfast, Ausstellungskatalog 2006

Bildnachweis

Vorsatz/Nachsatz: Detailansicht Connemaras der Karte »Johnson's Ireland«, in: A. J. Johnson: *Johnson's New Illustrated Family Atlas Of The World.* New York: Alvin J. Johnson & Co., Publishers 1882.

S. 2: Edith Œnone Somerville und Violet Martin in: Gifford Lewis: *Somerville and Ross. The World of the Irish R.M.* Hammondsworth: Penguin Books 1985, S. 75.

S. 5, 19, 29, 41, 55, 67, 81, 91, 103, 115: © Eric Epoudry

S. 10, 75, 78, 152, 158, 167: historische Ansichtskarten aus dem Verlagsarchiv.

S. 21, 37, 47, 57, 69, 85, 89, 113: W. W. Russell nach Skizzen von Edith Œnone Somerville in: Edith Œnone Somerville and Martin Ross: *Through Connemara in a Governess Cart.* London: W.H. Allan & Co. 1893.

S. 127: Edith Œnone Somerville und Violet Martin (Paris 1894), in: Lewis, S. 78.

S. 131: Edith Œnone Somerville: *Im Damenatelier bei Colarossi* (Februar 1886), in: Lewis, S. 45.

S. 136: Edith Œnone Somerville und Violet Martin beim Arbeiten im Atelier (Foto: Hildegarde Somerville), in: Lewis, S. 64.

S. 146: Edith Œnone Somerville: *Im Bahnhofs-Wartesaal.* Aus: »In the State of Denmark«, in: *The Ladies' Pictorial,* 1893; Lewis, S. 93.

S. 162: Edith Œnone Somerville und Violet Martin mit Candy und Sheila (1919, in: E. Œ. Somerville and Martin Ross: *Irish Memories.* London, New York: Longmans, Green 1917.

S. 163: © Norburg Najock.

Die Autorinnen

Hinter dem Duo »Somerville & Ross« verbergen sich die beiden irischen Großcousinen Edith Œnone Somerville (1858–1949) und Violet Florence Martin alias Martin Ross (1862–1915), die, eng verbunden durch eine lebenslange Arbeits- und Liebesbeziehung, mit großem Erfolg Romane, Reisebücher, Kurzgeschichtensammlungen und zahlreiche Artikel und Beiträge für Zeitungen und Zeitschriften schrieben. Zwischen 1890 und 1893 unternahmen sie Reisen durch Connemara, nach Bordeaux, nach Wales und nach Dänemark und verfassten darüber Erzählungen für Zeitschriften und in Buchform, die auch von Somerville illustriert wurden.

Die Herausgeberin und Übersetzerin

Elvira Willems hat Germanistik und Komparatistik studiert und Ende der 1980er Jahre eine Magisterarbeit über reisende Frauen im 19. Jahrhundert in Italien geschrieben. Sie arbeitete als Buchhändlerin, Bibliotheksmitarbeiterin, Verlagsleiterin und Pressefrau, bevor sie sich 1996 als Literaturübersetzerin aus dem Englischen und als Lektorin selbstständig machte. Die reisenden Frauen haben sie nie ganz losgelassen: Sie hat eine Tagung über Annemarie Schwarzenbach in Sils/Engadin veranstaltet und den dazugehörigen Tagungsband herausgegeben, Aufsätze und Rezensionen zum Thema verfasst und deutschlandweit in vielen Buchhandlungen und Bibliotheken über »Reisende Frauen in aller Herren Länder« gesprochen.

Mehr Reisende in unserem Programm

Alma M. Karlin
Einsame Weltreise
Hg. u. m. Nachwort v. Jerneja Jezernik
Hardcover, 400 S.
ISBN 978-3-932338-75-5

»Diese Expedition ins Ungewisse genau einhundert Jahre nach Karlins Einschiffung in Genua nacherleben zu können, bedeutet nicht weniger als ein Lektüreglück.«
Katrin Hillgruber, Deutschlandfunk

»Durch ihren intimen und lebhaften Schreibstil entstehen intensive Bilder der Reise. Erfrischend ist dabei immer ihr bodenständiger Humor, der auch vor ihr selbst nicht Halt macht.«
Birgit Coufal, WeiberDiwan

Alma M. Karlin
Im Banne der Südsee
M. Nachwort v. Amalija Maček
Hardcover, 352 S.
ISBN 978-3-932338-78-6

»Karlins Abenteuerlust ist groß. Sie entführt gleichermaßen in die Ferne der Südsee und die der Vergangenheit. Ihre Aufzeichnungen schildern eine Welt, die es nicht mehr gibt.«
Hans Korfmann, mare

»Ein Band voller Widersprüche und Wunder.«
Sacha Verna, annabelle

Mehr Reisende in unserem Programm

Nellie Bly
Around the World in 72 Days
Die schnellste Frau
des 19. Jahrhunderts
Hg. u. m. Vorwort v. Martin Wagner,
übersetzt v. Josefine Haubold
Hardcover, 320 S.
ISBN 978-3-932338-55-7

»Eine sehr lohnende und amüsante Lektüre aus der Anfangszeit des Tourismus.«
Manuela Reichart, WDR 3

»Mutig – eine Frau, die 1889 allein die Welt umrundete«
Isabell Bittner, Bella

»Das Buch ist vieles auf einmal: ein Dokument der Anfänge des globalisierten Tourismus, eine amüsante Reisebeschreibung, das Zeugnis einer emanzipierten Frau und mutigen Journalistin.«
Anne-Dore Krohn, rbbKultur

Christa Winsloe
Auto-Biographie und
andere Feuilletons
Hg. u. m. Nachwort v. Doris Hermanns
Hardcover, 272 S. m. Abb.
ISBN 978-3-932338-83-0

»Ihre nun wieder aufgelegten Feuilletons rufen eine Autorin ins Gedächtnis, die den luftigen Plauderton ebenso beherrscht wie die messerscharfe Beobachtung.«
Jutta Person, Süddeutsche Zeitung

»Mit viel Humor und Verve erzählt die unkonventionelle deutsch-ungarische Autorin mal in lockerem Ton, mal bissig und scharf vor allem von Reisen und Begegnungen und zeichnet ein persönliches Bild der Weimarer Republik.«
Harenberg Kalender Literatur 2019

Leseproben und weitere Informationen über unser Verlagsprogramm finden Sie unter www.aviva-verlag.de

Die Arbeit der Übersetzerin am vorliegenden Text wurde vom Deutschen Übersetzerfonds gefördert.

Deutscher Übersetzerfonds

Originalausgabe:
Edith Œnone Somerville and Martin Ross:
Through Connemara in a Governess Cart.
London: W. H. Allan & Co. 1893.

Umschlagabbildungen: Connemara National Park, Letterfrack.
Foto: © Elena Schweitzer; Zeichnung nach einem Motiv von
Edith Œnone Somerville in *Through Connemara in a Governess Cart.*
London: W. H. Allan & Co. 1893, S. 39
Layout und Satz: Kerstin Weber
Druck: Finidr, s.r.o. Printed in Europe

1. Auflage 2022

AvivA Britta Jürgs GmbH
Emdener Straße 33, 10551 Berlin
info@aviva-verlag.de, www.aviva-verlag.de

ISBN 978-3-949302-03-9

ACHIL I.
Achil Hd.
Keem
Doogha
Tramore B.
Dookinelly
M
The Hills
Newport Bay
Achil Sound & Bo.
CLEW BAY
Clare Hd.
Clare I.
Westport B.
Rinna Hd.
Louisburg
Bunlehinch
Inishturk I.
L. Dhu
R. Errive
Inishbofin
Inishark
Killery Har.
Ballinakill B.
Ardach
Achris Pt.
Knockbrack
Joyces
Crua I.
L. Inagh
Tarbert I.
Clifden
Clifden B.
Ballinahinch
Connemar
Ballykineely
Slyne Hd.
Light Ho.
Birterbuy Bay
Roundstone Bay
Mynish I.
Kilkieran B.
Gulin Hd.
Garomna I.
Garomna
Branach I.
Illanmore I.
S. ARAN ISLANDS
to Galway
Gregory Sd.
Innishmaan I.
Innishere I.
MAL BAY
Enniskerry I.